우리시대,
문학의 모습들

우리시대,
문학의 모습들

채희윤 지음

국학자료원

책을 내면서

　나이가 먹을수록 생각의 기력이 떨어지니, 뭔가를 쓴다는 것도 늘 마음의 부담이 된다. 이제 더 수정이 가능할 나이가 아니므로, 되도록 호언과 자랑을 금해야한다는 것이 원칙이 되었다.

　어찌된 이유에서든 몇 년간 써놓은 논문을 정리해서 책을 내어야 했다. 지금까지 소설 창작에서도, 학문에서도 이렇다 할 성취가 없어서, 가르쳐주신 분들에게 늘 누만 끼치고 산 것 같다는 생각이 오늘 더욱 심하다.

　특히 소위 <융합학문> 또는 <통섭적인 학제적 연구 방향>이라는 이름 아래 전공 분야의 색채가 더 흐려져 가는 이 시대에 스스로의 정체성을 찾는 것이 어려운 것 같다. 이러한 변명을 먼저 앞세우는 것은 이 논문집의 성격이 방향 없이 그야말로 천방지축으로, 흩어져버려 연원을 찾기 어려울 정도로 다기하기 때문이다. 그것은 대학교수로서의 내 경력과 같다. 대학의 발전적 방안을 위한 최선책이라는 이름 아래-물론 지금도 많은 대학에서 발생하는 현상이지만, 전공학과의 폐쇄에 따른 새로운 학과의 신설이나, 유과 학과로의 중치 등으로- 유리 방랑했고, 내 전공과 그 학과의 정체성이 맞닿는 지점에서 얼쩡거리며 썼던 논문들이기 때문이다.

그래서 문학의 연구들도 있지만, 문화콘텐츠 논문도 있고, 지역의 상황에 밀착하여 쓴 논문 아닌 평문들도 기꺼이 집어넣을 수 있는 여지를 마련했다. 대학에서의 나의 학과가 문창과에서 지금 상담학과로 변천됨에 따라 그렇게 만들어진 억지 춘향이 거의 전부이다. 다시 한 번 참괴하다는 변명으로 도망가려 한다.

　　그래서 제목조차도 오리무중이다. 멋진 것 같지만 횅하고, 있는 것 같지만 영성하다. 그래서 스승들에게 죄스럽고, 그래서 제자들에게 미안하고, 동료들에겐 면목이 없다. 그런 것들을 제기고 그래도 한 권의 저서로 묶은 것은, 나름의 이유가 있다. 이제 내년이면 정년을 목 앞에 둔 해이다. 분명히 몇 명의 제자들이 논문집 봉정이니 하고 나설텐데, 사실 난 그렇게 하기가 싫다. 그것은 미안한 일이고, 또 학문의 세계에 누를 입히는 것이라 생각했다. 그래서 먼저 선수를 치기로 했다. 논문집을 묶을 만한 논문을 없애버리기로.

　　부끄럽고, 어쩌면 수치스러운 자기 고백을 했다. 그러니, 이런 것을 왜? 가치론을 들먹이는 질책도 받아야겠지만. 자, 너무 많이 허물하여 주시지 말았으면 부탁한다. 대신 다음 소설은 정말 노력하여 쓰고, 힘을 다해 매진하여 그것으로 보상해보겠다는 변명 겸 도망치는 이유로 삼아주길 부탁드린다.

이런 초라한 논문들을 그래도 멋지게 만들어주려고 한 국학자료원 식구들에게 고마움을 표한다. 편집하기도 힘이 들었을 텐데, 올 여름 무더위에서 묵묵히 일해주심에 감사한다.

2018년 한여름 더위에 어등산 밑에서!
채희윤.

목 차

제2부 고전 서사문학론

제1부

현대 서사문학론

유금호 단편소설의 주제론적 연구

1. 서론

작가란 수많은 신생아들을 받아내는 산파로 비유되고 있다. 그러한 한 작가의 궤적을 더듬어 한 줄로 꿰어 놓는 다는 것은 지난한 일이다.[1] 그것도 소설 텍스트만을 통하여 그의 문학세계를 온전히 그려낸다는 것은 있을 수 없는 일인 것 같기도 하다. 더구나 현재까지 가장 정평 있

---

[1] E. H. Carr, 『도스토예프스키』, 김병익·권영빈, 장신사 p.327

도스토예프스키에 대한 연구의 어려움은 그러나 적지 않다. 그의 생애가 극적이고 그의 성격이 복잡하며, 그에 관한 일차 자료가 너무 많기 때문에 오히려 취사 선택이 어렵기 때문이며 그럼에도 불구하고 그에 관한 많은 점들이 여전히 신비 속에 가려져 있다는 것이 한 이유이기도 하지만, 보다 더 중요한 것은 그의 문학과 에세이·기록들이 너무 많은 내포를 지니고 있어 그의 전모를 한눈에 밝히기에는 아무리 뛰어난 평자라도 한계를 느끼지 않을 수 없다는 이유에서이다. 그를 이해하기 위해서는 그의 작품 자체뿐 아니라 종교·정치·사상·윤리·심리 등 인간에 관한 모든 지식을 필요로 한다. 그의 연구를 위해 여러 방면의 석학들의 동원되어야 했던 것은 그러므로 아주 당연한 일이다는 말은 어느 작가에게나 해당될 수 있다.

는 작가론으로 인정받는 연구는 앞에서 본 바와 같이 문학연구자의 몫이 아니라 역사학자의 그것이었다. 그럼에도 불구하고 지금 세상에는 얼마나 많은 작가론이 도서관의 서가에 꽂혀 있는가. 또 얼마나 많은 학위논문들이 그러한 무모한 일을 행하고 있는가를 생각하면 반드시 그렇지만은 않은 것 같기도 하다. 그것은 무모함이 아니라 작가론의 가치를 믿기에 오늘도 여전히 작가론의 연구는 문학연구의 적잖은 부분을 차지하고 있다.

우리가 소설을 문학이라는 장르에 편재시키고, 또 어떠한 형식을 취하든지 문학이 예술이라는 범주 안에서 살펴질 때 우리는 그 텍스트들을 통하여 한 작가와 그의 세계를 유추할 수 있다고 본다. 물론 그것이 유추되고 가정되어 연구해 낼 수 있을 뿐이지, 우리는 어떠한 작가들을 단정적으로, 또 적확하고, 단순하게 정의할 수도 그럴 능력도 없다고 본다. 그렇다면 필자의 작업 역시 사실 몹시 추상적이며 동시에 사소할 수도 있고, 사실 그러하다.[2]

이러한 난점을 피하기 위하여 본고 역시 독특한 형태를 갖게 되었다는 것을 밝히고자 한다. 논문이라고도, 또 감상적 글쓰기라고도 할 수 없는 미묘한 형태를 갖게 되었다. 첫째, 40년 정도의 창작활동을 길지 않은 글에 세밀하게 정리할 수 없다는 점이 그렇고 둘째, 시대를 지나

---

[2] Tzvetan Todorov, Introduction to Poetics, Mineapolis; Univ of Minnesota Press, 1981. pp.6-7. 토도로프의 다음과 같은 말은 서사학적 측면만 아니라 작가론 연구에 역시 적용될 수 있을 것이다.

시학의 목표는 문학작품 그 자체가 아니다. 시학이 문제삼는 것은 문학적 담론이라는 특정 담론이 지닌 자산이다. 따라서 개별작품은 추상적이고 일반적인 구조의 증명체들 가운데 하나이다. 그러므로 이 과학은 실제 작품보다 어떤 가능한 문학성, 다시 말하면 문학현상의 특성을 구성하는 추상적 자산들이다. 개별작품에 대한 산뜻한 해석이 아니라 문학적인 담론의 구조와 기능을 탐색하여 하나의 작품을 완성된 것으로 보이게 만드는 여러 가능성들의 목록을 제공하려는 것이다.

오면 그 주제적 사유 양상의 심화와 확대로 말미암아 중첩되고 뒤엉켜 있는 대상작품들이 일목요연이라는 논리적 서술을 불가능하게 만들기 때문이다. 그러므로 본고는 논문도 아니고 비평적 글쓰기도 아닌 중간적 성질을 지니게 되었다.

범박하게 말하자면 작가 유금호의 문학관은 '학문적 인식과 이념의 경직성이나 정치적 교활성이나 경제적 상승욕구들을 극복할 수 있는 가장 가능성 있는 세계'라고 믿는다. 지나친 시민사회의 규범들인 지나친 안정 희구와 엄격한 질서는 개인의 자유를 억압하는 차원을 넘어서 상투적이고 획일화된 삶에 적응하게 하고, 그러한 것에서의 탈출은 꿈을 꾸는 일인데, 작가에게 있어서 글쓰기야말로 가장 현실적인 대응이라고 보는 것이 그닥 틀리지 않은듯하다(윤강원).

이는 그의 첫 창작집인 『하늘을 색칠하라』에서 가장 최근의 『허공 중에 배꽃 이파리 하나』에 수록된 단편들만을 보아도 그러한 생각들은 몹시 명료하게 목록화되어 나타나고 있다.[3] 이와 같은 입각점에서 본고는 좀 더 좁게 말하여 '유금호 단편소설 연구'가 될 것이다.[4] 장편을

---

3) 『하늘을 색칠하라』 선명문화사, 1969. 이후로는 하늘로 표시
   『깃발』, 창작문화사, 1972년
   『한 마리의 작은 나의 꿩』, 금란출판사, 1979. 이후 한 마리로 통칭
   『여자에 관한 몇 가지 이설, 혹은 편견』, 남양문화, 1998. 이후 여자로 통칭
   『허공 중에 배꽃 이파리 하나』, 개미, 2002. 이후 허공으로 통칭함.
4) 일반적으로 장편소설 작가에게는 요구되지 않는 다른 조건들이 단편 작가에게는 요구된다. 장편 작가는 천천히 이야기를 진행시켜 나갈 수 있다. 그리고 뒤를 돌아볼 충분한 여유도 가지고 있다. 그러나 단편 작가는 간결하게 써야 한다. 여기에는 과단성 있는 압축이 필수적인 다른 누구보다도 단편 작가에게는 반(半)이 전체(全體)보다 귀중하다. 또 장편 작가는 평범해도 좋다. 장편작가가 실생활의 단면을 보여주면 우리는 만족한다. 그러나 단편 작가는 독자성과 창의성을 가져야만 한다. 이 압축 compression, 독자성 originality, 창의성 ingenuity에다 환상 fantasy의 맛을 더할 수 있다면 금상첨화. 이와 같은 것뿐 아니라 우리나라의 경우 순문학으로 지칭되는 문단에서는 일차적으로 단편소설의 작가를 가리켜 소설가라 하는 것이 일반적이다.

제외한 것은 기왕의 글도[5] 있기도 하며, 워낙 연구의 분량 자체의 문제로 인하여 연구자의 능력 부족에 기인함을 지면을 통해 밝힌다.

그래서 본고의 방법들은 매우 고전적이어서, 이미 그 유효성을 상실하고 있지 않을까 우려되는 소설장르의 근본적 영역인 주제와 작중인물, 그리고 소설의 공간이 되는 배경을 중심으로 살펴보려 한다. 중등학교 시절부터 줄기차게 들어왔을, 그래서 고색창연한 이러한 접근법을 고수하려는 것은 사실 필자의 무능한 탓이 클 것이다. 그러나 전통적 방법이 갖는 매우 단순하며 동시에 요약적일 수 있는 미덕이 있기 때문이다. 더구나 이번 논구에서는 주제의 부분에 초점을 맞추겠다.

그렇다고 해서 이러한 접근법이 마냥 간단하지만 않다. 살아 있는 유기체인 텍스트는 어떤 경우에서도 단순하게 편재되는 것을 거부하기 때문이다. 예를 들면 유금호 소설이 보여주는 주제적 측면은 기실 명료하다. 그것은 크게 두 종류의 기의가 사방연속무늬를 이루며 전 작품을 지배하는 이를테면, 胚芽이다.[6] 자유와 허무라는 매우 극명하게 달리 보이는 이 기호학적 구조들은 그러나 궁극에는 相合될 수밖에 없는 것이다. 그것은 자유나 허무는 마지막에 있어서 개념적 통합을 이룰 수 있는 유사개념이며 동시에 동종적 관념일 것이며, 특히 유금호 소설에서는 빈번하게 두 사유가 교호하고 있다.

사실 한 작가에게 있어서 그의 사유체계가 아무리 넓다고 하더라도

---

5) 졸고, 『소설시대』권2호, 2002년. 가을. 평민사.
6) A. M. Wright, The Formal Principle in the Novel,cornell Univ. Press. 1982. pp. 88—94. 나는 본서에 나타난 Germ이란 단어를 배아라고 생각하는데, 이는 배태에서 성장까지의 발달의 전 과정을 보여주는 개념으로서 적합한 용어라고 생각한다. Wright는 소설의 전체성wholeness이라는 것을 도달하기 위한 위계적 작품 구성의 가장 기본적이며 기초적인 단계를 Germial primciple로 보고 모든 소설은 그것을 시작으로 생장하는 유기체로 파악하고 있으며, 이는 매우 유용한 개념이라고 본다.

세계나 우주 전체를 대상으로 할 수 없을 터이다. 모롱 식으로 말하자면 개인적 신화일터이고, 작가의 문제의식이라는 것은 사실상 제한적일 수밖에 없다. 대상에 대한 문제적 의식이나 관심이 없다면 그는 결코 자신의 작품을 쓸 수 없을 것이기 때문이다. 이러한 논지의 연속선상에서 본고는 그의 두 중심적 사유인 자유의식과 허무의식 사이에 나열될 수 있고, 포함될 수 있는 몇 가지의 모티프로 일차적인 분류 작업을 했다.[7]

그러나 이들 역시 개념적인 분류에 그칠 뿐이며, 텍스트 내부에서는 두 경계를 가로질러 있는 경우나 이렇다고 할 만한 구체적인 증거들이 희미하게 보일뿐이어서 사뭇 문제적이다. 즉 죽음이란 분류 기준은 자유와 그 대우적 속성을 지닌 것이며, 유년으로 회귀라는 것은 사실은 현재의 자아상실로부터 유도되는 작품도 많기 때문이다. 그러므로 임의적으로 분류한 주제적 모티프는 사실 연구의 편의를 위한 범주적 개념일 뿐이다. 왜냐하면 한 작가에 있어서의 그의 관심사인 주제들은 여러 가지 모티프들에 의하여 변형되기도 하고 또 위계적인 형상으로 되어, 주제에까지 이른다고 보아지기 때문이다.[8]

---

7) 그것은 모두 5 가지로 나누어지는데 임의적인 분류기준이기 때문에 중첩될 수도 있고 ―사실상 개념이란 얼마나 모호한 경계를 지녔는가― 애매할 수도 있다는 점을 미리 밝힌다. 죽음, 역사적 현재(실존적 존재의 의미론적 해체), 유년으로 회귀 또는 정체, 존재 상실, 절대적 자유 찾기로 나누었다. 그러나 명명된 모티프에서도 알 수 있듯이 이들은 상호 간섭의 양태를 지니고 있다.

8) 이재선 편, 『문학 주제학이란 무엇인가』, 민음사. 1996. p.149.
모티프를 위계질서적으로 구분하는 경우(프렌첼, 1966), 렘머트, 페춰 등등)는 개별 모티프의 다양한 기능을 자세히 규정하는 데 이바지한다. 모티프의 주도적 집단은 핵심 모티프, 상황 모티프, 지시 모티프, 틀 모티프 등 이외에도 서술적이고 행동적인 맹목적인 모티프로 파악된다. 프렌첼(1976)은 모티프의 범주화를 사용하나, 결국 모티프 구조와의 연관 하에서 모티프를 설명하는 한편, 모티프의 기능보다는 오히려 모티프 등장의 역사적 확인에 보다 더 관심을 가진다.

2. 본론

일반적으로 소설 연구의 두 갈래는 담론의 시학적 연구와 담론의 의미론적 연구가 될 것이다.[9] 시학적 연구는 흔하게 서사론적 방법론이며 담론의 의미 연구는 주제론적 층위의 연구가 될 것이다. 물론 이 두 가지 각각 다양한 접근 방법을 지니고 있지만 크게 텍스트의 인칭의 문제와 주제의[10] 지향성을 다루는 것이 그래도 주마간산이나마 한 작가의 실체를 보다 역동적으로 파악하는 방법이라는 판단에서이다.[11]

40 편이 넘는 작품을 연대기적 순서로 하나 하나 살피는 것이 작가론의 정석이며 동시에 의미 있는 작업이기는 하지만 워낙 시간과 노력을 요구하는 작업이라는 판단 아래 두 가지의 틀로 살피려 한다. 이는 지나치게 전략적이며, 연구편의주의라는 비판을 받을 것임에 분명하나, 모두에서 밝힌 바와 같이 한 작가의 총체적 문학관을 밝히는 것이 사실은 매우 어렵다는 측면에서 도외시할 수 없는 일종의 방법론이 될 것으로 믿는다.

그렇다고 하더라도 여전히 문제는 남는다. 굳이 행동주의의 발달이

---

9) 보편적으로 소설의 연구가 직면하는 영구적인 문제는 문학의 두 구성 요소, 즉 관념과 그 관념의 구체화, 내용과 형식, 내용과 형태 사이에 균형을 유지하는 일일 것이다. 모티프가 작품의 추상적 내용을 나타내는 것인 반면, 주제는 모티프의 구체적인 취급방식이나 다양한 각 항목들 내지는 눈에 띄는 사건들에 모티프를 적용한 것, 또는 모티프의 실제적 예일 것이다.

10) 이재선 편, 전게서. 36쪽. "주제의 연구란 가능한한 모든 표현 형식을 포함할 때만 의미가 있다"는 지적은 본 연구의 한 밑받침이 될 것으로 믿는다.

11) W. Martin/ 김문현 역, 소설이론의 역사, 현대소설사. 16쪽. 이는 매우 고전적인 분류의 하나인 문학의 외부와 내부의 연구 중의 하나의 층위에 해당될 수 있음으로 그다지 상식적인 선을 벗어나지 않은 것으로 이해될 수 있을 것이다. 또 하나 W. Martin의 지적대로, "소설에 대한 논의가 비평이나 미학에 있어서 매우 중요한 논란거리인 형식적인 측면을 무시하고, 주제(혹은 제재)와 내용만을 강조했다면, 아직도 소설은 문학 연구에 있어서 거론의 대상이 될 자격조차 없는 장르로 남아 있을" 것이라는 지적은 여기에서도 적어도 타당한 논고를 얻는다.

론을 언급하지 않더라도 한 존재에게 있어서 시간과 공간의 이동과 변화는 그에게 다양한 경험을 가능케 하고, 그 경험은 그의 삶을 발달적 변화에 영향을 준다는 것은 자명한 사실이다. 한 작가의 삶의 궤적은 그의 분신인 텍스트를 통하여 드러난다. 그가 가졌던 사고는 오랜 시간을 거쳐서 깊이 잇고 다른 변환과정을 거쳐 현재에 이르게 되었고, 그것은 최근의 작품이 갖는 세계관과 조응할 수밖에 없다는 점이다. 이렇게 간주했을 때 40년 이상 소설을 써 온 한 작가의 여러 텍스트들은, 비록 그것들이 비슷한 유형으로 편재된다고 할지라도 분명히 다를 것인데, 어떻게 동일한 각도에서 살필 수 있을 것인가는 여전히 걱정으로 남는다.

1) 허무와 고독의 근원적 성찰

주제란[12] 소설의 중심이며, 사실 소설의 제작의 동기이며 의도이고, 한 텍스트를 통하여 독자가 반드시 성취해야할 목적지일 수도 있다. 우리는 한 편의 소설 텍스트를 읽어가면서 만나게 되는 소설의 여러 요소들을 종합하고서야 비로소 그 봉우리에 도달할 수 있다. 그러므로 주제는 궁극으로 도달해야 하는 것이며, 사실 소설 텍스트의 의미의 집합체일 것이다. 그러므로 소설에서 주제적 층위의 문제는 소설 전반의 문제와 가름한다.[13]

어떤 작가에 있어서 동일한 모티프의 연속된 반복이나 유사한 소재의 거듭된 허구화는 그런 점에서 의미를 갖는다. 이를테면 허구서사체

---

12) 주제와 소재의 구분은 몹시 다양하고 미묘하며 복잡하다. 그러나 일반적으로 주제는 텍스트에서 <현실세계>의 메시지를 추출해내는 데 사용될 수 있거나, 텍스트 세계를 지배하는 보편법칙을 공식화하는 데 사용될 수 있는 것으로 간주된다. 본고에서는 논의 진행 가운데 이와는 다른 측면에서의 주제에 대한 논의가 있을 것이다.

13) 이재선, 전게서, "주제와 해석" 88쪽. 문학 텍스트에 내재하는 모든 종류의 목적론들(또는 서사적 욕망들)에 필수적으로 종속되는 것이기 때문에, 주제는 문학작품의 일반적 특성이다.

에 있어서 ― 일반 서사체에 있어서도 마찬가지이겠지만 ― 비슷한 것의 반복은 다른 소재나 모티프에 대하여 애착과 같은 것이라는 것을 알 수 있다. 애착이란 비교적 강도를 지닌 것으로서 샤를 모롱 식으로 말하자면 개인적 신화라고도 불리울 수 있는 어떤 특정적인 모티프의 반복을 통해 한 작가의 관심구조와 그것을 통해 나타난 작품 세계를 거칠게나마 범주화시키고, 그것을 통해서 작가의 특정한 세계의 편린을 살필 수 있기 때문이다.14) 이러한 것을 우리는 관심구조라고 부르며, 소설 연구의 주요한 측면으로 삼는다.

그의 소설에서 주된 관심구조는15) 세계 속의 존재된 인간들의 삶의 행위 속에 나타난 허무의식과 짙게 드리운 죽음의 강박이다. 특히 그의 허무의식은 죽음과 매우 강박적으로 연결되어 있으며, 그것은 작품 전체를 통해 일관되게 나타나 있는 특징적 요소이다. 그것은 어떤 텍스트에는 '사냥(「패배의 겨울」'이라는 모티프로, 다른 텍스트에는 '그로테스크'로(이를테면「쥐고기를 좋아하십니까」, 때로는 죽음(그 꽃 상여 그림자) 그 자체로, 또는 "여행"으로도 변용되지만 매우 유사하게 전체적 작품을 일관하는 가장 강력한 코드이다.16) 그러므로 본 연구 역시 몇 가

---

14) 상게서, p.113. 주제적 Thematic 연구는 사실상, 우리로 하여금 상이한 사회와 시대의 정신을 관찰하고 대조하게끔 한다. 단체, 계습, 사회가 대처하고 있는 문제들이 어떻게 삶과 그들 자신의 개성을 지니고 동시에 유럽과 유럽을 넘어서서 고찰될 만한 대표적 특성을 지닌 문학적 인물들 속에서 구현되는지를 살펴보는 것은 매우 흥미롭다.

15) 조남현, 소설원론, 고려원. pp.183―4. 조남현은 일반적으로 작가들의 주제의식이란 그들이 세계관을 이루는 관심구조로 보며, 그것을 크게 다음 3 가지로 나누어 설명 한다.
　①知的 혹은 認識論的 관점 (intellectual or cognitive interest)
　②美的 혹은 質的 관심 (aesthetic or qualitative interest)
　③실제적 관심 (practical interest)

16) 다니엘 베르제 외 저/ 민혜숙 역,『문학비평론』,동문선, 1997. p.143.
저자는 이러한 관계를 유사성의 관계라고 보며, 이러한 것들이 문학 연구에 있어서

지의 분류항으로 나뉘어 살펴보기는 하지만 동시에 그것은 하나의 보편적이며 고유한 특성인 주제로 환원하여 살피는 것과 같을 것이다.[17)

위에서 언급했듯이 유금호 소설의 주제는 크게 자유에의 추구와 존재의 근원적 고독에서 비롯한 허무의식이다. 그 두 개의 주제의식은 실제 존재의 개인적 해석으로, 유년으로 회귀나 정체로, 때로는 존재 상실과 절대적 자유 찾기인 죽음으로 기표화 되어 나타난다. 이 개개의 주제적 모티프들은 사실상 동일의 의미지향을 갖는다.[18)

한 작가의 작가로서의 고유한 특성적 자질을 알게 해준다고 말한다.

유사성의 관계들, 즉 <행복한 상상력>과 연관이 있는 것에 부여된 특권은 주제에 의해 영감을 받은 비평가들로 하여금 작품의 독서를 균등하게 만들고 있다. 그들은 작품 속에 잠재된 일관성을 드러내고 흩어진 요소들 사이에서 은밀한 연관성을 찾아 계시하고자 애쓴다. 따라서 이러한 비평적인 태도는 <총제적>이 되기를 원하며, 그 방법뿐만 아니라 목적에 있어서도 그러하다. 왜냐하면 비평가가 파악하고자 하는 것은 <세상에서의 존재>의 경험, 즉 작품 속에서 실현되고 있는 경험 그대로이기 때문이다. 그리고 비평가는 고려된 텍스트의 유기적인 총체를 통해서 경험을 이해하고자 한다. 이러한 통합적인 야심은 선호되는 분석의 주체를 선택하는 데서로 대립된다. 예를 들것은 그러한 문제가 작품의 통합적인 관념, 그리고 통합적인 비평방식과 통하기 때문이다. 이러한 의미에서 스타로뱅스키는 루소의 커다란 야심들 중 하나를 정의한다.

17) 다니엘 베르제, 전게서. p.151.

인문과학이나 언어학적 원리의 전통적인 지평을 초월하고자 하는 비평이 항상 위험한 모험을 하는 가운데, 주제라는 개념은 비평가에게 그 방식의 일치 — 의사소통성— 에 있어 필수 불가결한 받침점을 제공한다. 주제란 텍스트에서 이러한 실존의 직관이 결정되는 점이다 이 실존은 주제를 뛰어넘지만, 동시에 주제를 나타내려는 행위 없이 독립적으로 존재할 수는 없다. 우리는 베버의 정의를 받아들일 수없을 것 같다. 그는 주제가 <어린 시절의 추억이 작가의 기억에 남겨놓은 흔적>이며, <작품의 모든 관점들이> 그 주제를 향하여 수렴된다고 한다 (<주제의 영역 Domaines thematiques>). 이러한 개념은 정신분석적 차원뿐만 아니라 텍스트의 문학적 인식 차원에서도 구속적이고 제한적이고 축소적이다. (문비, 혜숙)

18) 이재선, 전게서. p.141.

비평이 직면해야만 할 영구적인 문제는 문학의 두 구성 요소, 즉 관념과 그 관념의 구체화, 내용과 형식, 내용과 형태 사이에 균형을 유지하는 일이다. 모티프가 작품의 추상적 내용을 나타내는 것인 반면, 주제는 모티프의 구체적인 취급 방식이나 근원적 고독이야말로 유금호 소설이 줄기차게 추구한 그의 소설의 궁극적 의미 탐색의 종착지인 주제에 가장 크게 닿아있다. 그의 대다수의 작품들은 삶의 고독에 관한 물음을 던지는 데, 데뷔 작품인 「하늘을 색칠하라」에서부터 「암보셀리, 그 사바나의 새벽」에 이르기까지 그는 끈덕지게 우리를 고독하게 하는 것은 무엇인지, 생은 왜 근원적인 물음을 제 자신에게 물어야 하는가에 대하여 깊이 있는 성찰을 보여주고 있다. 그러나 아무리 작가 그러한 본질적 생에 대해서 물어도 소설은 답하지 않는다. 니체의 말처럼 "어떤 길도 문학으로부터 직접 삶으로 통하지 않으며, 삶에서 문학으로 통하는 길 역시 없다." 라는 유명한 말을 하고 있다. 그러므로 결국 작가들은 삶의 본질을 탐구하기 위하여 두 가지 길을 택할 수밖에 없다. 즉 삶에 대한 분석과 삶으로부터의 도피이다. 그것의 문학적 실천은 현재 삶의 자리는 꿈으로 대체되고, 심미적 태도로서의 예술에 의한 삶의 분석일 것이다. 즉 삶이 예술을 모방하는 형태인 것이다.19)

유금호 소설에서의 현재는 존재하지만 지금 이 곳에서의 삶은 낯설음과 공허함의 삶이며 그에게 있는 희망은 한낱 신기루에 불과할 뿐이므로, 이러한 고독과 낯설음이 던져주는 새의 허무함으로부터의 탈출

다양한 각 항목들 내지는 눈에 띄는 사건들에 모티프를 적용한 것, 또는 모티프의 실제 예라고 설명했었다. 모티프는 한 작품에 나타난 전체적인 인간적 의의를 반영하며, 주제는 방금 언급했던 일련의 장치들을 통해서 특정한 인간 상황이나 사건들이 갖는 궁극적 의미를 독자에게 끊임없이 환기시켜 준다. 모티프는 언어학이나 시학, 비유나 알레고리에 의존하지 않는다. 모티프는 지적인 미학, 말하자면 사고(思考)나 논리적으로 입증 가능한 진리들, 또는 직관적으로 인식되거나 객관화되는 진리들에 내재한 아름다움과 관련된다.

19) Raymond Williams, Culture and Society 1780 — 1950. London 1971. p. 173.
"Life imitates Art far more than Art imitates Life." 윌리암스는 낭만주의를 논한 자리에서 밝히고 있다. 위에서 모티프의 목록을 참고하자면 유금호 소설의 근원적 바탕은 낭만성이라는 것을 인정한다면, 이러한 지적은 옳다고 본다.

은 꿈을 꾸는 것이다. 왜 이럴까? 유금호는 그것을 현대라는 세계를 살아가는 인간의 근본적 조건이라고 본다. 우리 현존재가 태어날 때부터 가져온 인간의 자유의지는 현대라는 세계 속에서는 그 실천적 행위가 불가능하다고 보기 때문이다.

> 도저히 나로서는 뛰어들 수 없는 그것은 영원히 먼곳에 있는 꿈이었다. 전혀 하나로 동화되어 버린 그들 부녀와 햇볕으로 반짝이던 오렌지의 깊숙하던 향기, 그 매혹적인 세계 속에서 나는 너무 초라했다. 고급넥타이와 카우스 · 보턴의 부자유스러움으로는 언제고 뛰어들 수 없는 세계, 자질구레한 관념의 성곽속에서 자꾸 움추려 들기만 하던 내게 그 모든 것들이 가지는 의미는 엄청났고 거리를 지니고 있었다.
>
> <田園>20)

먼 곳에 있는 꿈이나 매혹적인 세계와 나는 절대로 같을 수 없다고 동종서술화자는 강변하고 있다. 이러한 소외나 배제는 개별 인간 본질의 문제가 아니라 사회적 조건에 의해서 결정되는 것이다. 그리고 사회적 조건이란 개인적인 노력으로 개선되지도 않을뿐더러, 쉬 도달 할 수도 없는 곳에 있는 것이다.21)

사실 현대인의 고독이란 소외와 불안에 의해서 만들어진 것이다. 소외는 근대적 산물이다. 그것은 근대 자본주의의 생산수단인 분업화와 전문화가 불러왔다. 거대한 포드 시스템 아래 인간은 자신의 일에만 전념해야 능력을 최고로 활용할 수 있는 능률적 생산도구로 되어버린다.

---

20) 맞춤법과 띄어쓰기는 원서에 있는 그대로 수록하였음. 이후 인용문은 원문대로 옮김.
21) 이재선, 상게서. p.113.
　주제적 연구는 사실상, 우리로 하여금 상이한 사회와 시대의 정신을 관찰하고 대조하게끔 한다. 단체, 계급, 사회가 대처하고 있는 문제들이 어떻게 삶과 그들 자신의 개성을 지니고 동시에 보편적 문학들 속에 현현되는가를 알게 할 수 있는 것이다.

기계 앞에 마주선 인간은 소통을 잃어버림으로써 불안하며, 불안은 스스로를 더욱 고립시켜 재소외화 시킨다. 마치 베버가 종교적 예정설이 인간을 불안과 고독 속에 빠뜨리고, 그것에서 벗어나기 위해 그들에게 금욕적 삶을 요구했으며, 금욕적 삶이 자본주의를 싹을 틔우고, 그것의 결과물인 물질적 부와 세속적 성공을 주었고, 그것은 다시 인간을 종교에서가 아니라 사회에서 소외를 시켰다는 엔트로피의 법칙과 같은 맥락에서 이해할 수 있다.[22]

특히 그가 『패배의 겨울』에서 보여주는 자연계와 인간의 끈질긴 투쟁을 통하여 성취한 허무와 고독의 자기 성찰은 빼어난 미학적 세계를 보여준다. 그것은 헤밍웨이적인 삶의 의지와 멜빌의 집요함과 깊이 성찰로 인간의 본성에 드리워진 파괴성과 본질적 공격성과 자연의 스스로 있음의 그것 속에 들어 있는 모든 것들의 본능적 삶의 의미를 대조시키면서 극단의 휴머니즘의 성찰을 보여준다. 자연 속의 존재들과 인간의 이분법을 통해서 그가 현현시키는 것은, 고독의 근본적인 現場이다.

목표와 목적은 다르다. 비둘기와 흰꼬리독수리로 상징화 되는 고독과 허무의 표상들은,[23] 그것에 가해지는 운명이라는 생의 존재적 폭거인 사냥과 대비된다. 그는 흰꼬리독수리를 잡으려 하지만 운명의 불가해한 힘

---

22) 최정운, 새로운 부르주아의 탄생: 로빈슨 크루소의 고독의 근대사상적 의미, 정치사상연구.

23) 쇼펜하우어는 세계는 공간/ 시간/ 인과성 같은 지성의 구성물의 도움을 받아야만 이해될 수 있는데. 이러한 것들은 세계의 현상으로서, 즉 공간/ 시간 면에서 병렬 연속된 다수의 사물로서만 존재된다고 보며, 그를 표상이라 불렀다. 그리고 세계의 만물 중 오직 意志만이 내적 존재 그 자체라고 보며, 그것은 현실의 삶 속에서는 현실화의 상승계열로 파악한다. 자연의 힘 속에 있는 맹목적인 충동에서 시작해, 유기적 자연(식물과 동물)을 거쳐 합리성에 따르는 인간 행동에 이르기까지 끊임없는 욕망/선동/충동의 거대한 사슬이 펼쳐져 있다고 본다. 이러한 사슬은 높은 형태가 낮은 형태를 상대로 해서 벌이는 계속적인 싸움, 목표도 없이 줄기차게 이어지는 영원한 여망이며 비참과 불행과 긴밀하게 결합된 것으로 간주한다.

과 예측불가능한 우연적 조건들이 우리를 내어던지듯이 비둘기에게 상처를 입히고 만다. 기어이 잡으려는 나의 의욕과 그렇게 해야만 하겠다는 의식적 각오로부터 시작한 사냥은 마침내 비둘기만 죽이게 된다. 그제야 주인물은 생의 조건 변경은 불가능한 것이며, 인생은 그야말로 企投된 존재라는 것을 느끼며, 동시에 자연의 위대성에 대한 동화를 느낀다.

그가 패배한 것은 목적의 미달성이 아니라, 목적이란 원래 없는 것을 몰랐다는 것이다. 현실적 생활의 목적은 있을지 모르나, 우리 생의 본질적 문제는 없다. 고독도 허무도 우리가 생이기 때문에 부가된 존재론적 물음이다. 이렇게 주체와 객체가 하나가 되는 신비적인 체험의 기회는 자연의 비밀을 이해하고 스스로를 구속하는 모든 인과관계에서 해방되어 자유로운 영혼을 지닌 개별자들에게만 주어진다. 인식의 지평이 무한대로 확장되는 이 순간은 죽음과 연결되어 있다. '비실제적'이고 신적인 차원에서 느껴지는 일종의 황홀함은 존재의 현실적 근거마저 앗아갈 위험을 내포하고 있기 때문이다. 그가 사냥을 그만 두게 되고, 스스로에게 패배를 자인한 것의 상상적 해답은 바로 이것이다.

이러한 자기 소외와 삶의 현재에 대한 불안감은 후기에 와서 여행기 소설로서의 변조되면서 오히려 더욱 깊어진다.[24] 이제 사회적 조건만이 아니라 역사적 조건 역시 개인을 소외시키고 불안하게 하여, 마침내 고독의 수렁 속으로 밀어 넣어 생의 비극적 존재의 秘意를 깨닫게 하는 데에 나아간다. 여기서 고독이란 모든 사람에게 주어진 삶의 무게이다.

---

24) Edward seid, The world, the Text and the Critic,
Seid는 여행을 상반된 두 가지 경로로 파악한다. 하나는 소속된 문화나 전통에서 더이상 생산적인 창조가 불가능하여 다른 문화의 풍토와 제휴함으로써 새로운 가능성을 찾는 경우이고, 다른 하나는 자신이 출생문화에 거리를 두고 새로운 관계를 모색하는 경우다. 전자는 Eliot이며 후자는 아우얼바하Auerbach이다.

살아오면서 우연히 스치고 부딪치면서 만들어진 인연들, 잊혀지기도 하고, 끝내 짙은 앙금으로 영혼 밑바닥에 몇 알 영롱한 사리 같은 것으로 남아, 더러 날카롭게 날을 세워 가슴 한쪽을 후벼대기도 하는 그런 인연의 갈피 속에도 눈썹으로 연산되는 기억은 찾을 수 없었다.

<그 꽃상여 그림자>

　살아가면서 만드는 생의 인연들 속에서도 우리는 고통을 겪는다. 삶이 우리에게 준 욕구와 좌절 속에서 우리는 존재해야만 하고, 성공적으로 살아내어야만 하기 때문에 우리의 의식은 상처가 나고, 우리의 인식은 고통스럽다. 그 고통을 일기 위한 수단은 꿈일 수밖에 없고, 꿈으로 가는 여로에 가장 친근하면서도 강력한 매개체가 술이다. 손탁은 고통이란 단지 우리가 그것을 지각했을 때에만이 존재하며, 우리의 고통에 대한 경험은 영원한 것이 아니라 변화된다는 것, 즉 특별한 시기와 특별한 문화의 생산물이라 주장했다.[25] 역사와 현실도 살아 있는 실존으로서 우리가 현재 겪는 고통일 것이다.

　유금호 소설에서는 그 고통의 치유제는 꿈을 꾸는 것이다. 원시를 그리워하며, 태초의 존재들을 회상하며, 그는 현실의 고통을 극복해내려고 노력한다. 그래서 그가 택한 것은 꿈으로 인도하는 술이었다. 그의 텍스트에서 곳곳에서 산발적으로 거의 모든 작품을 통해서 나타나는 술좌석과 관련된 묘사나 서술은 기실 이렇게, 그가 겪는 고통의 치유제로서의 꿈꾸는 자유를 위한 객관적 상관물이라는 강조일 것이다. 다음 장에서 밝히겠지만 「겨울바다, 잠시 비 내리고」의 배경은 처음부터 술집에서 시작하고, 마지막 역시 바다에 혼령을 위하여 술을 헌주하는 것으로 끝을 낼 정도로 술에 강박을 보이는 것도, 술을 마시는 행위를 치유의 한 단계이며, 꿈꾸는 상태로의 돌입을 위한 제식행위로 간주하기 때문으로 보인다.

---

25) Susan Sontag, Illness as Metaphor. "The Culture of Pain",

2) 역사적 존재의 해체를 통한 개인의 존재의미

이러한 존재의 근본적이며 사회적인 개인적 성찰은 심지어 역사소설에서까지 동일한 양상을 보여준다. 역사적 실존 인물에 대한 개인적 고독과 삶의 불안과 자유에 대한 작품은 그의 역사 단편 소설에서 여실히 드러나고 있다. 「혀」, 「洪茶丘」, 「虛塚」, 「깃발」, 「만적」, 「김통정」에 이르기까지 그의 대부분이 역사적 인물들을 그린 텍스트를 통해서 그는 역사의식이나 보편적 역사의 교훈을 그리는 것이 아니라 개인적 삶을 조명해내고 있다.26) 역사라는 공적 기록 속에서 스스로의 이름을 드날린 존재들의 의미론을 위하여 그는 역사적 행위를 인물들에서 분리해내기까지 한다.27) 그러나 유금호의 역사소설은 역사적 사실의 주인물이 그대로 주인공으로 차용되어 있다. 이를테면 그는 차용된 인물이 아니라, 역사적 실존인물이다. 주인물을 역사소설이라는 측면에서 보면 몹시 불쾌할지도 모른다. 그러니 그의 의식은 인간이란 존재가 역사적 사실 속에서, 실제로 개인적으로는 어떠했으며, 그것이 과연 역사와 어떤 층위에서 조응할 수 있는가에 맞춰져 있다는 것이야말로 우리 역사소설이 지녀야 또 다른 탐조등이 아닐까 한다. 이는 더욱이 「虛塚」에서 찾아볼 수 있듯이 역사적 상황에 처한 갑남을녀의 생의 모습들에서 찾아 볼 수 있다. 단순히 신분적 계급의 문제가 아니다. 장길산이나

---

26) 호르스트 슈타인메츠, 서정일 역,『문학과 역사』,예림기획, 2000. pp.31-2.
　　역사가 작가와 만나는 방식에 있어서, 텍스트 속의 특정한 인물에 의해 역사의식이
　　표명되기도 하고, 독자적인 진술을 통해서도 나타나기도 한다. 그러나 어찌되었든
　　문학작품에 나타난 모든 경우에서 역사는 과거에 대한 입장 표명과 과거와의 교류
　　를 위한 토대를 부여하는 매개적 성질을 지닌다.
27) 호르스트 슈타인메츠, 전게서. p.36.
　　역사를 다루는 소설에 있어서 또 다른 특징 중의 한 결과는, 실제역사의 주요인물
　　들은 단지 외곽에서 보조적 인물로 등장하고, 줄거리 역시 거의 역사적인 그러나
　　허구적으로 설정된 보조인물들의 영역에서 이뤄지고 있는 현상을 보인다.

임꺽정과는 다른 역사를 실체로 부딪힌 장삼이사의 삶을 투영해서 보여주는 것은 유금호 역사소설의 의미론일 것이다.

> 쓸모없는 죄인이 된 목숨이 문제가 아니다. 다만…… 이젠 관에 항거할 민중이 없어져 버리는 게 서러울 뿐.
> 타, 당.
> 공포가 울리고 우르르 밀려드는 군사들에게 그는 조금도 저항하지않았다. 그는 그들의 함성 속에서 만석보의 물터지던 소리를 다시금 들으며 눈을 가만히 감았다. 만세, 만세, 만세에, 환성은 바람소리가 되어 쌓인 눈조각들을 안개처럼 흩날려 펄럭이게 한다. 무수하게 눈조각들은 깃발이 되고, 글자가 되어 하늘을 뒤덮는다. 깃발은 다시 눈이 되고, 겨울 하늘이 되고.
> 이제 가족을 버리고 의(義)를 위해 뛰어들 민중도, 관에 바른 말은 전해 줄 사람도 이땅에서는 다 끝나버렸오. 혼자말 같이 봉준은 허공을 향해 중얼거린다.

(깃발)

「깃발」의 마지막 부분이다. 마지막 전투에서의 패전으로 말미암아 동학혁명은 실패로 끝나고 만다. 일본군의 개입이 몰고 올 국가적인 문제에 대해서는 여러 학자들의 논구를 몰라서였을까? 작가는 매우 사소하세 보이는 관에 대한 言路가 막힐 것을 걱정하고 있다. 아니 작가는 그것에 봉준의 의식을 맞추고 있다. 주지하다시피 동학혁명은 일본의 조선 진출의 도화선이었다. 그리고 우리 민족의 운명은 급격하게 일본의 식민지화 되고 만다. 이는 역사의식의 결여로 말미암은 작가의 퇴행적 사고일까? 결코 그렇지 않다. 유금호 소설의 주제론적 지향은 거대서사에 들어 있는 개별적 존재의 의미론에 맞춰있기 때문이다. 이는 매우 심오한 심리적 분석이 행해져야 가능하다.

예술과 문학을 역사적 상황과 역사과정을 분석하는 데 포함시킴으로써 활짝 열려진 가능성들은, 바로 그것을 통해 역사를 하나의 독자적인 성질로 성취할 수 있다는 사실에 있을 것이다. 역사서술이 역사소설이 되기 위해서 반드시 역사를 어떠한 층위에서 보느냐에 하는 인식론적 심사숙고가 필요하다. 더구나 예술작품은 이미 역사서술을 넘어선다. 심미적 구성물로서의 예술작품은 역사현실에 반응하며 그 정신세계의 구조를 포함하여 현실을 판별하고 더 나아가 현실에 대한 비판을 가하거나 거부하며 무엇보다 현실을 보완할 수 있다. 이를 통해 예술작품은 현실을 변화시키는 것이다. 그러나 유금호 역사소설은, 그의 다른 소설과 마찬가지로 역사적 사실로 회귀하거나, 거기에 관한 논평을 하지 않는다.

주지하는 바대로 역사소설은 역사란 외피와 거울을 빌려 현재의 해명이나 설명을 지향하려는 이념적 역사소설과 講史小說에 해당하는 것으로서의 역사가 바로 소설의 기존적인 주체가 되는 정보적 역사소설, 공적인 역사가 소설의 시대적인 배경의 틀이 되거나 서사적 활력원천으로 행사되는 배경적 역사소설로 크게 나눌 수 있다. 무론 혹자들은 반역사소설 역시 역사소설의 장르 속에 편입시키려고 하지만, 이는 다른 유형의 소설로 살펴보는 것이 옳을 듯하다. 왜냐하면 그것은 역사를 패러디한 증거가 분명히 나타나며, 그것은 바로 역사라고 볼 수 없다는 데에서 찾을 수 있겠다. 유금호 역사소설의 경우, 이미 기정된 역사적 의미나 역사적 현상 자체에 대한 개별적 논평이나, 후일담적인 의미 해석이 없다는 이유로 마지막에 열거한 배경적 역사소설로 볼 수 있다. 그리고 이러한 것은 그의 역사소설 전반에 걸쳐 동일하게 나타나고 있다.

역사는 이미 개별화된 "현상'으로 존재하고 있으며, 역사 속에서 개개인의 삶들은 공적 현상 속에서 소멸된 것이 되어버렸다. 작가가 복원하고자 하는 것은 공적이며, 공식적이며, 총체적 현상 속에서 묻힌 개인의 의식이며, 운명이다. 국가의 타자로서 개인들의 존재론적 삶이기 때문이다. 이는 우리 소설사에서 매우 중요한 소설적 대응이었다. 그러나 이는 당시의 대하소설의 흥융과 대중문학의 횡행으로 연구자들의 관심망에서 멀어져버린 것은 우리 소설 연구에서 애석한 일이다. 최근의 『미실』이나 『황진이』, 『리심』 등의 개인적 역사의 발굴은 작가 유금호가 이룩한 것의 후대적 전승이라 할 수 있다.

사실 E 톰슨의 "밑으로부터의 역사"라는 비교적 새로운 연구물들은 지금까지의 왕후장상이나 문벌이나 귀족들의 삶의 문제가 문화적 중추를 이룬 역사라는 것에 대하여 도전장을 보낸다. 우리의 문화의 전개는 그렇게 위로부터 아래로 흘러내려 가서 펼쳐진 것을 수혜받은 수동적 문화향수자가 아니었다(영국노동계급의 형성). 우리 문학사를 보더라도 고려속요나 사설시조의 창작자들과 향유자들의 계급문제 역시 이러한 맥락에서 더욱 유심히 살펴야 할 것이다. 사실 유금호 소설의 우리 문학사에서의 가치는 이러한 역사와 문학의 시각의 문제에 있을 것이라 생각한다.

역사의 문제에 대해서도 그는 가치중립적인 것은 아니다. 그는 역사를 사적으로 해석하지 않는다. 그 시절의 재구를 위한 어휘적인 재치나 문장에 있어서도 장중하며 위엄 있는 글쓰기를 거부하는 것으로 보인다. 오히려 그의 통사론은 매우 전향적이며 위태롭기까지 할 정도로 실험적이기 한다. 먼저 보이는 것은 구두점의 문제이다. 대화체에서 큰따옴표의 생략이 그렇고, 다음으로는 문단의 분절에서 뚜렷하게 나타나지 않은 분절적 요소들이 희곡의 한 부분을 연상케 하는 것들이 그렇다.

밤은 교교하다. 밤은 소리들을 빨아 들여 버린다. 어둠은 언제고 소란스런 것들을 삼키고 덮는다. 그리고 낮에 안보이던 새로운 것들을 탄생시킨다. 홍국사 뒷등성이. 만적이 나타나자 그들은 다들 일어선다.
떠났는가? 막 도착한 만적이 나직이 묻는다.

(만적)

역사를 위한 것이 아니라, 역사적 인물을 위한 것이 아니라, 역사를
통해 이념의 정립이나 새로운 사실을 알기 위해서도 아니다. 유금호 역
사소설은 삶의 구체적 현신인 인간들의 행태학이며 존재론이다. 이러
한 것을 달성하기 위한 그의 글쓰기의 기교는 매우 감각적이며 빼어난
문체와 서술적 기법에 있다. 그는 서사적 역동성이 넘쳐나는 역사적 전
쟁이나, 민란을 서술하면서도 결코 격앙된 분위기에 빠지지 않는다. 이
러한 측면에서 그의 글쓰기는 서정적이기까지 하다.[28] 그러나 그의 서
정성은 사실 그리 높지 않으며, 그러한 기법을 택한 것은 그의 주제의
식를 돋올하게 하기 위한 문학적 전략으로 봐야 한다. 천민의 란, 삼별
초의 최후, 동학혁명 등과 같은, 굵직한 역사적 사실을 소재로 하면서
도 그가 강한 서사적 추동체인 플롯을 버리고, 한 존재가 안고 있는 개
인적 상황과 사회적, 시대적 상황의 개인화를 취한 것은 아무래도 유금
호 소설의 본질적 주제적 망이 어디 있는가를 알 수 있게 한다.

---

28) 찰스 메이/ 최상규 역, 『단편소설의 이론』, 「서정적 단편소설」, 예림기획. p.301
　　현대 단편소설을 두 가지의 상관된 발전 과정을 고려해야 된다고 본다. 즉 <서사
　　적 epical>이라고 할 수 있는 대집단적 설화 형식의 발전과정과, <서정적 lyrical>
　　이라고 부를 수 있는 소집단의 발달 단계를 더듬어 보아야 한다 주장한다. 대집단
　　적 설화의 특징은 주로 플롯을 진행시키기 위해서 조직화된 작중인물들을 통해서
　　외면적 행동 action이 <3단 논법>식으로 발전되어, 때로는 보편적 통찰을 할 수
　　있게 해 주는 결정적 결말 부분에서 클라이맥스에 달하며, 편리할 정도로 수수한
　　산문·사실의 언어로 표현되어 있다는 것이다. 또 하나의 계열의 단편소설은 내적인
　　변화나 분위기나 감정에만 중심을 두고, 정서 자체의 형태에 좌우되는 다양한 구조
　　적 정형 pattern을 사용하며, 대부분이 그 성과를 개방적 결말 open ending에 의존
　　하고, 응축되어 있고 환기적(喚起的)이고 흔히 수사적인 시(時)의 언어로 표현된다.

회오리처럼 격한 4월의 꽃샘바람이 나뭇단 주위를 감싸돌면서 진달래꽃 빛깔 같은 맹렬한 불길을 나뭇단 모두에 붙여 놓았다. 그 붉은 불빛과 맹렬한 연기 저 위쪽에서 통정의 시체 곁에 반듯이 꿇어앉아 두 손을 합장하고 있는 아주 하얗게 보이는 연지의 얼굴이 분명히 처음으로 밝게 웃고 있는 모습을 사람들은 본 듯했다. 아니 그것도 잠시 불길 틈으로 보였을 뿐이었기 때문에 전혀 웃는 얼굴이 아니고 찌그러지고 불길의 열기에 고통으로 일그러진 얼굴이었는지 몰랐다. 그러나 분명 그 불길이 두 사람을 완전히 휘감아 태우고 있을 때, 그들은 처음보는 밝은 웃음의 연지 모습을 각자가 보았다.

(김통정)

김통정의 여인으로 제시된 분이라는 주인물이 김통정과 함께 산화하는 장면이다. 이는 역사적 사실과는 다를 수도 있지만, 소설의 결말에 나타나서 동사한다는 몹시 감동적인 구조를 보이고 있다.[29] 어떠한 서사 텍스트인지, 텍스트 그 자체는 무의식적인 충동의 영향을 보이는 반복과 중층결정 over—determinations의 그물망이다. 그 연행은 증후, 이미지, 환영의 전시이며 독자에게는 한 파편이자 동시에 풍부한 전시가 된다.(Wright 1984:113)

그러므로 이런 고찰은 주제들이 하나의 서사적 미학에 참여하는 방식 둘을 제시한다. 결합 체계에서 발생한 것으로 주제들이 한 사건에 수렴하는 방식을 통하는 것이 그 하나이고, 존재론에서 발생한 것으로

---

29) M. A. Ferguson, 김종갑 역. 『문학 속의 여인들』, 여성사. p.29.
문학작품 속에 나타난 여성의 이미지를 살피는 과정에서 우리는 다음 사실을 명심할 필요가 있다. 즉, 대부분의 경우 여성들은 남자의 관점에 투영된 모습으로 등장한다는 사실이다. 서양의 문학 전통은 남성적인 시각을 거쳐서 성립되었기 때문에 남성 작가이든 여성 작가이든 그러한 전통의 강한 지배를 받는다. 특히 유금호 소설의 여성 인물들은 매우 독특한 존재 양상을 지닌다. 그들은 주위의 세계에 대하여서는 몹시 급진적이며, 동시에 대담한 반면에 주인물인 남성과의 관계에서는 소극적이며 순종적인 면을 갖는다는 점에서 위의 인용과 궤를 같이 한다.

주제들의 내적 구조를 통한 방식이 또 하나이다. 그리고 바로 그 접점이 유금호의 역사적 인물의 텍스트화의 요체이다.

3) 외면화된 죽음의 의미론

죽음은 유금호 소설의 가장 내적 주제이다. 기실 그의 소설은 죽음과 관련되어 있거나 죽음으로 기인하였거나, 죽음에 대한 깊은 해석으로 되어 있다해도 과언은 아니다. 허무나 고독은 죽음의 그림자와 같은 것이며, 적어도 그것의 약화된 형태로 나타난다. 작가 어머니의 죽음과 동생의 죽음 역시 이러한 작가의식을 갖게 하는 데에 큰 영향을 주었겠지만, 사실은 마지막 전후 작가로 분류될 수 있는 창작의 시기와도 역시 관련되어 있다.[30]

죽음은 탄생과 마찬가지로 자연적인 질서의 일반법칙이며 과정이요, 인간 존재의 기본적인 인식의 절대적 요소이다. 생의 절정과 생을 零度化시키는 극한의 표현으로서의 죽음은 그 격렬한 분리만큼 인간의 많은 사색과 상상의 영역에서 넓게 작용하는 것도 드물 것이다.

「씨우잉 아 씨우잉」, 「조용한 破列」[31]에서부터 「허공 중에 배꽃 이

---

30) Edward seid, 전게서. Seid에 따르면 어떠한 문학비평행위라도 역사와 사회 즉 현실 상황으로부터 분리될 수 없다고 주장한다. 텍스트는 그 가장 순수한 형태에서 조차 항상 주위 상황과 시간, 공간 그리고 사회 속에 얽혀 있는 방식으로 존재한 다는 것, 즉 그것이 세상 속에 존재하기 때문에 세속적이라고 한다. 그리고 그는 본저 10 장 여행이론Travelling Theory에서 파생filiation과 제휴affiliation관계라는 매우 독특한 개념을 토대로 그의 비평이론을 전개한다. 파생이란 세대와 세대 사이의 자연스러운 전이나 계속성, 또는 자신이 태어난 문화와 개인간의 관계를 의미하고, 제휴는 태어난 이후에 갖게되는 여러 가지 관계와 결속을 의미한다. 파생은 부모와 자녀의 관계이며 제휴는 夫婦처럼 자신의 선택으로 되어지는 관계와 결속을 의미한다.
31) 이 작품은 첫 창작집에서는 '조용한 破列'로 게재되었다가, 세 번째 소설집에서는 '조용한 破裂'로 재수록 되어 있다. 이는 '마루 위를 뛰어가다'라는 경우에도 그러하

파리 하나」에 이르기까지 그의 소설에서 나타난 편만한 죽음들은 그의 의식의 지향의 현주소가 어디인지를 분명하게 보여준다. 그에게 있어서 삶을 자각한다는 것은 이미 죽음을 대상화한다는 것, 즉 죽음이란 삶의 일종의 타자로서 존재시킨다. 그는 언제나 어디에서나 죽음을 응시한다. 그 응시는 두려움이나 불안은 아니다. 외려 작가에게 있어서 죽음이란 老莊의 無爲와 근사하다. 즉 生死一如처럼, 삶과 죽음은 동일성을 갖고 있는 것으로 보여진다. 그래서 죽음은 생의 이행과정이며, 삶의 일회성 내지는 不可逆性으로 인한 자연과의 대립과 모순을 로정시킨다.

그러므로 그에게는 죽음이란 삶의 변화된 상태일 뿐이다. 불가에서는 윤회의 순간이며 니체에게는 永久轉廻(Die ewige Widerkunft)일 것이다. 그래서 그의 작품에는 죽음은 매우 강력한 통어적 요소이면서도 직접성을 지니지 않는다. 즉 주인물이 죽는 것은 잘 보이지 않는다. 그는 죽음을 목격해야 하고, 죽음에 슬퍼해야하고, 죽음을 기록해야 하는 인물서술자로서의 존재한다. 그 이유는 작가란 외적 현실로부터 탈출하여 그것과의 거리를 유지할 때 그 현실을 보다 더 정직하게 관찰할 수 있기 때문이다.[32] 즉 죽음을 외면화시키고, 그것의 영향으로 고통과 연민, 정한과 그리움 등의 정서로 소설적 정황을 극대화시키고 있다. 그리하여 그의 작품에 나타난 죽음은 종교성을 말끔히 제거되고 있음을 볼 수 있다.

죽음이란 작가 유금호에 있어서 생의 비극적 조건 중 하나일 뿐이다. 그러므로 죽음은 오히려 생을 자각하게 하며, 생의 의미를 부각하게 하는 유용한 심리적 기재로서 작동하며, 그 작동은 우리에게 죽음에 대한

다. 그러나 전작과 비교적 최근의 작품인 同名의 소설은 소재나 주제에서 전혀 다른 작품이기 때문에 제목 뒤에 (1), (2)로 구분하여 논할 것이다.

32) 권세훈, 로베르트 무질의 『세 여인』에 나타난 죽음의 의미, p.77.
계몽주의의 단계를 거친 근대에 들어와서 죽음은 종교적인 의미가 탈색되고 주인공이 추구하던 삶의 좌절이나 절망, 혹은 정체가 불분명한 힘의 작용의 결과로 나타난다.

살아 있는 자들의 고통을 통하여, 생의 비극적 현상들과 존재의 허무함을 일깨우고 있다. 이러한 일깨움으로 얻어지는 것은, 아무 것도 없음 "Nothingness"일 것이다. 우리에게 있는 모든 것은 결국 아무 것도 아닌 것으로 환원되어 가기 때문에, 우리는 인간의 욕망의 부질없음과 그것을 感觸하지 못한 자들의 어리석은 행동양상들을 풍자하거나, 예각화하여 다르게 드러냄으로써, 우리에게 새로움을 준다. 그리하여 훌륭한 작가들이란 어떠한 의미에 있어서는 방해자들인 것 같다. 그들은 마치 자신들의 최상의 이득은 보류해 놓고 있는 것 같다.

그러나 유금호 소설의 죽음의 특징은 일반적인 양상과는 다르다.[33] 즉 주인물의 죽음이 아니라는 데에서 간접화된 죽음의 양상을 보여준다. 이는 그 경험이 직접이 아니라는 데에서 비극성이 약화되며, 소설적 갈등구조가 따라서 약화될 수 있다는 점에서 문제적이다. 그리고 이러한 약점에도 불구하고 작가 자신이 그러한 구성을 즐겨 사용했다는 것은 그것의 의도성이 다른 데에 있을 것이라고 보는 것이 타당하다.

어머니는 아래옷을 몽땅 벗기운 채 다리 사이에 칼이 꽂혀, 피냄새 속에 반듯하게 누워있었다. 나는 정신없이 마루를 뛰어내려 대문께로 뛰어나오기 시작했다.

적어도 죽음은 역시 고전적인 우리들 할머니의 죽음 같은 것이어야 한다는 향수가 내겐 늘 있었다. 빨갛고 흰 꽃송이들이 줄레줄레 달리

---

33) 전게제, p. 80.
　　무질은 죽음을, 주체와 객체가 하나가 되는 신비적인 체험의 기회는 자연의 비밀을 이해하고 스스로를 구속하는 모든 인과관계에서 해방되어 자유로운 영혼을 지닌 개별자들에게만 주어지며, 인식의 지평이 무한대로 확장되는 이 순간은 죽음과 연결되어 있다. '비실제적'이고 신적인 차원에서 느껴지는 일종의 황홀함은 존재의 현실적 근거마저 앗아갈 위험을 내포하고 있기 때문이라고 간주한다.

고 상복을 입고 그 꽃상여 뒤를 따르는 자손들, 구슬픈 요령소리, "어
허이 어허이" 꿈결같은 상두꾼들의 음성이 뒤범벅되어 호상이지, 암
호상이고 말고. 죽음은 그런식으로 자연의 질서 속에 있어야 했다.

(파란빛 파리떼)

어머니의 시체를 본 서술자의 행동이나, 죽음이란 어떤 것의 절차 속
에서 존재해야 하는, 그러나 그것이 자연의 질서라는 서술자의 언술에
서 살펴지듯이 작가의 죽음에 대한 간접성과 죽음을 타자화하는 관념
을 우리는 유심히 살펴야 한다.34) 어머니의 죽음으로 그가 겪어야할 고
통이나 슬픔은 아직 존재하지 않는다. 어머니의 죽음, 그것도 몹시 끔
찍한 주검을 보고도 슬퍼하는 것이 아니라, 도망가야 하는 것은 사실적
이기는 하지만 소설적이지 못할 수도 있다. 일반적으로 유년에서 맞부
딪히는 죽음은 성장이라는 것과 밀접한 관계가 있는 것으로 보인다. 왜
냐하면 죽음이야말로 우리 삶의 최대의 비극이며, 그렇기 때문에 우리
는 가장 격절스런 감정의 충격을 경험하고, 그 경험은 우리 삶의 인식
을 깊이 있게 해줄 수밖에 없는 소설적 구조이기 때문이다.

H. Hesse에 의하면 주인공들의 자기실현과정과 죽음의 과정이 유아
기의 낙원단계에서 갈등과 절망의 단계로, 이 단계에서 죽음으로 이루

---

34) 다니엘 베르제, 전게서.
   일반적으로 구술적 연행에는 배제와 포함이라는 원칙이 존재한다. 화자는 말하기
   가 이루어진 공간에 어떤 창자를 포함시킨다. 서사체는 우리의 경험을 아무렇게나
   분산되어 있는 것처럼 보이는 것에 반하여, 언어적 수단을 배열하는 네겐트로피
   Negentrophy를 포함하고 있다. 만약 "당신에게 ...을 이야기 해주겠어"라고말한다
   면 우리는 수해동사를 사용하면서 필시 거래의 관점으로 볼 수 있는 일종의 계약
   상태에 들어서게 된다. 계약이란 반드시 경합적 요소가 끼어 있기 마련이다. 경합
   이란 서로에 대한 주도권을 쥐는 것을 말한다. 서사적 계약은 그것이 행위이면서
   동시에 연기인, 다시 말해 하나의 행동이면서 동시에 하나의 재현 행동의 거래를
   성립시킨다는 점에서 다른 언어적 계약과는 다르다.

는 몰락의 단계와 구원의 단계로 이어지는 인간성숙 3단계의 과정을 통해 전개되는 것이 자신의 작품의 구성적인 특징이라 밝히고 있는 것으로도 파악된다.[35]

이러한 죽음의 간접화 경험과 외면화는 이제 죽음과의 정면에서 마주친다.

> 영혼이라는 것이 있다면 내 동생의 영혼은 지금 어디쯤 머물고 있을까. 내 아버지는, 또 어머니는……연지 아줌마나 아편쟁이였을지도 모르는 동생, 민지라는 여자는 또 어디에 머물고 있을까. 옻나무피리 때문에 돼지 주둥이가 된 내 친구, 용구는 자기를 태워갔던 상여를 불 태워버려, 비봉산 중턱 제 무덤에서 한 발자국도 나오지 못하고 꼼짝 않고 누워 있는 것일까.
>
> (허공 중에 배꽃 이파리 하나)

살아오면서 만난 존재들 중 가장 의미 있는 존재들의 소멸을 대하는 중년의 나는 아직도 죽음의 불가해성 앞에, 너무도 어리석은 질문을 하고 있다. 그러나 그들은 지금 내게 없다. 영혼이 머물고 있는 곳은 어딜까도 아니다. 작가는 분명히 "영혼이라는 것이 있다면" 하고 가정적 전제를 내세우고 있다. 죽음은 이제 미구에 내게 닥쳐올 삶의 한 현상이다. 정말 모를 것인가, 그는.

> 한순간 나는 따라놓은 컵 속의 소주 위에 내려앉은 별을 보았다. 잔을 집어 들자 술잔 위의 별들이 흔들렸다. 그 흔들리는 작은 별에서 문득 호르르 날고 있는 배꽃 이파리를 보았다. 분명 배꽃이었다. 푸른빛 도는 창백한 배꽃 이파리들이 흰나비 같이 하르르, 하르르 바람에 날리

35) 유병민, H. Hesse 작품에 나타난 죽음의 의미연구, 중앙대. 1989. pp.12−9

면서 내 컵 안으로 떨어져 내리고 있었다.

(허공 중에 배꽃 이파리 하나)

앞에서 조심스럽게 예단했던 그의 죽음의 본질에 대한 현재에서의 각성은 여기에서 풀린다.36) 더구나 배꽃과 나비의 은유적 비유는 상징이다. 그것은 장자의 꿈이며, 그것은 무위이며, 그것이야말로 생의 요체이며, 자아가 타자가 되고, 타자가 자아가 되는 이 무위변전의 법칙이다. 죽음은 삶의 또 다른 이름이며, 삶은 죽음의 현상적 거울로 작동하고 있다. 이러한 無爲變轉의 의식이 유금호 소설에 나타난 죽음의 주제적 의미이다.

3. 결론

본고는 유금호 소설의 주제의식에 대하여 논구하였다. 텍스트에 나타난 그의 주제적 모티프는 절대적 자유를 갈망하는 인간의 욕구와 그것의 좌절로 인한 허무와 고독의 문제와, 역사적 사건과 진실과는 다른 층위에 존재하는 개인의 삶의 양식과 역사의 자각방식과 전후작가의 특징적 양상인 전쟁체험에 의한 내상과 죽음의 강박과 그 극복으로 볼 수 있었다.

허무와 고독의 문제에 있어서 유금호 소설은 다양한 모티프를 통해서 생의 존재에 이미 내제된 불안과 허무의 그림자가 어떻게 인간들을 절대적 고독 속으로 끌어가고 있는가를 파노라마적으로 펼쳐서 보여주고 있다는 것을 보았다. 그리고 그러한 허무와 불안의 구체성으로서

---

36) 권세훈, 전게제. p.69. 죽음은 단순히 삶의 반대가 아니라 주체와 객체의 완전한 통합이며 일종의 자아 해방으로 이해할 수 있다. 거꾸로 말해서 이러한 유토피아적 상태는 아직은 현실세계에서 지속될 수 없는 제한적인 체험이다.

의 근대적 인간의 삶의 허무는 실제로는 완전한 자유와, 그것의 문학적 상징인 꿈꾸기로 현재화 되고 있다는 것을 알 수 있었다.

역사적 사건이나 역사적 실재적 인물도 그에게는 현존적 삶의 과거적 투영으로 여겨지는 현상이 유금호 역사소설의 주제인 것으로 드러났다. 그래서 역사적 사건이나 그것이 우리민족사에 미친 영향이나 문제점이 아니라, 그러한 실재를 몸으로 부딪힌 존재들의 역사에서의 개인을 그리고 있다는 점에 그의 역사소설의 주제가 주는 의미론적 가치를 알 수 있었다. 이른바 "밑에서부터의 역사"라는 것에서 한 발 나아가 개별적인 것들의 역사적 조명이 이제 비로소 시작해야하는 유금호 역사소설의 문제성이라고 볼 수 있었다. 그의 통사법이나 담론적 서정성들이 유의해야할 부분이다.

죽음의 문제야 말로 유금호 소설이 보여주는 궁극적 문제의식이었다. 전후작가의 한 사람으로서 그 역시 경도된 죽음, 편만한 죽음의 현장 속에 인간의 존재의 문제를 누구보다 깊이 통찰해내고 있다. 그러나 그의 죽음은 외재화 또는 외면화된 죽음으로서 죽음이 살아 있는 자들에게 남긴 의미의 천착과 이후의 삶의 질곡에서 어떻게 작용하는 가에 초점된 점이 그의 특징이라 하겠다. 그것은 상실된 것의 그리움에 대한 궁극적 실천인 산 자들의 죽은 자들에 대한 생명의 연장과 공여라는 데에 있었다. 그러므로 산 자들의 생명은 혼자의 삶이 아니라 그리움의 대상인 사람들과 더불어 사는 매우 귀중한 것이라고 말하고 있다. 그러한 부대의식을 느끼는 한에 있어서, 죽음은 단순히 삶의 반대가 아니라 주체와 객체의 완전한 통합이며 일종의 자아 영속적 해방으로 이해할 수 있다고 본다. 그러나 이러한 유토피아적 상태는 아직은 현실세계에서 지속될 수 없는 제한적인 체험이라고 봄으로써 아직 치유되지 않은 생의 근원적 아픔들은 존재하는 한 연속되고 있는 것으로 파악한다.

욕망의 기호 돈, 그 Simulacra

1. 들어가며

예술은 인간의 회구와 願望에 대한 욕망의 가장 정치하고 가장 승화된 형태이다. 예술은 미지와 不覺의 것에 대한 명료한 형태적 예시일 뿐 아니라, 그것의 본질을 감각기관을 통해 드러나게 한다. 그런 의미에서 예술작품은 종교의 경전이다. 어느 시대에서나 예술작품은 그 당대 삶의 에피스테메—푸코적 개념으로—를 보여준다. 그런 의미에서 예술작품은 시대의 불입문자라 할 수도 있다.

예술로서 문학 —소위 근대 문학의 개념—이 언제 시작되었는가에 대하여는 의견이 분분하다. 그 분기점 중 하나가 화폐, 특히 지폐의 출발로 보는 견해도 있다는 점에서 문학과 돈과의 관계를 알아보는 것은 매우 흥미롭고 유익하다. 그래서 Lionel Trilling은 현대 소설은 돈이 사회적 요소로서 출현하면서 생겨난 문학이라고 했다. 그 중에서 소위,

리얼리즘 문학은 사회가 물질에 의해서 점진적으로 腐蝕을 겪으면서 일어난 문학이다는 것은 이미 정설로 인정된다.

일반적으로 화폐는 인류의 삶과 같이 해왔다는 데에 동의 한다. 모든 것들이 正貨로서 다른 정화들과 교환되는 것을 우리는 물물교환이라고 불렀다. 교환되는 것이던, 교환된 것이든. 그것들은 필요에 의해서 내 것이 되는 것이므로 중시해야할 것은 교환의 수단이다. 좀 더 발달된 교환의 형태로서 금본위제도 아래에서 주조된 화폐의 시대에서, 지폐로의 변환과정은 경제적 형태뿐 아니라 인류의, 특히 서구인들에게는 엄청난 심리적 변환을 초래했다.

인간의 감각은 지각과정에 깊이 참여하는 것으로 발견되었다. 감각 기관은 단순히 감각한 것을 뇌에 전달하는 수동적인 기관만이 아니라 동시에 반응하는 것으로도 알려졌다. 이는 감각 기관이 대상물을 감각 하는 것이 바로 그 본질에 대한 지각적 인식이라는 것이다. 금환나 주화가 갖는 중량과 그것이 함유하고 있는 기존의 물질적 가치가 사라진 다는 것은, 종이라는 대체물로 변화되는 것을 수용한다는 일은 결코 만만치 않은 심리적 인식적 문제를 안겨다 주었고, 그 충격은 컸다.

언제든지 동일한 금으로 태환되는 화폐와 불환되는 지폐로의 변화는 인간의 사고를 변화시켰다. 그 자체로 존재 가치를 지닌 금화에서 종이화폐와, 전자화폐(현재의 상태를 역시, 신용카드를 거부하는 연령층을 살펴보면 짐작 할 수 있지만)의 변환은 물질의 속성과 그것의 가치를 동일시하던 시대의 사고를 바꾸었다. 이제 가치는 동일하다고 머릿 속에서 인정될 뿐이다. 언제나처럼 내 것으로 보관 가능하다고 믿었던 화폐는, 동등의 가치만 지닌 것이며, 내 것으로서 변환되어 장롱 속에 놓일 수 없다는 데에서 오는 심리적 허탈과 박탈된 감정은 쉽게 대체물을 찾을 수 없다. 다시 한 번 겪는 욕망의 시뮬라크르 변환 과정.

사고의 변화는 그에 대한 인식의 재정비를 요구한다. 즉 이제야 현실적이고 매우 대중적으로 실재와 상징이라는 것에 대하여 지각되기 시작한 것이다. 언제든지 금으로 변하는 화폐의 실제성에 기인한 실재와 그것을 그렇게 인정하겠다는 내적 실재성은 갖지만 실재성을 소멸시키는 상징화 작용을 가장 흔한 형태인 일상생활을 통하여 지폐의 상징적 속성을 현실화 시켜가야만 했다. 이제 지폐야말로 돈이지만, 그것이 금으로 가역적 변화를 가져올 수 없다는 현실을 인정해야 했다. 예술작품이 인간의 영원한 희구적 갈망을 채울 수 있는 것이지만, 그것 자체는 아니라는 것의 철저한 인식의 변환과정을 겪어야만 했다.

마르크스는 상품이란 <본질적으로 생산품이고, 다양한 가치가 있므에만 국한 되는 게 아니라, 인간의 의지를 뛰어넘는 작용을 함으로써 인간을 구속하는 하나의 관념형태로 된다>고 했다. 이는 인간 스스로가 만든 상품 교환이라는 제도 속의 모순성들에 대해 주목하여보자. 물질들의 소유 욕구가 일종의 도착성으로 변화되는 매우 경박한 인식적 틀에 사로잡혔다고 간주한다.

지폐는 부의 휘발성 있고, 불예견적인 개념을 가져왔다. 징화들의 실존적 가치(Real)와 지폐가 갖는 교환적 가치만(Symbol)을 갖는 돈이라는 단어의 명징한 실제성, 거기에 덧붙여진 교환가치와 사용가치의 전도적 현상이 가져온 현실적 모순, 두 현상을 모두 체득해야만 원만한 생존이 가능했을 것이다.

이러한 전제적 인식 아래에서 본 강의는 두 갈래로 살펴보고자 한다. 본 논의는 여러 학자들의 논지를 참고삼아, 강의자 본인의 논점에서 돈의 속성 중 일부를 문학이라는 스펙트럼을 통해 보고자 하는 것이므로, 상당한 논의의 비약이나, 오류가 있을 수 있음을 미리 밝혀두고자 한다. 또 여러 가지 제약상 깊은 논의가 가능하지 않음에 대한 여러분의 양해도 요청한다.

2. 시를 통하여 본 돈과 문학의 상사성

성급하게 말하자면, 돈과 언어는 인간에게만 유일한 것이다 말해도 틀림없을 것이다. 다른 어느 생명체도 인간처럼 자신의 생존적 본능을 대체물로 교환하여 획득하지 않는다. 그 대체물은 돈이라는 사실에 대하여는 두 말할 나위가 없다. 언어 역시, 다른 동물들도 언어적 행위를 통한 의사소통을 한다고 할지라도, 인간의 언어처럼 본질적인 것은 되지 못한다는 것은 이미 알 것이다.

또 돈과 언어는 매우 추상적인 사회적 규정이다, 왜냐하면 언어가 그렇듯이 돈 역시 사회적 계약이기 때문이다. 어떤 과정을 거쳐서 그것이 결정되었는지에 대하여는 다른 분야에서 추론할 것이지만, 우리는 <1000원> 짜리 지폐가 갖는 교환적 가치와 <10000원> 짜리가 갖는 교환적 가치는 10 배만큼 크다는 데에 사회적 승인을 했다. 그래서 10000원 짜리 한 장은 1000원짜리 지폐 열 장과 동등하게 바뀌며, 이는 어느 지역이나 동일하다.

사유와 실제의 관계를 변증법적으로 추구하기 위해서는 언어와 돈의 경제적 상징화와 상품으로부터 정치적 경제를 하나로 보는 형태적 상사성을 찾아내는 데에 있다고 말한 Anne Heim의 주장은 오늘 우리의 주제를 다루는 데에 있어서 매우 유용하고 또 몇 가지의 시사점을 던져준다. 안네 하임은 그녀 자신이 명명한 용어 <경제시학 Economopotics>에서 문학과 돈의 경제적 구도의 상사성을 다음과 같이 3개로 나누어 강조한다.

첫째, 시학적 함의와 관련된 돈의 경제적 행위를 포함한 내용의 수준으로 살핀다, 즉 언어의 경제적 사용인 此兪가 이것의 예시이다.

둘째, 대표적인 특징들로 드러나는 교환의 과정과 관련된 것이다. 문학텍스트와 실재 사이의 교환적 매개를 가리키는데, 이는 돈과 소비재를 교환한다는 것과 구조적 상동성이 있다고 보기 간주하기 때문이다. 문학사회학의 좀 더 확연된 것이라고도 생각할 수 있다.

셋째, 문학적 전략으로서 문학경제학과 관련된 것이다. 시학적 경제와 물질 사이를 결정하는 작가의 외현적 관계이다. 여기에서 바로 문학경제관의 대표적 양상이 나타난다. 이를테면 Richard Gray는 중산층 출신 작가들이 부르주아 경제 형태를 그들 같은 계급의 외적 독재자들 보다 더 강하게 투쟁했다고 주장한다.

인간의 정서와 감정은 특정하여 구체화 될 수 없는 미묘성을 지닌다. 그러므로 어떻게 하더라도 인간은 자신의 행동으로써 자신을 전적으로 온전히 표현해 낼 수 없다. 자신을 표현 하는 수단이 언어라는 것은 어무 자명하다. 그렇다면 언어로써 우리는 우리를 전부 말할 수 있는가? 그렇지 못하다. 그러므로 우리는 언어를 잘 사용하려고, 언어를 확장시켜 우리를 더 정치하게 표현해내고자 하지만 그것은 어려운 일이다. 언어가 갖는 기표와 기의는 추상적이며, 또 늘 미끄러지는 속성을 지니기 때문이다. 그러나 추상이기 때문에 갖는 언어의 미덕은 우리의 정서와 감정의 표현에 대한 해석의 층위를 더 폭넓게 열어주어, 보다 다양한 이해를 갖게 해줄 수 있다는 데에 있을 것이다.

문학의 특성 중 또 하나가 언어의 경제성이라는 데에 동의한다면, 그 상징적 비유로, 왜 금본위제를 탈피해야 했는지에 대하여 우리는 인정할 수가 있다. 주화나 금화 자체의 중량과 그것의 소멸은 금 자체의 손실로 이어지고, 그것은 자본적으로 재화의 상실로 환위되기 때문이다.

문학은 언어의 특별한 사용이다. 일상어와 문학어가 다르다는 의미가 아니라, 문학 언어는 일반 언어 그것과는 다르게 사용했을 때에, 언어예술이 가능하다는 것이다. 그 중 가장 흔한 것이 비유법일 것이다. 비유란 뭔가를 지칭하는 데에, 일상적인 언어가 아닌 다른 것을 빌어 표현하는 방법이다. 이럴 때, 가장 중요한 것은 가장 경제적 방법으로, 가장 효과적인 표현행위를 통하여 그것을 동일한 효과를 내야한다는 것이다. 그것 중에서 원래의 것보다 보다 짧으나, 보다 강력하게 원의를 드러낼 때, 우리는 훌륭한 수사라고 한다. 그러므로 비유적 언어는 언어의 경제성에 입각하여 동일한 효과를 냄으로써, 보다 깊게 우리들의 마음속에 지시체에 대한 인상을 갖게 하는 일련의 과정이다.

물물교환 때에 물건이나 화폐경제의 화폐가 갖는 경제성 역시 이런 교환과정과 동일하다. 특히 詩라는 장르는 언어를 경제적으로 사용하는 가장 좋은 본보기일 것이다. 시의 언어는 조탁성과 함께, 지시적 의미의 데포름을 확장하여, 독자로 하여금 새로운 이미지의 세계를 보게 하는 데에 있다. 그러므로 시는 의미를 드러내는 데 있어서 비유적 표현을 전적으로 의존하고 있다. 여기에서는 Philip Larkin은 "Money" 라는 시를 인용함으로써 이 장을 마무리 한다.

나는 돈이 홍얼거리는 소리를 듣는다.
그것은 마치 프랑스풍 유리창 아래로 보이는 소도시를 조금은 내려
다보는 것과 같다.

빈민가, 운하, 교회들이 초저녁의 햇빛 속에서 지나치게 스스로를
지나치게 꾸미며 미쳐가는 것 같다.
그것은 참으로 슬픈 것이다.

3. 돈과 현대소설

현재 세계 거의 모든 나라가 택하고 있는 자본주의 사회의 경제적 형
태의 특징은 약간씩 다를 수 있지만, 그 보편적 성격은, 자본 -그 양상
은, 돈 혹은 자본이라는 것은 조금 설익은 같지만 -에 의해 규정되고 있
다고 볼 수 있다.

Marx는 "내가 인간으로서 할 수 없는 것을 돈의 수단에 의해서 할 수
있다" 라고 말하며, 돈의 인간 소외력의 능력에 대하여 예견했다. 인간
소외 현상은 근대적 사유의 산물이며, 소설이 근대라는 역사적 변환 과
정을 가장 탁월하게 계승한 장르라고 본다면, 근대소설은 돈이 소설의
환경일 수 있다. 두 말 할 나위 없이 현대소설의 대부분이 물질적 대체
물로서 돈과 사랑으로 이뤄진 것이 그 본보기이다. 그러나 현대적 사랑
의 보편적 형태인 자유 연애 역시 Ian Watt의 말대로 개인주의 확립 이
후의 양상이며, 개인주의란 역시 경제적 개인주의의 확립이 조건이므
로, 그 역시 돈의 경제와 지평 위에 존재한다고 말 할 수 있다.

그래서 Shell은 돈, 언어, 그리고 사유실존의 관계를 조명하는 것이
현대 문학연구의 한 방편이라고 했다. 물론 쉘은 이들 관계의 필연성을
설정하려고 했다. 그는 경제적 언어적 상징화와 생산품 사이의 屈性的
(굴성적) 상호작용을 강조했다. 그는 현대소설에서 돈의 기호는 공공연
하든지, 아니면 매우 상징적으로 거의 모든 작품 속에 드러난다고 보았
다. 이를테면, 우리 30년대 소설의 궁핍의 문제와 70년대 소설의 사회

적 소외의 문제는 분명하게 돈과 관련된 것이다.

J. Goux은 일반등가물인 금 본위제의 상실은 보증되지 않은 실질에 대한 상실이다. 서설을 통해서 현실 재현을 꿈꾸던 리얼리스트들에게 이 변화는 현실이 아니라 현실 속의 욕망을 그리게 했다. 그래서 그들의 소설은 돈을 통하여 인간의 욕망을 제시하기에 이르렀고, 결국 돈은 소설의 의미론 있어서 사회적 성격을 말하는 주요한 Image가 되었다.

돈의 이미지의 소설적 변용은 돈이 권력과 사회적 위치의 결정한다는 인식의 결정으로 말미암아 작동하기 시작한다. 이는 <허생전>이나 <흥부전>에서부터 현대 우리 소설 대부분에서 나타나는 공통적 현상이다. 새로운 계급 질서는 돈(자본)의 소유의 다과에서 결정되는 것이다. 신분을 사고 파는 현상은 사실 권력을 구매하는 행위이다. 이제 권력도 교환되는 상품으로 변했다. 그리고 그것은 시장이라는 장소에서 얼마든지 교환되는 상품인 것이다. 그것의 구매력이 있느냐 없느냐에 따라 달라진다.

그러나 돈이 만들어내는 교환가치라는 것도 역시 비실체적인 카테고리에 속해있다. 상품구매를 실제로 착각하는 일종의 Fetishism이다. 이제 돈은 노동과정이나 물질생산 뿐만 아니라 문화 전체, 성행위, 인간관계, 환각, 개인적 욕망마저도 지배하고 있다. 특히 J. Boaudrillad는 이러한 것이 화폐를 통한 상품의 페티시즘으로 나타나게 되었고, 그 결과 모든 사물은 인간의 감각에 appeal하도록 상품화되고 기본적인 인간의 소비활동까지도 미학적으로 만족스럽고 양식화된 경험으로 바뀌게 되었다고 주장한다. 짐멜이 말한 바, 경제적 교환행위는 하나의 사회적 상호작용으로 파악될 때 가장 잘 이해할 수 있다고 전제하면서, 물품 거래 대신 나타난 돈의 거래 형식은 사회적 상호작용이란 형식의 변화를 이끌었다고 주장한다.

G. 짐멜과 Gordon Craig가 갈파한 것처럼, 어떤 욕망의 대상물로 변형할 수 있는 돈의 효능은 매우 심각한 문제인 것으로 강조하고 있다. 물 자체와 교환이라는 수단이 종교처럼 절대화 되는 위험을 내포하기 때문이다. Schopenhauer가 말했듯이, 돈에 대한 사랑이나 초점은 누구에게나 자연스러운 것이다. 왜냐하면 "돈 그 자체가 절대적 소유물이며, 그것은 개인의 욕망을 실제적으로 만족시킬 뿐만 아니라 추상적 욕구마저도 만족시킬 수 있기 때문이다."

그래서 전시대의 절대적 소유물이었던, 농경시대의 가장 강력한 자본이었던 <농토>는 그 순위를 내려놓고 이제 부동산이라는 또 다른 환유적 언어 지시체로 되고 만다. 우리 농촌소설은 이렇게 자본에 의해 잠식되어 파멸해가는 인물들을 줄기차게 그리고 있다. 이제 농토가 아니라, 토지의 문제가 대두되었다. 그 땅이 환금성을 얼마나 갖느냐가 땅의 가치를 결정한다. 농지의 사용가치는 이제 돈으로 교환될 수 있는 가능성의 고하에 따라 달라진다.

그에 따른 농부들의 노동력 역시 "세경"에서부터 임금노동자로의 전락을 보여주는 것이 한국농민소설의 전범이다. 특히 리얼리즘 계열의 소설은 농민들이 어떻게 농경사회에서 토해지고, 도시근로자로 전환되며, 결국 뿌리 뽑힌 자로서 도시 빈민자로서 비참하게 영락하느냐를 보여주며, 현실에 대한 분노를 표출시킨다. 이는 우리뿐 아니라, <제르미날>이나 스타인벡의 <분노는 포도처럼>등에서도 살펴진다.

일 자체의 신성함, 노동의 신성함은 사라지고 얼마나 버는가에 따라 평가가 달라진다. 사용가치가 아니라 교환가치가 절대화 된다. 이러한 자본에 의한 노동력의 예속화는 우리 시대의 인간조건에 대한 가장 폭력적 형태이며, 7─80년대 자본과 노동의 관계로서 <난쏘공>이나 돈의 성적 욕구의 달성 수단을 보여준 <별들의 고향>류의 소설에서는 불건전한 자본에 의해 현저하게 소외화를 겪는 인간의 모습을 촬영처럼 묘사된 소설들을 예를 드는 것은 너무 많아 지난할 것이다.

<돈이 최고야>, <돈 많이 버세요>, <대박 나세요> 등의 catch─phrase가 지배하는 우리의 인식을 종교로 갈파한 사람은 벤야민이다. Walter Benjamin은 자본은 이전에 종교가 주었던 것과 똑같은 걱정과 고통, 그리고 불안을 잠재우는 데 본질적으로 기여한다고 한다. 자본주의가 종교인 것은 종교가 향하는 방식대로 불안의 위로의 답습적 형태이다. 돈이 획득과 상실로 좌우되는 현대인들의 삶의 형태는 종교의 그것과 다름없기 때문이다. <저녁의 게임>에 마지막에 묘사된 여자의 돈 요구는 그래서 생경하다기 보다는 섬뜩하게 우리의 뇌리에 비수를 꽂는다. 매매라는 과정을 통한 성적 본능 충족에 대한 최소한 변명.

자본, 돈을 종교라고 보는 또 하나의 이유는, 돈에 의해 추동되는 자본주의는 자신을 목적화하는 것 때문이다. 즉 모든 종교가 신의 존재를 절대적, 신성불가침 영역으로 입성화하는 우상화 과정처럼, 이제는 돈벌이 자체가 바로 자기 목적성을 띠는 것이다. 돈은 수단에 불과해야 하는 것임에도 불구하고 돈을 버는 목적이 된다. 소위 타락한 세상에 타락한 방법으로 존재하는 것이다. 마르크스는 사회적 존재가 의식형태를 규정한다는 것과 대조적으로, 벤야민은 존재와 의식, 상부─하부 구조, 물질과 정신이 인과적으로 설명될 수 있다기 보다는 단지 <표현적으로 얽혀있다>고 본다. 소득과 욕망의 메울 수 없는 간극 때문에 인간은 빚쟁이가 되고 만다. 빚은 소비사회 구성원들에게 운명처럼 부과된다. 그것이 있는 한 자본주의는 영원할 것이다. 오늘날 젊은 작가

들의 파편화된 소설의 양상은 이렇게 단지 표현적으로 얽혀 있는 우리
들의 관계에 대한 소설적 대응인 것이다. 이러한 우상화를 피해 어떻게
인간은 자신을 회복할 수 있을 것인가? 이것이 빚처럼 부과된 삶의 방
법들을 찾지 못하는 우리들의 슬픈 자화상일 것이다.

소설의 圖像學的 연구 試論

— <尋牛圖>와의 비교를 통하여 —

1. 도상학의 문학에의 적용

독서행위는 주관적이기 때문에, 그 자의성으로 인하여 예술적 텍스트가 조응해내는 세계를 모두 이해하기란 사실 불가능하다. 아무리 정치한 독법으로도 언어의 미궁인 소설텍스트를 완전히 해석할 수 없으며, 또 유일한 방법론이란, 오히려 그 작품을 폐쇄시켜 그 가치를 훼손할 수도 있다. 소설 연구의 심화와 확대를 위해서는 보다, 다양한 연구방법이 요구되며, 조성기의 <통도사 가는 길>[37] 에 도상해석학이란 방법론을 원용하려는 본고의 의도 역시 여기에 있다.

도상학은 조형예술의 학문적 연구방법이며[38], 도상해석학은 색채와

---

37) 조성기, 『통도사 가는 길』, 민음사. 1995. 이하 「통도사」라고 칭함
38) 에르빈 파노프스키, 「도상학과 도상해석학」, 『도상과 도상해석학』, 에케하르트 케

선 등이 단위매체로 되어 있는 "회화"나 "像" 등 여러 형태의 조형이나 종교적 상징물의 의미 및 상징성들을 파악하려는 방법을 말한다. 도상 해석학을 문학연구방법으로 활용하기 위해서는, 언어예술인 문학과 형상예술인 조형을 동일 지평에 적용할 수 있는 방법적 준거와 틀을 가 져야 한다.

문학예술Wortkunst과 형상예술Bildkunst은 예술적 소원에 있어 동 일한 갈래를 가졌으므로, 그 본질에 있어서 같다고 인정되지만, 완벽하 게 증명하기 힘든, 미해결의 난제이다. 현재까지 연구를 검토해보면 첫 째, 형상예술과 문학예술은 대상의 재현, 모방이라는 점에서 공통점을 갖으며, 또 레싱의 논의처럼 시간예술인 문학과 공간예술인 조형은, 전 달매체의 달라짐에 따라 표현양식이 달라지고, 그로 인한 지각적 수용 에서의 차이만 존재할 뿐, 동일한 것으로 보는 견해도 있어 동질적인 것으로 간주하는 것이 일반적이다.

이를테면 사이버문학은, 조형인 영상과 언어인 문자, 그리고 소리인 음악까지 혼합되어 있는 형태이다. 이런 동질적 접합성의 예술작품에 대해 작가층과 독자층이 점점 확대되어지고 있는 점을 고려한다면 두 예술 장르의 각별한 분리는 오히려 현실에 눈을 감는 행위로 여겨진다. 또 비디오—아트에 있어서 공간예술인 조형이 "보기"보다는, 시간예술 의 "읽기"를 통하지 않고서는 이해할 수 없다. 비디오—아트는 한 장면 한 장면의 연속에 의해 "서술적 과정의 총체"로서만 "보여지고 이해되

멀링 편집, 이한순 외 번역, 사계절. 서울 1997. 3월. 139—149면.
파노프스키는 도상학Iconograph와 도상해석학Iconology를 나누어, 도상해석학은 하나의 작품이 그 구성과 도상의 틀 속에서 무엇인가를 의미하며, 그것의 상징가치 들을 발견해내고 해석하는 작업을 의미하는 것으로 간주하고 있다. 미술 분석과 다 른 것은 단순한 분석과는 달리 이는 종합하는, 해석적 작업을 강조하기 때문이다. 모 티프를 찾아내려는 것보다, 그림 속의 일화anecdote나 알레고리들을 다루는 것이다.

기" 때문이다. 이렇게 예술작품의 속성과 기능이라는 측면에서 살피면, 두 장르의 가장 중요한 질료인, '말'과 '형상'은 그 상호보완의 역학 속에서 가장 잘 이해된다고 보여진다.[39]

시론적 연구인 본고는 우선, 두 관점에서 적용될 수 있는 것을 선택하여 논하고자 한다. 첫째, 언어(문학의 질료)와 형상(도상의 질료)라는 두 예술의 기본 매체단위의 속성을 살펴 그들의 동질성을 찾아보고, 다음은 그 두 매체단위의 인식방법을 논의를 통하여 형상예술의 방법이 문학작품의 연구에 적용될 수 있음을 밝힌다. 즉 예술작품을 소통을 위한 것으로 보며, 그것을 가능케 하는, '예술언어Kunstsprache'를[40] 보는 관점, 즉 대상 인식이며, 두 번째는 그것을 가능케하는 인식방법이다.

문학예술의 언어와 회화의 물감, 조소의 다양한 재료들처럼, 실제적인 질료의 선택이나 제작기법에서는 차이가 있기는 하지만, 두 예술은 소위 대상의 모방하여 표현하는 데에 있어서는 동일한 행위로 환원될 수 있다. "시는 그림처럼"이라는 공리적 선언은 말과 형상, 두 장르의

---

39) 고위공,「문학과 조형예술의 관계에 대한 이론적 고찰」,『미학예술학연구』, 10권. 1999. 한국미학예술학회. 5−12면.
「문학예술과 형상예술」,『독일문학』, 77권, 2001년, 한국독어독문학회. 302 면.
필자는 두 논문에서 문학과 조형예술의 상관성과 이질성, 그리고 둘의 학제적 연구의 방향을 다각도로 논하고 있다. 특히 문학의 입장에서 본 조형예술과의 관계는 의미나 주제의 해석과 전달의 문제로 귀착시키며, 말과 형상은 각기 개념과 구상성이라는 말로 대체할 수 있다고 보는 등, 본고의 논의에 큰 바탕이 되었음을 밝힌다.
40) 고위공,「문학과 조형예술의 관계에 대한 이론적 고찰」,『미학예술학연구』8권, 1998. 한국미학예술학회. 23−24면.
예컨대, 고대예술의 모방을 '신화의 현재화'라고 말하는 빌렘스의 논의에 따르면 문학과 조형예술이 동일한 소재인 신화를 동일한 방식으로 현재화하기 때문에 동일한 것이라고 간주하며, 바이들레는 '모방'을 서술과 표현의 통일로 규정하면서 무용, 건축 회화를 모두 모방적 언어로 본다. 또 랭거는 '담론적인' 언어예술과, '비담론적인' 조형예술을 구별하는데, 이는 "언어성"의 개념에 대한 견해 차이일 뿐이다. 그러므로 이 술어는, 여러 예술장르에 있어서 표현하는 질료, 즉 매체를 소통 가능한 언어기호로 간주하는 술어이다.

표현의 유사성을 지지한다. 시가 곧 회화고 회화가 곧 시라는 말은, 두 장르가 '예술언어'라는 측면에서 공통적 속성을 지닌 것으로 시사하고 있다. 모든 조형예술품의 주제는 언어로 설명되고, 그 작품의 형상은 언어를 통해서만 명확히 해명된다. 더 나아가자면, '말'과 '형상'이 대상을 모방할 때 사용되는 매체적 특성으로 말미암아 다른 형태의 예술작품으로 표출되는 것이지, 본질적 속성에서는 같다.

예컨대, 한 작품 속에 그림, 문장, 표제어의 세 요소를 다 담는 고대의 우의화(寓意畵)나, 문학적 의미와 회화적 서술이 결합되는 알레고리의 본질을 보면 충분히 납득될 수 있다. 하름스가 말한 바와 같이 "텍스트─말─와 형상, 현상과 텍스트는 쌍둥이라는 공식은" 언어적으로 조음 된 것과 구상적으로 제시된 것은 상호관계임을 의미한다. 이때 조음된 것은 말이며, 동시에 기호이며, 기호는 형상이다.

그런데 이들 "말─텍스트"와 형상은 각기 "개념"과 "구상성"이라는 단어의 지시범주 아래 묶을 수 있다. 이때, 둘은 대립되는 것처럼 보이지만, 사실 구상성Ekphrasis이란 단어는 형상서술Bildbeschreibung의 동의어 ─ 그림Bild와 서술하다schreibe의 합성어 ─로 형상만이 아니라 언어능력인 서술적 "나타내는 언어의 능력"이라는 의미를 포함하고 있으므로 둘은 깊은 관련성을 알 수 있고, 우리의 논의 역시 논거를 갖는다.41)

이처럼 문학과 조형예술의 기본표현단위인 말과 형상은 원래의 이질적 특질로 인해 오히려 상호보완적 상황에 놓이게 된다. 즉 이들은 '형상서술'로서 "재현"의 능력을 구유한다. 도상학적 연구의 전범적인 우리의 제화시(題畵詩)처럼 그림의 여백에 시를 적어 넣는 심미적 행위

---

41) 고위공, 상게제, 302면.

의 저변에는 시와 그림이 한편으로는 '言志'를 한편으로 '자연의 재현함'을 동시에 가능케 하여, 미적 행위를 극대화하려는 의미로 받아드려진다. 이때, 언지 역시 서구적 의미로서 해석적 행위로 이해해도 크게 다르지 않을 것이다.

대상의 인식방법 역시 위와 같이 유추되어진다. 말과 형상을 파악하는 방법은 읽기와 보기이다. 전자는 문자의미 해독이라는 사고행위이며, 후자는 시각적 형상의 관조라는 감각작용이므로, 지각론적으로 양자는 다르다. 그러나 이들은 예술적, 심미적 感受行爲나 수용과정에서 조우하게 된다. 해석이란 활동이 그것이며, 더욱이 가다머에 따르면, 말예술과 형상예술은 함께 예술이 요구하는 읽기행위, 즉 해석이라고 본다.

가다머는 언어이해는 모든 예술에 공통된 중심이해라고 말하며, 여기에서 미술사 해석학이 성립되는 근거를 갖는다. 어떤 예술품이라도 해석하지 않으면 안 되며, 해석의 일차적 수단은 언어이기 때문에, 언어예술과 형상예술은 깊은 관련성을 지닌다. 이렇듯이 문자와 도상의 복합텍스트가 만들어내는 '표현과 해석'의 이중기능을 통해 개별 작품은 그들의 메시지를 보다 확실하게 전한다.

도상해석학은 예술작품의 바탕에 깔려 있는 상징적 가치, 내용, 함축된 의미를 밝히려는 학문이다. 그러므로 무엇보다 인간의 종합적 직관과 인간의 심리가 대상에 대하여 어떻게 작동되는지의 대한 감각적 이해가 필요하다. 즉 종합적 직관이란 억견과 사적인 방편을 차단하는 공시적이고 통시적인 세계관이 작용해야 하며, 다양한 예술론에 대한 적확한 인식으로 해석의 행위를 수행을 의미한다.

근대에 올수록 문학과 조형예술의 결합관계가 다양한 매체의 개입으로 멀어졌지만, 최근의 영상의 발달로 보다 활발한 동질화 양상을 보여주고 있다.[42) 언어와 형상, 문자예술과 형상예술의 이해는 대상적, 재료적 성질에 의존하기는 하나, 한 "예술작품의 의미해명"이라는 점에서 동일한 지평 위에 선다.[43) 위와 같은 관점에서, 도상해석의 방법역시 문학작품의 분석에 적용될 근거를 갖는다.

2. 도상텍스트와 문학텍스트의 변증법

현재 우리 도상학 연구는 음악과 미술, 종교학이나 시가에서 꾸준히 연구되어 괄목한 성과를 얻어왔다.[44) 특히 <심우도>의 경우 禪詩 연구와 더불어 높은 성취를 얻어온 것으로 인정되는데,[45) 이는 종교적 경전들이 ―바이블조차― 암기의 극대화를 위해 운문체로 되어, 형태적으로 산문에 비해 높은 친화력 때문이다.[46)

종교는 인간의 자기 사유를 넘어선 모든 것들에 대한 부재한 지식과

---

42) 고위공, 상게제. 7 ―10면.
43) 고위공, 전게제, 305―6면.
44) 김운학 『불교문학의 이론』, 일지사, 1981년. 187 면.
　자 명, 「선문학의 세계」, 『한국불교학』, 374 면.
45) 김운학, 앞의 책. 129 면.
　필자는 십우도를 중심으로 각 도판의 의미와 그 지향을 선종 교리에 따라 살피고 있다.
46) 최경환, 「이달의 제화시와 시적 형상화」, 서강어문 7권, 1990년. 서강대학교
　박진원, 「종교도상학」, 『종교학연구』9권, 1990년, 서울대종교학연구회
　윤호병, 「아이콘으로서의 시의 언어: 시의 이미지로 전이된 음악」, 『비교문학』25권, 2000년. 한국비교문학회
　「한국 현대시에 수용된 반 고호 그림」, 『비교문학』23권, 1999년, 한국비교문학회
　서혜숙, 「예이츠의 <자아와 영혼의 대화>와 곽암의 <십우도>」, 『동서비교문학저널』7권, 2002년. 동서비교문학회

대항할 수 없는 자연현상에 대하여 의미를 부여하고, 굴복하는 자신을 합리화시킨 것이 종교이다.[47] 그러므로 종교는 세계를, 신과 인간, 전지전능 대 무지무능, 옳음 대 그름 등으로 우리의 존재를 이원화시킨다.[48] 그리고 그것에의 도정의 기록이 경전이다.

모든 사람들이 쉽게 이해시키는 것이, 경전들이 문자와 더불어 시각적 형상화를 통한 표현방식을 지니게 된 이유이다. 문자 습득 이전부터, 종교적 훈육을 위해서 시각적 상징들과 그림문자들을 통해 제의 과정이나 절차, 금기와 그 위반에 따르는 처벌의 고통을 각인시키고자 했다. 많은 경전에도 불구하고, 십우도나 영산회상도 등은 그것에 대한 매우 확고한 증거가 된다. 또 십자가상 등의 아이콘이 성물로 받아드려지는 현상은 도상이 문자텍스트 경전보다 더 폭 넓게 활용된 경전 위치에 있는 "또 하나의 경전"일 수 있음 말한다.[49] 이는 禪詩의 경우에도 같다. 고승들의 해탈의 지경을 보여주는 메시지인 선시는, 우주와 세계에 대한 覺悟를 언어를 빌어 종교적 세계의 깊이와 각성의 찬송을, 그 경지에 선 자만이 알 수 있게 하는, 또 하나의 경전이다.

<심우도> 역시 중생 교화를 위한 불교의 도상 중의 하나이다. 衆生本有라는 불가의 인간관이 각성의 한 方便으로 윤회의 고통에서 깨어나 四生의 윤회를 벗어버리기 위해 존재한다. 한문 경전의 독해가 불가능한 범인들의 오독과 오해를 막고, 쉽게 깨닫게 하기 위해 만든 것이 <심우도>의 기능이며, 목적이다. 그것을 달성하기 위해 문자보다 덜

---

47) 정진홍, 「종교과 예술」, 『한국종교사연구』 11집. 2003. 한국종교사연구회. 1—5 면.
48) M. 엘리아데, 『성과 속』, 종교의 본질, 이동하 역, 학민사. 1983 89 면.
  인간과 신의 관계는 이원적이며, 종교적 인간은 이를 수용하고 자신을 그곳으로 비행하기를, 또는 편입되기를 원하는 사람들이라 간주한다.
49) 칼 퀸스틀레, 「기독교 미술의 상징사용과 도상학, 도상학의 방법」, 『도상학과 도상역해석학』 에케하르트 캐멀릴 편집, 이한순 외 역, 사계절, 2001. 83면.

추상적이고, 쉬 해석할 수 있는 그림이나, 동상 등 형상이라는 매체단위를 활용했다. 그러므로 대부분의 도상들은 종교적 의미와 예술적 형태를 구유한다.

소설이, 세계 내의 현상에 대한 작가의 정의에 대해 독자들에게 확인받으려는 스무고개라는 은유가 가능하다면, 독자는 그 정당성을 확인하며, 작품에 산종된 단서들을 찾아 조각 맞추기처럼 올바른 자리에 놓음으로써 또 하나의 텍스트를 만든다.[50] 독자에게 주어진 것은 작가에 의해서 은닉되고 변형된 텍스트란 열쇠뿐이다. 그래서 문학작품은 불가의 경전처럼 언어 그 자체로만 통용되지 않는, 불입문자이다.[51] 이 지점에서 예술은 종교와 조우한다.[52]

현대 소설이라는 무정형의 괴물의 궁전을 올바로 뚫고 입구를 찾는 이해라는 탐험로는 자체가 미로이어서 찾기 어렵지만, 작가들에 의해 해석의 방법들을 은밀히 흩어져 있다. 종교의 비의와 같게, 감춤과 드러냄, 열쇠와 자물쇠의 두 가지 기능을 동시에 지녀야하는 문학의 이원성, 모순성을 소설 장르에서 가장 명료화 할 수 있다.[53] 같은 이유로,

---

50) G. B. Madison, The Hermeneutics of Postmodernity : figures and themes, ndiana Univ. Press. 1990. p.148.
51) 不立文字, 教外別傳, 直旨人心, 見性成佛 이들은 모두 선의 목표이다. 모두 문자 자체의 축자적 의미보다 해석적 의미를 주장하는 점에서 문학을 통한 감동의 통달과 일치한다.
52) 조관용, 「상징과 신화의 해석을 통한 예술의 이해」, 『미학예술학연구』8권, 1998년. 한국미학예술학회, 123 면.
종교와 예술, 예술미와 자연미의 구분은 무의미하다. 미를 감상하는 세계는 일상적 경험을 벗어나 초월과 자유를 획득하며, 물질의 변형을 통해 존재론적 변형을 이루는 순간이다.
53) 고위공, 앞의 글. 297면.
필자는 이러한 것을 크게 보아 알레고리로 편입하면서, 알레고리는 텍스트와 형상, 질료성과 의미, 기호성과 역사성이 합쳐지는 지시구조를 뜻하는 이름이다, 라고 한다.

<심우도>와 <통도사>는 동일한 지평에서 해석이 가능하다. 형태적으로 먼저, 둘은 문자 기호와 그림 기호와의 차이일 뿐이다.[54] 의미 차원에서, 소설 속 인물이 텍스트 내부에서 문제의 해답을 찾는 행위는 도를 찾는 불자의 은유로서 충분하다.

문자텍스트나 도상텍스트가 우리에게 개념으로 정초되기 위해서는 그들은 먼저 우리들의 지각과 지식에 의해 이해되어야 하고, 이해되기 이해선 읽혀져야 한다. <심우도>[55] 역시 읽혀진다. 매체단위가 선과 면. 색이라는 기호들의 혼합체이며, 기표로서 작용하는 기호들은 반드시 기의를 갖는다. <심우도>의 도판이 시각을 통해 들어오면서 문자로 읽히게 된다. 그림의 해석은 내용의 해석이다. 그림으로써 연속되는 그림은, 낱개의 의미들이 사슬처럼 겹쳐지고, 확대됨으로서 낱낱의 의미와 동시에 전체적 의미의 한 부분이 되어야 한다. 즉 연속되어 그려진 도상의 각각은 개체의 의미와 동시에 전체를 관련시키는 통합적 의미를 지녀야 하는 게 본질이다.[56] 소설 역시 처음부터 끝까지, 모든 사건들과 행동들은 주제를 확대시키고, 결정하는 데에 바쳐지며, 우리는 그러한 일련의 과정을 통칭해서 구조 또는, 구성이라고 부르며, 그것은 플롯이라는 소설적 장치에 의해서 만들어진다.

정진홍, 앞의 글. 17면.

54) 윤호병,「한국 현대시에 수용된 반 고호 그림」,『비교문학』23권, 1999년, 한국비교문학회 41 면.

55) 장순용 엮음,『禪이란 무엇인가― 十牛圖의 사상』, 세계사. 1991년.
도판은 관점에 따라서 그 명칭이, 크게 牧牛圖, 화백우도송, 十牛圖라고 불리지만, 내용이 거의 동일하다는 관점에서 하나의 텍스트의 변용들로 볼 수 있으므로 본고에서는 尋牛圖라고 통칭한다.

56) 고위공, 전게제. 6면.

3. <통도사>와 <심우도>의 상사성

"나는 왜 통도를 <通道>로 알았을까."로 시작하여, "그러나 이제 통도는 <通道>가 아니라 <通度>라는 사실을 나는 알았습니다."라는 두 문단이 <통도사 가는 길>의 전체의 이야기이다. <심우도>의 첫 그림의 거리에 서있던 사람이, 다시 저자에 돌아와 서 있는 마지막 그림과 구도가 같다. 이런 구성적 동질성이 두 텍스트를 상호텍스트성과 상호매체성에 의한 동일한 해석을 하게 한다. 적어도 여기에서 문자와 도상은 그것들의 매체전달의 한계에 의해 불가능한 것들을 상호보완하면서 변증법적으로 새로운 길을 보여주고 있다.

尋牛圖는 선가 교리의 요체인 緣起와 쏫으로 정수를 꿰뚫는 핵심적 텍스트이므로, 그 영향력은 컸으며, 해석방법 역시 다양하지만 보통 '소'를 찾는 행위를 '진정한 자아' 찾기, 아니면 '자아'의 본성에 관하여 묻는 것으로 결론된다. 반면에 소설 <통도사>는, 여자와의 결별로 인한 고통과 별리의 이유와 그것의 해결과정을 통하여 인간의 내면의 삶의 한 양상을 보여준다. 현재의 고통의 참 모습과 그 해결의 모색을 통하여 모든 것은 허무하며, 집착을 버림으로 평안을 얻을 수 있다는 것으로, 심우도의 의미지평과 동일하다.

두 텍스트는 모두 '떠남'과 '돌아옴'이라는 구조적 동질성을 지녀, 변용된 <통과의례> 형태를 갖는다. 그러므로 제의적 이니시에이션이 존재하며, 그것은 소설의 끝부분에 마음의 본체가 무엇이며 그것은 무엇으로 緣起되는 가를 깨닫는 것과 도상에서 <입전수수>의 현상학적 순환과 동일하다. 그 의미와 형식에 있어, 표현단위매체만 다른 동질적 접합성의 텍스트임을 알 수 있다. 단지 <심우도>가 비가시적 세계를 가시화하기 위해 도상—텍스트를 사용하고 <통도사>는 가시적 현실

에서 空觀을 차용하여 비가시적인 각성의 세계를 보여줄 뿐이다.57)

"예술은 그 나름의 예술적 재현과 창조를 통해 사물을 의미 있는 실재이게 하고, 종교도 그 나름의 진리주장을 통하여 사물의 존재근거를 밝힘으로써 그 사물을 의미 있는 것으로 경험하게 한다"는 것과 같다. 즉 의미와 존재론적 경험이야말로 예술과 종교의 존재 의의이며, 또 공통항이다. 여기에서 <통도사>의 참된 주제, 단순히 실연의 이야기가 아닌, 소승을 넘어 대승으로 가는 새로운 세계를 함의하고 있으며, <통도사>는 바로 <심우도>와 동일하다는 것을 밝혀지며, 비로소 본고의 방법론이 정당성을 확보할 수 있다.

<심우도>는 텍스트의 의미와 사상의 발전 단계가 4 단계로 바꾸어지는 양상을 보인다.58)곽암의 십우도는, <尋牛>, <見跡>, <見牛>, <得牛>, <牧牛>, <騎牛歸家>, <到家忘牛>,<人牛俱忘>, <返本還源>,<入塵垂手>로 구성되며, 4도, 6도, 8도, 10도, 12도는 불교학에서는 매우 다른 의미를 내포한 것으로 보지만, 역시 4 단계의 구조라는 것에는 이견이 없다. 이들은 <심우> <견적> <견우>, <득우> <목우>, <기우귀가> <도가망우>, <인우구망> <반본환원> <입전수수>로 4 묶음을 이룬다.59)

<통도사>도 시공에 따라서 4 단락으로 서사분절 된다. 대구까지의 여정, 대구에서 묵음, 통도사까지의 여정, 통도사 경내로 나뉘며, 이는 각기, <집을 떠남> <문제인식> <초사와 반야심경>, <觀과 聽의 착종> <觀音>, <어머니를 생각함> <물금><통도사를 봄>,<공

57) 피종호, 「예술 형식의 상호 매체성」,『독일문학』76권, 2000, 한국독어독문학회. 248면. 상호매체성은 말하기, 글쓰기, 책, 몸의 언어뿐 아니라 의미구성, 이미지 및 문화기호의 생산과 수용 등 광범위한 소통영역을 포함한다.
58) 장순용, 상게서, 200 － 250면.
59) 장순용, 앞의 책 294－7면.

허를 봄> <입전>이다. 이는 <심우도>의 10개의 도상과 비교 가능
케 한 공교하게 짜여서 그 동위성을 갖는다.[60]

4. 두 텍스트의 단계적 분석

< 첫 단계 >

소설에서 <通道>와 <通度>를 착각은, 인물이 미망 상태에 있다는
것을 알게 한다. 미망은 혼돈이지, 불능은 아니다. 너무 많아 정확하지
않는 것이다. 화자는 자신의 고통의 본질을 구체적으로 말하지 못한다.
<이소>를 챙겨 간 것으로 사랑문제로 추정된다. 목표에 대한 욕망의
현시가 소설이며, 그 결핍에 기인한 갈등이 소설의 전개방식이며, 문제
가 해결될 때 의미획득이 이뤄지는 것이 소설의 구조이다. 그래서 <참
된 나>는 누구인가? 이별의 근본은 뭘까? 인물은 묻는다. 뭐가 결핍인
지도 모르는 것, 그것이 사찰 명칭의 착종의 암시이다.

근원적 불안감을 다스리기 위해 서술자는 <반야심경>을 암송하다,
그녀와의 과거를 회상한다. 추억은 자연으로 눈을 돌리게 해, 눈은 차
창 밖의 대자연을 보지만 마음은 5욕7정의 지옥에의 부침을 반복한다.
봄이 와 천지에 생명의 윤회가 일어나고 있지만 나는 겨울에 있다고 고
백한다. 만상이 '자기 것'이 아니라면, 그것은 언제나 별개의 존재물이
다. 의미를 상실한 것을 드디어 발견한 나는 이제 바르게 자리를 잡는

---

60) 피종호, 앞의 글, 256 면.
　　한 기호체계에서 다른 기호체계로의 변형과정을 완전하게 하기 위해, 전위와 압축
　　이 결합되지만, 이로써 전 과정이 설명되는 것이 아니다. 독단적인 것이 거기에 포
　　함되어야 한다. 이전 것을 파괴하고 새로운 것을 형성하려는 것에 바로 상호 매체
　　성의 의의가 있는 것이다.

다. 불가에서는 打座, 그 자체가 불법이며, 거기에서 나는 비로소 기사 구명을 한다. 이제 어렴풋 문제의 본질이 잡힌다. 반야심경은 空의 의미론적 해석이며, 동시에 실제 체용이다. 일체가 모두 공하며, 그 공함을 체용 하는 것이 번뇌와 업장에서 벗어날 수 있는 지혜의 길이라는 경전이다. 나는 반야의 길에 서며, 본질을 안다.

<심우도> 첫 그림, <尋牛>에선 한 남자가 외길에 서서 앞을 가리키고 있다. 이어지는 見跡에서, 그가 시냇가에 이르러 숲으로 사라진 소의 발자국을 보며, 그 다음 그림, 見牛에 이르러서 발자국이 아니라 소, 자체를 본다. 그 게송들은 力盡神疲無處覓(지치고 힘없어 갈 곳 찾기 어려운데), 縱是深山更深處(설사 산 깊은 곳에 있다 해도), 遼天鼻孔怎藏他(하늘 향한 그 코를 어찌 숨기리) 등으로 저자 거리에서 멋대로 살다가 어떤 계기로— 언급 되지 않는 이유—그는 본유의 성에 대한 자각을 하여 문제의 핵심을 찾게 됨을 말한다.

삶의 근원인, 우리 내부에 있는 참 인생인 나의 '본유불'의 흔적을 발견하고, 그것이 살아야할 이유라는 것을 발견하며, 실행으로 옮기는 단계이다. <심우도>에서는 저자 거리, 시내와 숲, 그리고 목자인 남자가 들고 있는 자기 보호를 위한 지팡이 등으로 나타난다. 특히 소는 도상 좌편에 검게 나타나서 남자를 지켜보고 있는 것으로 그려져 있다. <통도사>처럼 도상에서는 소를 봤지만 잡지 못하는 것은, 대상의 진체를 알기는 하지만 다 알지 못한다는 것을 의미한다. 도판의 시내, 나무, 구름들은 소설의 차창 밖의 풍경 묘사와 갈음하며, 지팡이는 비호성의 상징— 굴원의 <이소>으로 볼 수 있다.

< 둘째 단계 >

소설의 주인물은 대구에서 곧장 통도사로 가지 못한다. 차도 없고, 쉴 곳도 얻어지지 않는다. 문제를 알았지만, 곧바로 해결할 수 없다. 대신으로 나는 그녀로 대변되는 모든 여자에게까지 확장된 문제의식을 갖는다. 그녀를 관음하지 못하고 청음한 것이 바로 그녀와의 불화의 핵심이었다는 것을, 성행위 하는 여인의 교성을 통하여 보편적 인간의 본질로 심화된다. 여성의 교성이 본래적 감각이며, 내가 그녀를 사랑한 것도 인생의 현상이다. 문제는 나와 그녀가 아니라 세상과 "나의 문제"인 것이다. 이미 끝난 것을, 내부에서, 놓아야 하는 마음과 똑같은 질량의 버리지 못하는 힘이 긴장관계를 갖는다. 무엇이 무엇을 당기고 있을까?

밤을 뒤척이며 무촉의 법을 통해, 나는 비로소 여자는 결코 내게 돌아오지 않는다는 판단한다. 반야심경의 무색성향미촉법을 깨닫고 마음을 어거한다. 모든 것은 공이며, 공이기에 허상이며, 허상이기에 느낄 수 없다는 것을 깨닫게 된다. <통도사>의 나는 이제 비로소, 진정한 통도의 길에 접어든다.

> 특히 나는 <무촉>에 주의하였지요. 촉감이 없다. 감촉 내지는 촉감이란 원래 없는 것이다. 그러므로 감촉했다고 느끼는 것은 허상일 뿐이다. 어떤 감촉으로 인한 미련 역시 미망일 뿐이다. 흔히 사랑이라는 것도 서로를 감촉하려는 허무한 욕망에 다름아니다.
>
> —16면

갈등의 원인이 밝혀지고, 그것이 순전히 내 욕망에 말미암은 것을 알게 되었다. 여기서 슬픔과 나는, 소와 목자처럼 이중화 되어 있다. 참된 자기의 상징인 소가 달아나고 있는 것이 아니라, 소설 속의 인물처럼,

'내'가 달아나고 있었던 것이다. 나는 이미 그것이 나의 집착과 오온의 욕망으로 시작되었음을 알며, 그 결말을 볼 수 있다. 아내가 있는 '나'와 홀로인 '여자'는 행복한 관계는 지속될 수 없다. 나는 놓지는 못하지만 인정은 한다. 그래서 도상은 소는 검정에서 흰색으로 바뀐다. 원래 흰 소, 무색의 소로 환원하는 것이다. 참된 나는 원래대로 되었다. 그러나 사람은 그대로이다.

4 도 <得牛>는, 본성을 찾았지만 아직 남은 번뇌를, 도상의 매우 역동적으로 그림으로 보여준다. 소는 꼬리를 세우고 코뚜레를 당기는 남자와 맞선다. 산과 들은 후경화 되고, 이 둘의 버팀만 강조된다. 남자의 다리가 벌어짐은, 힘을 다하고 있다는 증거다. 정신을 다 쏟아 소를 잡았지만, 힘세고 마음 강해 다스리기 어렵다고 말하면서도 누가 누굴 잡느냐고 묻는다. 소일까, 나일까? 내 마음을 어거하지 못한 것은 내 마음일까, 나일까?

5 도는 개울 따라 소를 끌고 가는 남자가 보인다. 이제 소는 순치된 듯이 꼬리를 내리고 남자의 옆을 따라간다. 머리도 땅을 향해 숙인, 순종의 모습이다. 게송도 그에 부합하여 순응적이다. "채찍과 고삐 잠시도 떼어놓지 않음은 // 제멋대로 걸어서 티끌 세계 들어갈까 두려운 것", 이라며 비록 소를 잡아맸으나 여전히 다시 속세에 들어가 분요한 속진으로 더럽혀질까 무서운 심정을 그리고 있어, 자신을 자유자재할 수 없는 수준임을 보여준다.

<셋째 단계>

<통도사>에서는 이 단계를 시적 취향을 회상으로 묘사한다. 간접 체험의 회상이란 근본적으로 시적 정서를 지향한다. 잘 모르지만 분명

히 존재했던 어떤 경험의 대리체험, 추체험이 가능한 지점에서 세계는 서정화 되어 나를 이끈다. 바로 거기서, 어머니를 기억하는 순간, 이성은 사라지고, 감상만이 나를 지배한다. 어머니의 고통이 사적 욕망이 아니라 세상을 좋게 만들고자했던 대의에 의한 고통이기에, 나는 더욱 왜소해진다. 타자에 대한 기억은 현존의 주체가 각성하고 있는 한 일어나지 않는다. 내가 망각되었을 때, 나와 내 욕망의 투쟁이 가라앉았을 때에야 비로소, 제 색체를 지닌 채 나타난다.

> 나는 여기에 와서야 비로소 어머니의 어깨를 짓누른 <u>그 인생의 짐들을 환히 보는 듯하였습니다. 그래서 내가 태어나서 사십 년 만에 처음으로 어머니를 진정 만나는 기분이었습니다.</u>
>
> — 20 면

이제 비로소 나는 진상을 볼 수 있다. 미망의 비늘이 떨어지고, 이제 자아가 하나가 된 것을 "내 것"으로 할 수 있었다. 그래서 위 예문 다음 문단은, 풍광을 묘사된다. 섬세하고 화려한 색체로, 소를 탄 목동의 피리 소리대신, 산화공덕의 꽃을 뿌리듯이 묘사하고 있다.

<통도사>는 물금(勿禁)이라는 공간으로 수렴되며, 두 경계가 아무 것도 아님을, 그것을 구분은 단지 인간적 방법이라는 것을 말한다. 작가는 '금지된 것들을 하나하나 풀어서 허락해주는 단계로 나아가는' 것. 그래서 마침내 정신과 육체가 완전한 합일에 이르는 것이 종교의 세계라 강변한다. 그리고 마침내 잘못을 실토한다. 고해는 내부와 외부의 동일화를 꾀하려는 사람들의, 어떤 상태의 진술이다. 그녀가 떠난 것은 허상인 육체가 원하는, 관음하지 못하고, 욕망에 패배한 실수였으며, 인성의 취약한 진상이라는, 그래서 나는 남과 다름없는 약한 존재

라고, "내 자신"을 투명하게 보고 있다는 자술서인 것이다. 내부와 외부가 하나가 된 것은— 소와 목자의 긴장의 끝은—, 이제 나만 남았다는 심우도의 자기 현상의 설명에 해당된다.

> 내가 방금, 소리를 보는 관음의 단계에 대해 이야기하였다는 것을 아시겠지요. 사실 내가 그녀를 관음하려고 부단히 노력하지 않았던들 벌써, 그녀와 나의 사이는 깨어지고 말았을 것입니다. 그나마 지난 겨울까지 이어져온 것도 관음의 덕택인 셈이지요.
>
> — 21 면 —

그러나 내가 현상을 판단하고, 내가 그것을 자각하는 것은 아직 착종이며, 역설이다. 이는 참다운 각의 세계로 나아가려는 일종의 화두일 뿐이다. 화두를 통한 頓悟의 시간이 더 필요하다. 그것이 바로 선의 목표이며, 심우도의 목표이다. 그리고 소설 역시, 고해로서는 안 된다. 그것은 반복적 형상을 재생해내는 것일 뿐이다.

<심우도>는 도상 6과 7은 소를 타고 집으로 돌아 와, 소와 지내면서 소도 집도 나도 다 잊었다고 말한다. 발견하고, 끌고, 길들이여, 소를 타고 집으로 돌아 온 것까지는 相續順熟, 즉 꼭 같지는 않으나, 반드시 연관을 내포한 발전적 지향성을 갖는다. 그러나 소를, 참된 자기를 마음에 담아 와 평안을 누리던 상황에, 소도 집도 다 잊었다는 것은 지금까지의 단계와는 격절한 간극을 갖는다.

그러므로 <기우귀가>와 <도가망우> 같이 묶였지만, 그 변화의 낙차가 갖는 폭은 그야말로 회절이다. <도상 6>은, 소와 내가 동일체가 됨을 알려주어, 소, 참된 나는 "나"에 의해 순치되어 본원을 향해 나아간다. 도상에 남자가 소 등을 타고 길을 가고 있다. 이제 방향을 지시하

거나, 소를 길들이기 위한 지팽이 대신 피리를 들고 그것을 분다.

소의 크기와 사람의 크기도 변해있다. 소는 커진 대신, 사람은 작아져, 위에 앉은 사람의 안정성은 커진다. 이제 나는 욕망에 혹하여 현상으로 보이는 나를 좇는 것이 아니라, 참된 나를 안다. 적어도 내부와 외부의 갈등으로 인한 고통은 없다. 근심이 없으므로, 목자와 소는 하나로 통일 되어, 자기 분열과 갈등이 사라짐으로 저절로 흥취 있어 흥얼거린다. 험로의 여정을 끝내고, 안식의 땅, 고향으로 돌아가는 귀거래사이다.

사람은 안락한 실내에 앉아 있고, 마당에는 채찍과 고삐, 소를 묶어 놓았던 말목이 흩어진 채 놓여 있을 뿐 소는 보이지 않는다. 소는 참된 자기의 상징이었지, 참된 자기는 아니었다. 표상할 수 있는 — 소를 들어 상징적으로 —, 형상이 있는 일체의 것들은 실제적 자신이 나타날 때, 사라지고, '나'만 남는다. 목자와 소는 그야말로 一如가 된다. 즉 종교적 실존이 이루어지고 있다. "소를 타고 이미 고향집에 이르렀으니 / 소 또한 공하고 사람까지 한가롭네"라고 읊는다. 그렇지만 모든 것이 다 이루어진 것은 아니다. 사실 <기우귀가>는 우리가 삶 속에 불완전하게. 이를테면 고해성사의 순간이나, 회심의 순간에서 경험하는 자기만족의 미적 실존일 수 있다. 비로소 7도 <到家忘牛>에 와서야, 소와 내가 하나가 되었기에 굳이 소를 기억할 필요가 없어진다. 지금까지 나는 소와 나로 二分되어있는 불완전한 존재였다. 둘이 하나 되는, 일체감이 주는 평정의 순간을 겪은 후에야 비로소, 사람이 주인공으로 등장한다. 지금까지는 주로 소— 잃어버린 진정한 자아—가 주도적으로 서사의 추동 요인이었다. 이제 사람이 주체적으로 이야기를 이끈다.

< 넷째 단계 >

8 도, 人牛俱忘에는 소도, 사람도 없다. 형상도 보이지 않는다. 도상에는 둥근 圓相만 그려져 있다. 형태만 있고, 텅 빈 공간만 있다. 지금까지 우리를 이끌고 온, 소도 사람도 모두 사라지고, 無만 존재한다. <7도>에서 <8 도>의 과정은 연속적 변화의 과정이 아니다. 이들은 환멸의 비연속을 통해, 일상에서 종교로의 귀환, 속에서 성으로의 확산 및 초월적 상승이다. 성소로의 도정은 에스컬레이터가 아니고 엘리베이터이다. 사람과 상황에 따라 수직 상승의 순간 이동이다. 이런 비논리적이며, 신비한 경로를 수용하지 않으면, 종교가 아니다.

나는 나이므로, 내부와 외부를 가름하여, 그 불일치에 고통할 것 없다. 곧 일여의 차원으로는 진여의 세계로 나아갈 수 없다. 깨달음이란 경지에서 멈추면, <깨달음>이란 미혹에 빠질 수밖에 없다. 즉 나는 알았다라고 믿을 때, 그는 아무 것도 모르는 것이다. 逆轉은 바로 그곳에 놓여 있다. <1 도>에서 <7 도>까지 목자는 향상의 과정을 밟아 왔다. 돈오를 하던지 점수를 하던지, 여기서 멈추어선 안 된다. 그렇다면 그것은 기껏 수신을 위한 처방전에 불과하다. 언제든지 다시 7, 6 ,5,로 내려가는 전락의 과정, 악화의 과정을 밟을 수 있다.

<심우도>는, 돈오돈수를 위한 텍스트이다. 보다 완전하고 보다 완벽한 정진의 구현이다. 지금까지는 '나의 자각', 자기에 대한 자기관계까지에 이른 것이다. 우리는 여기에서 자기중심성을 버리고 궁극의 장이 열리는 쪽으로 타개해 가야 한다. 자기부정의 길이다. 본래부터 비워 있으니, 본래부터 한 물건도 없다(本來無一物). 절대무의 세계이다. 끓는 솥에 어찌 흰 눈이 남아 있겠는가. 사람과 소, 범부와 성인, 미혹과 깨달음, 마음과 대상 등 일체의 이원론적인 것을 벗어나는 그것에 위대

한 스승들과 하나 되는 경지가 있다는 것이다. 무상성이 지배하는 곳이며, 그래서 원상만이 존재한다.

도상, <반본환원>은 자연물로 되어 있다. 꽃, 시내가 전부이다. 대립되는 모든 의미와 형태의 상대적 대립으로부터 절대 무로서 모든 것을 환원시킨 단절을 통해 다시 환원되어 오는 자아를 의미한다. 이제 만상은 존재하는 그대로, 내 속에서 존재될 수 있다. 내가 나 아닌 상태에서 나를 볼 수 있는 정신적 거리가 확보되어 객관적이므로 주객이 하나이며, 동시에 둘일 수 있다. 즉 輾轉相卽이며, 交徹相入의 경지이다. 나는 내가 아니며, 나는 나이다. 모든 실상은 모두 영고성쇠를 거치고 변전하며 후패하고, 그래서 다시 새로워진다.

소설에서는 이 단계는 좌절을 통한 자각으로 묘사하고 있다. 양산에만 가면 통도사가 있다는 나의 생각은 무너진다. 자신이 알았던 모든 것의 부정을 거쳐야만 그는 통도사에 가 닿을 수 있다. 양산 통도사, 합천 해인사, 동래 범어사로 한정된 상식의 세계. 지금까지의 내 모든 것을 무화시키지 않고는 나는 통도사라는 목표에 도달할 수 없다. 자기 부정이 전제되지 않는 한 열리지 않는 세계의 상징은 다음과 같이 진술된다.

> 그 언덕만 넘으면 또 다른 세계로 나아가게 됩니다. 그런데 언덕배기로 올라와보니 엄청나게 큰 문이 가로막고 있는 것이 아닙니까. (중략) 그것은 그 문 자체가 하나의 세계요 길처럼 여겨졌기 때문입니다. 그 문은 꿈속에서 종종 경상도와 전라도의 경계인 하동 근방에 서 있는 것 같기도 했고, 이승과 저승의 경계에 세워져 있는 듯도 했고, 남한과 북한의 경계인 휴전선 일대에 서 있는 것 같기도 하였습니다.
> ― 26~27면

양산의 통도사는 양산이 아니라, 언양을 통해야 갈 수 있다. 方便이 무엇이냐에 따라 달라지는 경로는 돈오의 경지가 결코 상식적이며 논리적인 수행의 점진적 과정이 아님을 말하고 있다. 이는 소설 텍스트인 <통도사>에서 내가 지닌 지식의 총량이란 새로운 세계를 깨닫는 데에 어떠한 역할도 할 수 없다는 것을 상징함으로써, 종교적 세계, 심우도와의 개연적 상호텍스트성을 일깨우는 데에 충분하다. 내가 아는 것은 내게 유익이 없고, 그것을 버렸을 때, 아무 것도 없다는 절대적 무의 지경에 섰을 때 비로소 절대를 맛본다. 그 텅 빈 원상을.

<통도사> 입구에서 나는 그녀를 생각하며, 마지막 접촉을 시도하지만 관계를 회복시키려는 것이 아니다. 나는 그녀와의 관계에 끌려가지 않는다. 그녀에게, 나는 통도사에 왔다. 이제 당신이란 존재는 내게, 가슴앓이의 대상이 아니라고 말함으로써 집착하는 나에서 벗어난 확신을 표명하는 경지이다. 그러나 그렇지 못함으로써, 소설적 존재로서 나와 <尋牛圖>의 상징체로서의 목자의 존재론이 분화된다.

작가는 여기에서 예술과 종교의 분기를 예각적으로 표출한다.[61] 반본환원의 소설적 변용은 미련의 포기로 나타난다. 그것은 공이다. 절대무의 현상태로서 공은 모든 것을 무화시켜 무의미로 만드는 것이 아니다. 사랑은 공이다. 그러나 사랑의 무게는 공이 아니라는 나의 미욱한 것은 천년 고찰의 '마당의 한 터럭 흙먼지로나 남을 수 있을지'로 공속에서 유의미를 찾으려는 인간적 감정으로 감상적 연민을 한 번 더 뒤틀게 하기 위해 나는 대웅전으로 들어간다. 대웅전은 과거, 미래, 현생불

---

61) M. Eliade, Ordeal by Labyrinth, Chicago: Univ. of Chicago Press. 1982. pp.199-201.
　　　종교와 예술, 예술미와 자연미의 구분은 무의미하다. 미를 감상하는 세계는 일상적 경험을 벗어나 초월과 자유를 획득하며, 물질의 변형을 통해 존재론적 변형을 이루는 순간이다.

삼불이 모셔진 그곳에서 옷깃 여미며, 미련의 나락이 완전히 벗어나길 빌면서 오체투지의 배를 올리려고 합니다.

> 불단은 텅 비어 있었습니다. 붉고 푸른 연화문으로 정교하게 장식된 삼층 불단은 그 너머 허공으로 통해 있었습니다. 그 허공은 막연한 형태로가 아니라 가로누운 긴 직사각형으로 반듯한 형태를 취하고 있었습니다. 어떻게 보면 단아한 허공이었습니다. 부처는 그 허공으로 사라지고 없었습니다. 색불이공 공불이색 색즉시공 공즉시색……
>
> —31 면

나는 반야의 세계를 목도하고, 그것을 육체적 감각으로 받아들여 구체화한다. 반본환원이라 불리는 종교적 열반의 문학적 형상화는 미망의 과거의 전율적 타기와 새로운 인식적 초월의 환상으로 완성된다.[62] 나를 누르고 있던 여자의 무게가 그 허공으로 사라지면서 나는 문득 혼자 있다. 그때, 삼랑진역에서 보았던, 영원한 우리들의 여자인 어머니만 홀로 보인다. 반야의 지혜를 가진 관음보살의 현신이다. 이제 나는 그 여자라고 기표화된 모든 문제에서 본질적으로 자유한다. 부처마저 사라지는 공의 세계. 반야심경의 의미는 세속적 의미의 반본환원을 이렇게 분명하게 실현시키고 있다.

10 도는, 저자에 돌아오는 목자를 그린다. <입전수수>의 단계는, 법은 홀로 알고 홀로 간직할 수 없다. 향이 스스로 풍겨지듯, 법은 반드시 전해지고 수수되어야 한다. 삼계의 중생을 교화하는 것이 법을 쥔

---

62) 조관용, 앞의 글, 131면.
이러한 Initiation은 禪에서 말하는 명상과정을 의미하며, 정신분석학에서 의미하는 유아기에까지 거슬러 올라가는 것에서 멈추는 것이 아니라, 무의식이 아닌 의식의 지각상태에서 前生은 물론 무수한 전생을 거슬러 올라가 존재가 처음 세계 속에 나타난 시간의 진행을 개시한 시점까지 도달해야 하는 것이다.

자들의 마땅한 바이다. 세속의 존재로 오예를 덮은 채 속가에 살며 타자에게 법을 알게 해야 한다. 마지막 도상에서 남자는 큰 짐을 지고, 처음보다 더 큰 지팡이를 메고 있다. 반본환원의 경지로 산사에 있다면, 짐은 필요치 않다. 짐이란 그러므로 속세의 보살로서 지녀야할 보살행의 상징이다. 결국, 그는 여전히 같은 인간으로 살아가며, 끝없는 덕행으로 자신을 닦아가는, 점수의 의무를 내포한다.

속가의 존재이며, 사회적 인간이며, 남편이며, 작가인 내가, 법열의 순간을 겪었다고 삭발을 할 수 없다. 나는 이제 알고 있다. 통도는 길은 따라 가는 통도가 아니라, 차안과 피안의 간격만큼 건너는 것, 그 방법, 즉 通度인 것이다. 나는 이제 통도사를 떠나 본디 내가 왔던 곳으로 돌아간다. 그러나 나는 그때의 내가 아니다. 나는 통도사의 통도는 通度임을 알고 있다. 그럼으로 나의 고뇌는 이제 없다. 그녀로 표상화된 삶에서의 내부와 외부의 위화에서 발현된 불안에서부터 나는 자유롭다. 본래성을 본유성을 획득했기 때문이다.

5. 소설의 도상해석학의 의미와 전망

지금까지 나는 도상텍스트인 <尋牛圖>의 열 개의 그림과 문학텍스트인 조성기의 <통도사>를 비교 분석을 통하여, 두 작품이 서사적 구성과 그 의미론적 세계관의 상사성을 밝혔다. 이는 도상해석학이라는 학문이 우리 소설을 분석하는 데에 유용하며, 가치가 있음을 확인함으로써 우리 소설 연구의 다양성을 찾아보려는 데에 목표를 둔 것이다.

살펴 본 바와 같이 두 텍스트는 주제적 층위에서, 돈오를 통한 깨달음에서 오는 마음의 안식과 생의 '본유성의 자각'을 얻어 진세의 미망에서 각성임을 보여준다. <심우도>는 깨달음에 있어서 그것은 내부와 외부의 문제에서 시작하여 참된 자아를 탐색하고, 그 탐색로에서 시작되는 究竟의 전변을 겪은 이후, 참으로 삶 속에 공으로, 색으로 여길 것이 무엇인가를 밝히고 있다.

반면에, 소설 <통도사>에서 작가는 이 텍스트의 소설적 지향점을 반야심경의 핵심 사상인 공과 연기의 본성의 각성을 통해 작중인물의 전환적 의식 변환에 기인한, 우리를 번뇌로 이끄는 욕심과 원망의 질곡에서 벗어나는 과정을 보여준다. 여자와의 불화의 문제에서 그 고통에서, 그것을 포기함으로 얻은 위안의 상태라고 보는 것은 이 소설을 읽었을 뿐이지 해석하지 못한 것이다. 소설 <통도사 가는 길>에 보여주는 세계는 선종의 밀의이다. 이 텍스트는 남녀의 사랑이야기가 아니라, 개아인 나에서 대승인 나로 가는 "통도"의 길이며, 철저한 심우도의 세계관이다. 이렇게 두 텍스트의 의미론은 空卽是色, 色卽是空이라는 환원적 무위의 변증법인 <심우도>의 세계임을 확인할 수 있다.

두 번째, 두 텍스트는 구성상 동일함을 알 수 있다. <심우도> 역시 10 개의 도상이 하나의 큰 의미를 지니게 하기 위한 서사구조를 갖고 있다는 것을 알았다. <심우도>는 불제자를 위한 깨달음의 의미를 생산해내기 위해 '누군가의' 여정을 기행이라는 사건을 하나의 시간 연속에 그려놓았기에 내용적 기술서사물로서 문학이 된다.

<통도사>의 구성은 역시 진세에서 출발하여 속세로 돌아오는 한 <범부>의 각성의 과정을 <심우도>의 도상 속의 인물로 환유시킨 작품이다. 즉 장삼이사인 우리들 삶에서 때때로 조우하는 삶의 비의나 오의의 자각들로 인한, '바른 사람의 타정'의 순간과 선종의 도상 속의 구도자의 행적을 통한 도의 성취를 절묘하게 교합시키고 있다. 이렇듯

<심우도>와 <통도사>는 언어예술로서의 소설과 형상예술인 도상으로서 쌍방적 변용이 가능하다.

우리 소설연구방법의 심화와 확대를 위한 하나의 방법론으로 도상학을 원용했다. 상호텍스트성이나, 상호매체성의 충분한 전이가 보다 더 가능해졌을 때에 새로운 눈으로 우리 소설을 볼 수 있는 하나의 입각점을 마련해 줄 수 있다고 본다. 특히 사이버문학과 다매체시대의 새로운 문학의 발생에 대한 준비로서, 이러한 연구 방법의 확대는 일차적으로 가치를 지닌다고 볼 것이다.

여성소설의 서술양상 연구

─「먼 그대」와 「풍금이 있던 자리」를 중심으로 ─

1. 서론

90년대 우리 소설사의 특징 중 하나는 여성 작가들의 부상이었다. 그러나 우리 여류 작가들의 문제의식은 "페미니즘 자체"의 본질적 탐구와 그것의 사회사적 점검의 성찰이 못되고 상대적으로 좁은 세계인 여성의 삶과 그것들의 사회적 의미의 개별화된 관찰로 떨어진 듯 보인다.[63] 이런 이유로 상대적 소재의 협소화나, 내용의 일반화에서 독자성을 확보하려는 작가들의 노력은 서술기법의 다양화로 나타나, 패로디, 페스티쉬 기법의 과감한 차용이나, 서술 층위에서의 개성적 진술 방법

---

[63] 김양선, 『허스토리의 문학』, 새미. 2003년. 44면.
　"여성문학은 창작과 비평 모두에서 여성 경험의 특수성에 주목하면서도 그것이 비단 개인의 차원에 국한된 것이 아니라 개인의 삶에 각인된 사회적인 것의 산물임을 인식하고 그 해결책 또한 개인들의 총합인 "집단의 새로운 정체성"을 확립해야 한다."는 언급은 당시의 여성 작가들의 문제점들을 지적한 것이라 보여진다.

등, 즉 담론의 표현기법의 다양화를 가져왔다.[64]

소설은 여러 요소들이 결합된 유기적 전일체이며, 그 요소들의 결합의 양상에 따라 텍스트의 의미와 성취도가 달라진다.[65] 텍스트를 자체만으로 끝나는, 앎의 대상으로 보는 태도와 개개의 텍스트는 어떤 추상적인 구조의 발현이라고 생각하는 태도를 모두 아우르는 것이 시학이다.[66] 그러므로 시학은 소재를 다루는 작가의 개성과 연결되어 지는 것이고, 그것으로 예술은 비슷하면서도 다른, 동일한 주제의 다양한 변주를 만들어 낼 수 있는 근거를 제공한다. 또 시학은 개별 작가에게도 관계되지만, 동시대의 다른 작가들에게서 반복적 규칙적으로 발견된다면 역시 동시대 소설문법이 될 수 있다. 본고는 텍스트로 삼은 두 작품을 정밀한 분석으로 공통점을 지닌 보편적인 소설문법[67], 즉 시학을 살피고자 한다. 본고의 논의의 주제가, 유사한 이야기가 두 작가의 서술적 태도의 변화에 따라 어떻게 이해되느냐의 규명이기 때문이다.[68]

---

64) Ross Chambers < Story and situation>, Narrative seduction and the power of fiction Univ. of Minnesota Press. 3면 . 챔버는 서사가 진행 되는 한 이러한 현상은 연속적일 수밖에 없다고 보며, 그는 결국 이야기의 요점과 서사적 상황의 차이에 따라서 소설은 달라진다고 보았다.

65) 스티븐 코헨. 린다 샤이어스『이야기하기의 이론』, 임병권, 이호 역, 새물결. 81면 "서사 체계는 서사성의 작용을 폐쇄된 구조 안에 국한시키고, 또 그것에 의하여 그 작용을 스토리나 시점의 중심에 놓음으로써 특정 텍스트의 의미를 결정하는 것처럼 보인다."

66) 쯔베당 토도로프,『구조시학』, 곽광수 역, 문학과 지성사, 1987. 13면.

67) S 리몬—케넌,『소설의 시학』, 최상규 역, 문학과 지성사, 1988. 22면. 케넌은 '스토리는 자연 언어와 동질적으로 보며, 따라서 언어의 문법이 있듯이 서사적 구조 역시 문법적 구조 형식을 취한다고 보고 이를 서사적 문법이라는 개념'을 강조하고 있다.

68) 최시한,『현대소설의 이야기학』, 프레스 21. 2000. 198 면. 한국 현대소설의 체계적 연구를 위해서는 한 작가의 작품들에 존재하는 특징적 의미구조와 그것을 표현해내는 기법, 한마디로 그의 시학을 규명하는 작업이 축적되어야 한다.

본고는 서영은의 <먼 그대>, 신경숙의 <풍금이 있던 자리>를 대상으로 한다.[69] 이들은 8~90년대 주목을 받은 작품들로, 많은 논자들에 의하여 연구됨으로써 문학적 성과가 인정 되어, 8~90년대 여성작가들의 대표적 작품들이라는 관점에서 선택했다. 또, "금지된 사랑의 지속", 특히 "불륜적 애정의 전경화" 라는 점에서, 결실의 고통스런 인식적 초극에 의한 '개아의 자각 성취'라는 주제들을 갖으며, 인물들의 통찰들이 객관적 상관물을 통해 나타날 뿐 구체화되지 않다는 점 등, 상호텍스트적[70] 양상을 보여주고, 특히 이후의 유사한 작품들의 대량 출현 현상을 고려한다면, 동시대의 여성작가들의 시학을 추론할 수 있는 최소한의 근거는 견지할 수 있다고 본다.[71]

　이러한 측면에서 본고에서는 두 작품의 여러 가지 요소들 중에서 서술의 방법을 중심으로 두 여성작가의 두 텍스트의 닮음과 다름을 찾아내고자 한다. 우리가 독서 과정에서 가장 먼저 만나는 것은 소설의 문

---

69) 이 소설들의 시작은 이미 결실이거나 부정의 윤리에서 시작한다. 그들이 이미 사랑하고 있는 것으로 되어 있다. 흔히 로맨스의 보편적 구조인, 사랑의 시작과 맺어지는 과정을 통한 실패와 성취, 그리고 그것의 결과에서, 비극과 희극의 구조로 곧 장르화 되는 식의 일반적 규칙과는 다르다. 즉 사랑이 맺어지는 방법이나 그것의 과정은 나타나 보이지 않는다는 것은 이미 그것이 도덕적 결함이 내재되어 있는 것이라는 두 작가의 의지의 표명이다. 이는 바로 이 두 작품에 있어서 의식의 궤적을 밝힘에 있어서 처음 출발점은 동일한 좌표였다는 것을 의미한다.

70) 김욱동 편『바흐친과 대화주의』, 나남, 1990. 최현무 역,「바흐친과 상호 텍스트성」196면.
　언어적인 두 작품, 중첩된 두 개의 언술은 우리가 대화적이라 부를 수 있는 의미론적인 관계의 특수한 유형을 형성한다(상호 텍스트적 유형). 대화적 관계들은 언어적 의사소통의 모든 언술들 사이의 (의미론적) 관계이다.

71) 이재선 엮음,『문학주제학이란 무엇인가』민음사, 1996. 88면. Menachen Brinker,「주제와 해석」, 주제는 예술적인 허구 텍스트들과 다른 문화텍스트들의 부분적인 중첩으로 인해서 창조되는 상호 텍스트적 공간 내에서 존재하는 것으로 이해해야 한다고 한다. 이러할진대 문학 내적으로 서로 관계를 갖는다는 것은 굳이 바흐친을 동원하지 않더라도 충분히 납득이 되는 것으로 받아들여 진다.

장이며, 문장이란 누군가에 의해서 전달되는 것, 즉 중개성이야말로 소설의 장르의 가장 기본적 장르 규범이기 때문이다. 이런 의미에서 중개성 Mediacy의 정도에 소설은 다양한 양상을 갖게 되며, 작가의 개별적 특성도 파악할 수 있기 때문이다.

2. 본론

1) 서술양식에 따른 양상

먼저 서술의 양식에 따라 두 텍스트가 환기해내며, 그것을 통해 궁극적으로 드러내고자 하는 텍스트의 의미론의 생성 과정을 살펴보자. 여기서는 비슷한 내용을 가진 두 텍스트가 각자의 서술전략에 의해 달라지는 가를 극명하게 보여준다.[72] 즉 서사의 4 가지 양식 중에서 한 작가가 주로 사용하는 양식이 무엇이며, 어떠한 의미를 드러내기 위하여는 어떤 양식을 사용하고 있느냐 하는 것은 그 작가가 고유하게 지니는 개성적 특질을 드러내는 것이다. 이는 분명히 한 개별 작가의 의식과 대상을 대하는 지향성을 설명해 준다. 예를 들면 묘사의 세계에 대해 언급한 논평은 주로 심미적 판단이 되지만, 행동의 세계에 대한 논평은 대개 윤리적 판단이 된다.[73] 이렇듯이 묘사를 이용한 글쓰기인가, 보고를 이용한 글쓰기이냐 역시 매우 중요한 의미를 갖는다.

---

72) 헬무트 본하임, 오연희 역, 『서사양식』, 예림기획, 1998. 12 − 41면.
　　저자는 서구의 서사 양식을 전부 논의하는 가운데, 디에게시스와 미메시스로부터 현재의 서상 양식을 역사적, 공간적으로 나열하여, 종합적 정리를 하고 있으며, 이에서 발화 utterance, 보고 brief, 묘사 descript, 논평 critic으로 나누어 살피고 있다. 또 이러한 분류는 보편적으로 인정되고 있다.
73) 위의 책, 29 면.

비행기를 타버리자.

당신이 저와 함께하겠다는 그 결정을 내려주었을 때, 저는 너무나 환해서 꿈인가? ……꿈이겠지, 어떻게 그런 일이 내게…… 다름도 아닌 내게 찾아와주려고, 꿈일 테지, 했어요.

죄라면 죄겠지. 내 삶을 내 식대로 살겠다는 죄.

제가 꿈인가? 헤매는데 당신은 죄라면 죄겠지, 하시며 진짜 일을 진척시키기 시작했죠. 당신을 알고 지낸 지난 이 년 동안 무너져만 내리던 제게 어떻게 그런 환한 일이, 스포츠 센터 일을 다 정리하고 나서도 암만 꿈 같아서, 당신에게 다짐을 받고 또 다짐을 하다가 결국은 또 눈물……이.

— 풍금이 (12~3면)

그녀들이 이미 확인한 바와 같이 문자는 남다른 무엇을 소유했던 게 아니었다. 그녀로선 무엇을 하든 그 일을 하면서 사랑하는 사람을 생각한 것뿐이었다. 콩나물을 다듬든, 연탄불을 피우든, 지붕 위의 눈을 치우든 그를 생각하노라면 어딘가 높은 곳에 등불을 걸어둔 것처럼 마음 구석구석이 따스해지고, 밝아오는 것을 느꼈다. 그 따스함과 밝은 빛이 몸 밖으로 스며나가 뺨을 물들이고, 살에 생기가 넘치게 하는 것을 그녀 자신은 오히려 깨닫지 못했다.

— 먼 (26면)

사랑을 느끼는 두 여자의 감정을 다루고 있는 인용문의 두드러진 특징은 감상적 문장과 설명적 표현이다. 「풍금이 있던 자리」의 서술자는 타인의 대화라는 언술 행위까지도 단락만을 달리하여 평서문으로 처리하면서도 자신의 내부의 서술에는 말줄임표를 사용하여, 흥분된 감정의 과잉을 언표화하고 있다. 더구나 쉼표를 사용하여, 심리적인 휴지를 자주 갖게 함으로써 시적 언술행위 속에서 웅변체의 강변을 부드럽게 만들어, 보다 강력하게 독자들에게 자신의 이야기 속에 끼어들기를 유도하고 있다. 이렇듯 구두점의 구속에서 벗어날 수 있는 요령이 서간문이다.

반면에 「먼 그대」의 경우, 사랑에 빠져있는 문자의 감정의 상태를 서술자가 말하지 않고 <그녀들이>라는 소설 내부의 인물들을 이용하여 객관적인 관찰로 일관하고, 심지어 작중인물인 문자 자신은 "오히려 깨닫지 못했다"는 것을 내세운다. 말하는 서술자가 느낀 것이 아니라, 지켜보는(지각자는 후경화된 장식적인 존재인 이웃 여자들) 사람들의 증언으로써 독자들의 동감을 증폭시키는, 부정을 통한 긍정적 반응을 요청하고 있다.

위 인용문의 서사 양식은 보고 양식이지만, 둘은 그 심급에 있어 다르다. 「풍금이 있던 자리」의 보고는 묘사적 보고이다.74) 편지를 쓰는 인물이며, 서술자인 "나"의 만연풍의 — 과도한 감정의 격앙된 상태를, 말줄임표와 문장을 비문장화 시키는 표지가 분명한 보고를 통하여 약화되어진다. 그러나 독서 과정에서 놓쳐서는 안 되는 주요한 정보를 독자들은 기억해야 하고, 그러기 위해서 독자들은 서술의 목소리에 보다 면밀한 태도를 지니게 된다.75) 이렇듯 「풍금이 있던 자리」는 내면화 될 것의 외면화와 외면화 될 것의 내면화를 전위시킴으로써 독자들의 능동적 독서과정을 유도하고, 그것을 통하여 서사에로의 잠입화를 노리고 있다.

대신 「먼 그대」의 보고는 논평화된 보고이다. 그러므로 독자들은 특별한 기억의 저장의 노력 없이 문맥을 따라 읽기만 해도 기억된다. 텍스트 외적 존재인, 서술의 목소리는 어떻게 해서 문자라는 인물의 가슴

---

74) 헬무트 본하임, 위의 책 40-1면.
　　서사의 4 양식들은 독립적으로 사용될 때보다 겹쳐지면서 활용될 때가 더욱 많으며, 특히 그 경우 중에서, 묘사와 보고 사이에서 그렇다고 보고, 그러므로 양식을 나누는 것은 범주적인 것이지 정확한 동의를 얻으려는 것이 아니다고 밝히고 있다.
75) 이재복, 「신경숙 소설의 미학과 대중성에 관한 연구」, 『한국언어문학 21집』. 2002. 74-5면에서 필자는 " 내면의 상처를 내장한 글쓰기 주체의 고백은 그녀의 소설에서 수많은 '쉼표'와 '말줄임표' 같은 '머뭇거림'의 문체적인 표지로 들어난다" 고하고, 본고 역시 그렇다는 데에 동의한다.

벅찬 사랑을 기억하게 해주는가. 그것은 확실성과 신뢰성이다. 3인칭 서술자의 목소리는 객관성을 지니며, 그럼으로써 작품은 유기적 통일성을 지닌 단일한 목소리로 환원되며, 간결성으로 독자들의 논리 회로를 지속적으로 유지하게 한다. 「먼 그대」는 감성적 측면에서 읊조리며, 또 낮은 목소리로 타인에게 듣게 하는 방법 대신으로 직접적 발화를 통하여 단정적으로 표출하는 것이다. 아래를 보면, 인물의 생각과 행동은 일치하고 있다. 이는 편집적 전지의 목소리가 갖는 서술 기능이다.[76]

> 내 인생이 남 보기에 그렇게 안되어 보일 만큼 실패한 걸까?
> 그러자 괜히 웃음이 터져나올 것 같아 입술을 지그시 깨물었다. 자기가 동료들과 세상사람들을 멋지게 속여넘기고 있는 듯한 기분이 들었기 때문이다. 물론 그녀가 세상사람들 앞에 은닉하고 있는 것은 남루한 옷차림의 이도령이 도포 속에 감춰가 지고 있던 마패 같은 것은 아니었다.
>
> ― 「먼 그대」, 19~20면

이처럼 「먼 그대」와 「풍금이 있던 자리」는 서술 양식을 달리하고 있지만, 의미론적으로는 남자에 의하여 택하여진 사랑이라는 동일한 지평을 말하고 있다는 점에서 같다는 것을 알 수 있다. 단지 「풍금이 있던 자리」가 서정적 환기에 주력하여 독자들에게 이해가 아니라 "느낌"을 통하여 자신의 고통에 대하여 동일화를 꾀하는 반면에, 「먼 그대」는 느낌이나 감정적 측면에서가 아니라 이해를 통한 동일시를 노리고 있다는 것이다.

---

76) Norman Friedman "Point of View", form and Meaning in Fiction Univ. of Goregia Press. 『현대소설의 이론』, 김병욱 편역, 예림기획. 1997. 497면.
작중인물의 마음 속에서 진행되고 있는 것을 보고할 수 있을 뿐만 아니라 그것을 논평까지 하게 되는 것은 그러한 설명 이외에 서술자의 태도에서 연유된 논리적 귀결이라고 하며, 논리성을 강조하고 있다.

그러기 위해서 전자는 묘사적 보고에 의지하며, 후자는 논평적 보고라는 중첩된 서사양식을 활용하여 각각의 독특한 세계를 서술하고 있다.

또 이러한 양식의 원용은 묘사와 논평 자체의 활용에서조차 조금씩 변이되는 양상을 보인다. 「풍금이 있던 자리」는 요약적 서술이 약화되고 직접적 장면의 제시를 서술의 소극성을 드러내어 보다 적극적인 정서의 환기를 꾀하고 있다. 반면에 「먼 그대」는 요약적 서술을 통한 서사의 진행감과 "그리고 다음에는" 이라는 이야기성에 보다 적극성을 띤다.[77]

> 기차에 내려 제가 맨 먼저 한 일은 역구내 수돗가에서 손을 씻었던 일입니다. 십 오륙 년 전에, 여학교를 졸업하고 이 고장을 떠나면서도 나는 그 수돗가에서 손을 씻었습니다. 그 이후로 이 고장에 내려오거나 다시 이 고장을 떠날 때마다 저는 그 수돗가에서 손을 씻었습니다. 그 무엇과 아무 연대감도 없이 이루어진 손 씻는 습관은 이번에도 예외는 아니어서 어느덧 저는 그 자리에 서 있었던 것입니다.
>
> —「풍금이 있던 자리」, 13 면

> 그 여자는 잔배추와 잔배추들 사이를 헤집고 다니며 소쿠리에 잔배추를 뽑았습 니다. 텃밭 한 켠에 심겨진 푸르른 조선파도 뽑았습니다. 여자는 새각시처럼 뉴똥 저고리를 입고 있어서, 배추를 뽑고 있을 때는 배춧잎같이, 파를 뽑을 때는 팟잎같이 파랗게 고왔습니다.
>
> —「풍금이 있던 자리」, 16면

「풍금이 있던 자리」의 서술자의 목소리는 습관적 행동과 여자의 저고리와 파와 배추의 색깔과 여자의 행동을 그리고 있다. 원래 묘사는 화가의 영역이거니와[78] 사실은 보다 다른 데에 묘사의 진정한 의미가

---

77) 프리드만, 앞의 책. 491 면.
   요약적 서술과 장면적 서술의 가장 큰 차이는 제시는 비, 바람, 길, 나무 풀 등의 배경과 행동과 작중인물 (옷, 습관)의 세부사항의 전달에 끈덕지다고 말한다.

있다. 특히 일인칭 서사물에서 자주 나타나는 묘사의 특수한 하위 양식은 <통각Apperception> 양식이다.[79] 통각은 "이미 존재하고 있으며 체계화된 개념들과 관련해서만 표현될 수 있는" 정신적인 과정으로서 이러한 이미지의 연속적 전개는 단순히 묘사만을 위한 것이 아니라 소설의 의미론적 구축을 위한 고도의 전략으로 보아야 한다. 그러한 점이 일반적 지각과 통각의 차이점이다. 그러므로 이러한 장소나 인물의 습관적 행동을 연속적으로 나열하는 「풍금이 있던 자리」의 서사 양식은 사실은 정제된 의식화의 이면인 것이다.

「먼 그대」는 이와 다른 요약적 서술을 주로 하고 있다. 이는 세계와 자신에 대한 논평을[80] 통하여, 우리에게 던져진 세계의 모순을 보다 깊이 각인시키고자 하는 데에 초점을 맞춘 일반적 소설의 이종적 서술자의 원론적 방법이다. 그러므로 텍스트의 의미가 다양하게 해설되는 것을 막고, 작가의 의식을 보다 또렷하게 말하는 데에 의의가 있을 것이다. 사실 소설을 담론이라고 본다면, 전언의 소통과정에서 가장 중요한 것은 분명한 의미 전달이라는 측면에서 특히 단편 소설에서는 매우 유용한 방편이기 때문이다.

> 그 고목은 몸뚱아리가 온전치 못한 불구의 몸임에도 불구하고 늠름한 키에 풍성한 가지를 지니고 있었다. 그의 가지 가지 하나하나가 모두 하늘을 어루만지려는 갈망의 손으로 보였다. 저토록 높은 데까지 갈망의 손을 뻗치기 위해서는 아마도 뿌리는 자기 키의 몇배나 깊이 땅속으로 더듬어 들어 갔을 것이다. 생명수를 찾아 부단히, 차고 건조한 흙속

---

78) 헬무트 본하임, 앞의 책. 25면.
79) 헬무트 본하임, 앞의 책. 57면.
80) 앞의 책, 60면. 필자는 논평을 메타서사라고 간주하지만, 그것은 믿음을 불러 넣어 주는, 그리하여 허구 서사물에 여운을 남겨주는 결말의 의미를 추론한다고 본다.

으로 하얀 의지를 뻗친 나무의 뿌리가, 자신의 발 밑에 맞닿아 잇다는 것을 생각하면 문자는 시린 삶의 아픔이 가시는 듯한 위안을 느꼈다.
— 「먼 그대」. 35면

주인물 문자의 객관적 상관물인 두 개의 사물, 낙타와 고목 나무를 통해서도 서술자는 「풍금이 있던 자리」의 목소리처럼 나직한 목소리로 묘사보다는 그것의 의미를 목록화시키는 데에 주력하고 있다. 어떤 삶의 조건 속에서도 결국 고목나무처럼 문자는 살아나갈 것이라는 주관적 낙관론은 사실은 논평적 태도와 다를 바가 없다. 이처럼 두 텍스트는 동일한 것을 드러내는 데에 다른 서사 양식을 택함으로써 색체를 더욱 두텁게 대비되게 하고 있다.

이러한 것은 서술자들이 서술의 시간을 이용하는 데에도 깊이 달라진다. 이는 보고라는 양식이 어떻게 사용하느냐 하는 것이므로 서사양식의 활용을 살피는 데에 매우 유용하다. 「먼 그대」는 문자의 사랑의 역사와 고통의 긴 역사를 기록하고 있다. 사실 텍스트를 분석해보면, 문자의 사랑은 처녀에서 현재, "사십 고개를 바라보도록"이라는 문맥을 통해 그녀의 고통스런 사랑의 기간을 짐작할 수 있다. 그러나 이러한 서술은 사건에 대한 판단과 의미 분석 등의 모든 것이 서술자의 색체에 의존적일 수밖에 없다. 그러므로 신빙성이 높고, 사건의 진행에 있어서 명료하나, 단성성을 지니게 되어 그 역동감이 부족하다. 즉 지나치게 독자와 하나가 되어 작품의 해석에 있어서 다양성이 소거될 수 있기 때문이다.

반면, 「풍금이 있던 자리」의 '나'는 그 사랑이 비교적 짧게 "당신을 알고 지낸 지난 이 년 동안"으로 분명한 기간이 나타난다. 더구나 짧은 기간 동안의 기억의 진술이란 세세하고 정치할 수 있으므로, 그 묘사에 있어서 현저히 현재형적이라고 보여진다. 그녀의 거부의 가장 깊은 곳에는 경험의 의식화된 상처가 원인이 되는데 — 이는 다음 연구에서 살

피고자 한다— 그것은 20년 전 옛적의 이야기로서 서술자나 별다른 문
장의 형태 변화 없이 현재화시킬 수 있는 것이다.81) 바로 서술자의 행
위의 변화에 따라 소설은 달리 이해되고, 다르게 읽혀진다.82)

2) 서술주체에 따른 양상

소설은 몇 가지 층위의 목소리83)를 갖는다. 바흐친까지 언급 않더라

---

81) 이재선,『한국단편소설연구』, 일조각, 1975. 152면.

이재선 교수는 액자소설의 총체적 연구를 행하면서 "서간체소설이란 소설의 서술
이 전적으로 편지나, 또는 그 교환으로 이루어진 것으로 액자소설의 근대적 변이
대체형식이요, 일인칭소설의 한 특수 형태이다. 그러므로 서술자는 소설 내적 인물
로 규정하고 있다. 그러므로 그 표상된 세계는 기억 속에서 재체험된 세계."고 보
았다. 이와 같이 액자적 이야기가 일인칭 소설에서는 문단의 특별한 변화 표지 없
이도 가능한 것으로 살핀 것으로 이해된다.

82) 리몬―케넌, 앞의 글. 142면

케넌은 3인칭 서술자의 스토리와의 관계를 설명하면서 '그들은 스토리 속에 부재
하고 스토리와의 관계에 있어서 고도의 권위를 가지고 있다는 사실이다. 즉 그들은
작중 인물의 가장 내적인 사고나 감정을 익히 알고 있으며, 과거와 현재와 미래를
알고 있다는 것, 다른 작중인물들이 갈 수 없는 곳에 간다는 것 등이다' 주장하고,
텍스트 내부에서 서술자의 무소불위의 권위를 주장하고 있지만, 사실 나중에 밝혀
지겠지만, 이는 1인칭에서도 동일하게 보여질 수 있으므로 모든 서술자에게 동일
하게 작용될 수 있는 것으로 보아도 좋을 것이다.

83) Genette, Gerard, Narrative Discourse, Cornell Univ. Press, 1980.

주네트는 목소리를 <행위의 양태 the mode of action>이라고 보고 있다. 그러면서
그는 서사에서 말하고, 보고하며, 적극적 및 소극적 참여자의 언술적 행위 역시 목
소리라는 술어를 사용하고 있다.

S 리몬―케넌,『소설의 시학』, 최상규 역, 문학과 지성사, 1988. 126―132면.

그녀는 여기에서 Booth의 예를 들며, 목소리로밖에 존재할 수 없는 것으로서의 화
자와 작가의 차이에 대하여 공들여 설명하고 있다.

쯔베땅 토도로프,『구조시학』, 곽광수 역, 문학과 지성사, 1987.

토도로프는 역시 이 저서에서 말하기의 문장은 말의 여러 가지 어상(語象 registers)
으로 살피고 있다.

보리스 우스펜스키,『소설 구성의 시학』,현대소설사, 1992. 45―6면.

우스펜스키는 시점을 논하는 본서에서 시점을 다양하고 정치하게 분석적으로 논

도 우리는 소설 속에서 여러 가지 목소리, 또는 여러 종류의 개성 있는 소리들을 들을 수 있고, 바로 그것이 장르로서의 소설의 가치일 수도 있다. 이는 많은 소설 연구자들의 소설 소통 과정에 대한 결과물만 보아서도 알 수 있다.[84]

목소리는 소설의 어조나 거리와도 관련이 있고, 시점과 화자의 문제와도 관련되지만, 비슷한 개념적 범주에 속한다. 그러나 더욱 주목해야 할 것은 문학의 근본적 임무가 현상의 배후에 있는 진실의 드러내기라고 했을 때, 그 방법의 선택과 관련된 작가의 원형질적 목소리에 보다 깊은 관련이 있다.[85] 그러므로 흔히 서술자를 작가의 '제 2의 자아', '소설의 영', '내포작가' 등으로 그 직능과 역할에 따라 지칭하는 술어의 변화로도 알 수 있다.[86] 그러므로 소설가들에게 있어서 중요한 것은 작품

___

하면서 직접화법과 대체화법 등 어법적 수준의 시점을 논하고 있다.

84) Chatmann의 논지와 그것을 다시 세분하고 다양화한 리몬—캐넌의 논의를 참조하면 우리는 서사가 이루어지는 국면에 참여하는 "목소리들", 또는 서술의 층위에서 달라지는 화자들을 알 수 있다.

85) 츠베탕 토도로프『구조시학』, 곽광수역, 문학과 지성사, 1987, 79면.
토도로프는 서술자를 모든 작품의 구성 작업의 작인(作因)이라고 말하며, 소설 텍스트 내부의 어떠한 작업에도 직·간접적으로 서술자의 관한 것을 우리에게 알려준다고 본다. 또, 그는 텍스트 내부에서 가치 판단의 기준이 되는 원리를 具現하고 있는 것도 서술자이며, 독자들로 하여금 자신의 <심리(心理)>관과 함께 하기를 유도하는 것도, 직접화법과 간접화법, 자연적인 순서의 시간과 뒤바뀐 순서의 결정도 서술자라고 못박으면서 결국, 서술자 없는 이야기란 있을 수 없다고 말하고 있다. 요컨대 그 서술자가 누구인가에 따른 텍스트의 다양한 분기된 효과들과 그것의 의미론을 탐구하는 것이 본고에서 다루고자 하는 것이다.

86) 김천혜,『소설 구조의 이론』, 문학과 지성사, 1990. 71−80면.
필자는 여기에서 슈필하겐Schpielhagen으로부터 시작해서 프리드만Kate Friedemann, 카이저W. Kayser, 슈탄젤F.K. Stanzel, 부스 W. Booth, 페린 L. Perrine 등의 서구의 대부분의 서사론에서 화자와 시점을 다룬 서사학자들의 논점을 예를 들어 설명하고 있으면서 결론적으로 "화자와 작가의 동일성 여부는 어떠한 논리에 의해서도 증명되지 않는다" 라고 주장하고 있으며, 또 "이러한 문제는 논리성에 의해서가 아니라 효용성에 의해서 해결되어져야 할 것이다"는 제안을 하고 있다. 이는 매우 효과적으로 화자와 작가의 목소리에 대하여 설명한 것으로 생각되면 본고 역시 이러한 논

에 맞는 서술화자의 선택이라는 것은 지나친 과장만은 아니다.[87] 이는
"서술자의 인격성에 의해 예시된 서술은 내용과 형식의 변증법적인 통
일이 어떻게 이해될 것인가 하는 문제를 생생히 보여준다"는 스탄젤의
말처럼 사실 소설의 개별성을 좌우하는 문제이기에 중요하다.[88] 물론
서술주체의 문제는, 보는 자와 서술하는 자의 세부적으로 다시 나뉘어
관점의 측면에서도 또 서술적 권위를 누가 갖느냐에 따라서, 서사내의
참여하는 정도에 따라서 다양한 양상을 보이고 있다.

> 먼지 낀 유리창 너머로 바람이 세차게 몰아치고 있는 거리를 차분히
> 내다보며, 문자는 장갑을 한쪽 또 한쪽 끼었다.
>
> —17면 [89]

> 마을로 들어오는 길은, 막 봄이 와서,
> 여기저기 참 아름다웠습니다. 산은 푸르고 …… 푸름 사이로 분홍 진
> 달래가 …… 그 사이 …… 또 …… 때때로 노랑물감을 뭉개놓은 듯,
> 개나리가 막 섞여서는…… 환하디환했습니다.
>
> — 12 면 [90]

「먼 그대」와 「풍금이 있던 자리」의 외견상 특징은 서술의 개진에 있
다. 우리가 두 작품의 의미론적 공통항을 쉽게 알아내지 못한 것은 그

점에서 활용하고 있다.

87) 프리드만, 앞의 책. 483면
　　프리드만은 워튼의 저서를 인용하여 말한 바, "소설가가 첫째로 주의해야 할 것은,
　　집을 지을 때 터를 고르듯이, 회상하는 인물의 정신을 신중하게 선택해야 한다는
　　것이다." 이는 바로 소설은 과거형일 수밖에 없고, 화자의 인식이 소설의 기초가 된
　　다는 은유적 비유이다.
88) F. K. Stanzel, 『소설의 이론』, 김정신 옮김, 문학과비평사, 1988. 43 면.
89) 서영은, 『황금깃털』, 나남, 1992년. 이후 쪽수로만 표기함.
90) 신경숙 『풍금이 있던 자리』, 문학과 지성사, 1994년. 12 쪽. 이하 쪽수로만 표기함.

것들 각각 독특한 목소리 때문이다. 전자는 누군가가 '거리를 내다보는 그녀'를 보며, 그녀가 장갑을 동시에 끼는가, 한 손씩 끼는가를 관찰한 다음 중계해주며, 후자는 서술하는 목소리가 봄의 아름다운 풍경에 감동되어 오르는 자신의 감정을 격정적으로 토하듯이 고백하고 있다는 것을 알 수 있다.[91]

두 텍스트는 서술자의 텍스트 개입의 정도에 따라서, 직접 발화와 간접 발화라는 특징을 활용하여 또 다른 효과를 획득한다.[92] 환언하자면 관찰과 보고라는 서술양상을 사용하여 서사의 이해, 감동이라는 목표를 다르게 획득한다.[93]

일인칭 서술의 한 유형인 편지는 내면의 고백이라는 매우 주관적으로 보이는 서술자의 담론을, 사실 그 거리를 통하여 오히려 객관화되게 한다. 편지는 독자에게 하는 고백이 아니다. 편지는 편지의 수취인에게 보내는 개인의 내밀한 고해성사이며, 듣는 독자들은, 이를테면 "관음증

---

91) 한용환, 「언어 서사체에 있어서 화자의 본질」 ─ 말하는 주체인가, 쓰는 주체인가. 그는 전자를 외적 화자(external narrator)와 인물에 갇힌 화자(character─bound narrator)로 나누는 발의 의견에 동의한다. 이럴 때, 발은 결국 둘은 같다는 논의를 한다. 외적 화자에 의해 수행되는 서사적 진술에서 인물이 스스로 지칭하는 "나"는 문법적으로 같은 것은, 우리가 언어 서사체에서 목소리는 말하여지는 것이 아니라 쓰여지는 것이라는 사실을 강조하고 있다. 어떤 이유로든 그것은 서사행위를 하고 있다는 전제는 변함 없다.

92) 한용환, 앞의 글. 한용환 교수는 언어서사─소설에서의 "서사 행위의 수행자로서 연화나 연극의 경우에 비해 소설의 화자가 가지는 근본적인 속성은 말하여지는 언어가 아니라 쓰여지는 언어에 의존한다"고 보며, 그것은 어떤 경우에도 쓰여지고 읽혀지는 목소리의 차이를 살펴보고 있는데, 이는 본고의 논의에 매우 유용했으며 탁월한 관점으로 보여진다.

93) 김홍수, 앞의 글. 76면. 논자는 1인칭의 문제를 지적하면서 이는 3인칭과의 대비를 통해서 그 특징이 가장 분명하게 구별되는데, 관점 이입이나 초점화, 시점의 추이 같은 현상은 두드러지지 않는다고 보고 있다.

적 쾌락"을 수반한 정보 습득을 가능케 한다. 94) 「풍금이 있던 자리」는 서간체를 활용하여 객관적 서술자가 주관적 인물의 감정을 독자에게 충분히 주는 동시에, 독자를 관음하게 함으로써 서술 효과의 극대화를 꾀한 전략적 장치였던 것이다.95)

반면에 「먼 그대」에서는 서술자의 목소리는 상황을 압축하여 보고하는 데에 모아진다. 서술 외적 서술자가 인물 문자를 관찰하고 있다. 비록 초점화자인 문자의 간단없는 개입이 드러나고 있지만 서술의 주도권을 쥐고 있는 목소리는 분명 소설 외적 화자이다.96) 독자에게 중요한 것은 주인물 <문자>의 상황이 아니라, 전통적으로 서사체의 묘미는 "이야기의 진행을 통한 인물의 변화"에 작가가 초점을 맞추고 있기 때문이다. 때때로 서술자가 인물의 의식 속으로 숨어들어 그녀와 같은 방향을 바라보고 말한다고 해도97) 여전히 독자들은 인물의 미래에 대한

---

94) 장소진, 「한국 근대 단편소설의 서사 양식 연구」『시학과 언어학』3호. 2002. 314면.
"서간 형식의 경우 상황의 완료가 전제됨으로써 서술되는 시간과 서술하는 시간의 구분이 명확하고 그러한 까닭에 경험 자아와 서술 자아의 구분 또는 명확하다." 이는 우리가 편지의 형식에서 있어서 쓰는 자와 수신자 또는 수신해야하는 사람은 이미 결정되어 있고, 적어도 어떤 사건이든 이들은 서로 알고 있다는 것이 전제되어진 채 독자들은 믿고 있기 때문이다.

95) 루보밀 돌레젤, 「서술자의 유형 이론」, 김병욱 앞의 책. 533면.
그는 서술자의 유형을 논하면서 서간문 등의 수신자가 있는 S−텍스트에 있어서는 고시, 즉 문법적 어휘적 수단에 의하여 표현되는 연설, 호소, 질문 등 수서술자와의 직접 접촉이 가능하다고 주장한다.

96) F.K Stanzel『소설의 이론』, 김정신 역. 문학과비평사. 19면.
스탄젤의 용어로 보자면 이는 작가적 서술양상이라고 할 수 있다. 이는 서술자가 작품세계 밖에 있다는 점이다. 그러므로 느끼는 자와 말하는 자의 문제가 필연적으로 대두 되는데 이를 우리는 초점이라고 부를 수 있다. 물론 경험 자아인 초점인물과 서술 자아인 화자와의 관점은 동일하지 않다. 이러한 것의 특징적 예의 한 가지는 독자의 연민을 조정하는 데에 사용된다는 점이다.

97) 김천혜, 『소설 구조의 이론』, 문학과 지성사. 119면.
주인물의 내면세계를 그리기 시작하면 어느새 인칭의 사이는 사라진다는 것은 시점이나 목소리들이 본질적으로 정도의 차이에 기인한다는 것이다.

비극적 상황과 그것에 대한 인물의 대응 행동에 중점을 둔다.

이 때에는 그것이 얼마나 객관적이며 논리적인 리얼리티를 담보하고 있느냐에 따라, 독자들의 감동이 달라진다. 또한 그는 소설내부에서 사건의 서술 시간과 인물들을 논평하며 결과를 조정하여 궁극적으로 소설의 전체를 지배한다.[98] 이상 두 서술화자의 선택은 이처럼 소설 텍스트 내부에서 감동의 지향점을 다르게 하며, 이런 차이로 말미암아 두 텍스트는 동일한 지평을 지니면서도 전혀 다른 텍스트처럼 우리들의 이해를 요구한다. [99]

서술의 위치는 서술자의 권위나 서술자의 이야기에 대한 지식 정도에도 관계가 있지만, 소설 속의 사건들이나 기타 묘사되고 서술되어지는 에피소드나 일화(逸話)들을 어떻게 보느냐 하는 점에 대해서도 관련된다.[100] 더욱이 서술자를 모두 믿을 수 있는 화자라고 보았을 때, 보는 각도, 시점의 문제과 불가불 관련성을 그 내부에 지니고 있다고 보는

---

[98] 김천혜, 앞의 책, 71면.
  "화자의 문제는 시점의 문제와 불가분의 관계에 있다. 두 가지는 같은 문제는 아니지만 동전의 양면처럼 한 사물의 안과 밖이다."라고 보면 화자와 시점은 분리될 수 없는 것으로 못박고 있다. 이는 그것의 미세한 부분에서 차이가 있을 뿐 동서양의 공통적인 관점이라고 볼 수 있다.

[99] 권택영, 『소설을 어떻게 볼 것인가』, 동서문화사, 1991년. 349면
  그녀는 쉬탄젤의 논의를 빌려서 외적조망external perspective은 (3인칭 전지시점, 일인칭 소설, 혹은 전달자 소설 등) 권위적 서술에서 독자가 얻는 조망이고, 내적조망internal perspective은 (자서전적 소설, 조인공의 경험이 강조되는 1인칭 소설, 자유간접화법, 등장인물 소설에서) 내적독백에서 독자가 얻는 조망이다.

[100] 프리드만, 앞의 글, 478-8면. 프리드만은 부스의 의견을 수용하면서 서술자의 등급과 관련지워 서술자에게 부과되는 문제는 그의 이야기를 독자에게 적절하게 전달한다는 문제이므로, 여기에 대해 우리는 다음과 같은 것을 물을 수 있다고 한다.
  1) 누가 독자에게 이야기하느냐? (3,1인칭으로 이야기하는 작자, 일인칭으로 이야기하는 작중인물, 눈에 띄지 않게 이야기하는 경우)
  2) 어떤 위치에서 이야기하는가? (상위, 주변, 중심, 직전, 위치가 수시로 변화하느냐?)
  3) 서술자는 독자에게 이야기를 전달하기 위해 어떤 고지(告知)의 경로를 택하느냐? (작자의 말, 사고 내용, 지각 내용, 감정, 독자와의 거리 등으로 살필 수 있다)

것이 무방하다.101) 「먼 그대」의 경우, 서술화자는 수시로 그녀의 내면에 출입하는, 편집자적 시점 위치에서 권위적 목소리로 우리에게 주인물 "문자"의 상황과 사고의 변화를 말하고 있다. 반면에 「풍금이 있던 자리」의 서술화자 "나"는 일인칭 서술화자이기 때문에 오히려 자신의 말에 대하여 어눌할 수밖에 없어진다.102) 일인칭 형식은 원래 자신의 이야기를 하더라도, 소설 내부에 반드시 있다고 상정하는 청자에게 하기 때문에, 독자는 직접적으로 듣는 것이 아니라 청자를 통해서 간접적으로 듣게 되기 때문이다.

일인칭 소설은 독자들에게 사건의 직접 경험을 내세우므로 <미적 거리>와 사건의 <개입 정도>에서 오는 신뢰성에서 3인칭과는 다르다. 즉 서술자는 사건에 대하여 능동적으로 참여하여 사건을 직접 서술하고, 해명하고, 사건과 사람에 대하여 비판할 수 있다. 대신 일인칭 서술화자는 객관성이라는 측면에서 독자들이 그의 말에 신뢰를 확신할 때까지 판단을 유보하게끔 한다. 이러한 판단유보는 서술자와의 감정적 동일화를 멀게 한다. 이 둘의 환기가 이렇게 크기 때문에 서술자의 선택은 중요하다. 일반적으로 독자들은 외적 조망에서는 판단과 평가를 내리고 내적 조망에서는 경험을 한다. 「먼 그대」에서 우리가 보는 것이 바로 외적 조망이고, 「풍금이 있던 자리」는 내적 조망이다. 일반적으로 외적조망은 시간성 혹은 역사성을 지니고 내적 조망은 공간성을 갖는다.

그러므로 「먼 그대」는 문자의 사랑의 역사와 고통의 긴 역사를 기록

---

101) 프리드만, 앞의 글 485 면.
　　부스는 시점을, 작가로 하여금 자신의 갈등을 객관화하고 극복할 수 있게 해주는 주제적 한정의 양식으로서 이야기하는 것이 아니라, 작가로 하여금 독자의 반응을 조종하고 그 독자의 마음 속에 자신의 비전을 심어줄 수 있는 개연적 한정의 문제로 본다.
102) 프리드만, 앞의 글, 501면.
　　그 자신의 이야기를 일인칭으로 서술하는 것은 몇 가지 정보의 출처가 더 막히고, 몇 가지 유리한 위치가 그에 따라 감소된다.

하고 있다. 문자의 사랑은 처녀에서 현재, "사십 고개를 바라보도록" 이
라는 문맥을 통해 짐작할 수 있다. 그러나 이러한 서술은 사건에 대한
판단과 의미 분석 등의 모든 것이 서술자의 색체에 의존적일 수밖에 없
다. 그러므로 신빙성이 높고, 사건의 진행에 있어서 명료하나, 단성성
을 지니게 되어 그 역동감이 부족하다.

　반면, 「풍금이 있던 자리」의 '나'는 그 사랑이 비교적 짧게 "당신을
알고 지낸 지난 이 년 동안"으로 분명한 기간이 나타난다. 더구나 짧은
기간 동안의 기억의 진술이란 세세하고 정치할 수 있으므로, 그 묘사에
있어서 현저히 현재형적이라고 보여진다.103) 요컨대 두 작품은 이렇게
서술화자를 달리함으로써 서로 다른 효과를 얻고 있으나 그 의미의 드
러냄이나 주제 의식에 있어서는 같은 작품이라고 볼 수 있다.104)

　3. 결론

　본고는 우리 시대의 두 여류 작가의 작품에서 소설의 서술 양태를 크
게, 서술의 주체와 서술양태를 통하여 살펴봄으로써, 두 작품의 공통항

---

103) 이재선, 『한국단편소설연구』, 일조각, 1975. 152면.
　　이재선 교수는 액자소설의 총체적 연구를 행하면서 "서간체소설이란 소설의 서술
　　이 전적으로 편지나, 또는 그 교환으로 이루어진 것으로 액자소설의 근대적 변이 대
　　체형식이요, 일인칭소설의 한 특수 형태이다. 그러므로 서술자는 소설 내적 인물로
　　규정하고 있다. 그러므로 그 표상된 세계는 기억 속에서 재체험된 세계다."고 보았
　　다. 이와 같이 액자적 이야기가 일인칭 소설에서는 문단의 특별한 변화 표지 없이도
　　가능한 것으로 살핀 것으로 이해된다.
104) 이런 것은 크게 그 개념의 범주를 넓혀서, 사실 이야기의 심급(narrating instance)라
　　는 측면에서 우리는 교체라고 볼 수 있다. 서사론자들에게 있어서 교체는, 연결과
　　삽입과 더불어 이야기의 연쇄 sequences의 기본적인 결합방식의 하나인데, 이를테
　　면 두 텍스트는 이렇게 서술주체라는 서술의 양상만 다른 동일한 이야기의 교체적
　　진술이라고 보여 질 수 있다.

을 찾아내어, 그것들의 유사성과 이질성을 규명하고자 했다. 이는 동시대의 많은 여류 작가들의 작품의 공통분모가 되어, 비슷한 유형의 소설의 창작의 일종의 모범작문이 되었다는 연구자의 판단에 의해서다.

텍스트로 삼은 두 작품은 그 공통항으로서의 불륜에의 사랑과 그것의 개인적 초극이라는 살피고, 그것의 생성과정을 고구하여, 당시의 높은 평가와 소설적 성취도를 찾아냄으로써 동시대 다른 여류 작가들의 작품과의 비교에도 적용될 수도 있을지 모르는 시학을 찾아보자는 데에 목적이 있었다.

그것의 첫 연구로서 첫째, 서술양상, 즉 서사의 4 가지 양상인 보고, 논평, 묘사, 발화 등을 사용빈도와 사용 부분을 찾아내어 비교했다. 그 결과 묘사와 간접화된 발화와 서정적 공간화를 꾀함으로써 독자들의 정서적 환기를 노리는 작품인, 「풍금이 있던 자리」와 보고와 논평을 사용하여 소전적(小傳的) 삶을 통하여 독자의 가치판단을 요구하는 작품 「먼 그대」로 나뉘고 있으나 그 지향점은 같다는 것과 서술 주체를 달리함으로써 그러한 양상이 가능했다는 것을 알 수 있었다.

즉 두 텍스트는 동일한 의미를 지니고 있어, 동일한 지향적 태도를 보이는 데에도, 우리에게 달리 보이는 것은 서술 주체가 바뀜에 따라 다랄지는 서사양식의 원용으로 매우 다른 색채를 지니는 것을 밝혀냈다. 결국 이 두 텍스트의 서사전략이 서술자의 차이에 따라서, 그 서사양식의 객관성과 주관성에 따라서 환기된 정서적 "느낌"을 통한 <이해>와, 서사의 "논리성"에 입각한 <이해>라는 두 층위로 나뉘며, 이로 인한 독자들에게의 각기 다른 미적 체험을 하게 하는 점을 밝히고 있다는 것을 결론으로 제시한다.

조선작 최인호의 유소년 연구

1. 전쟁체험의 형상화

본고는 조선작과 최인호의 소설의 유년초점과, 그 의미를 찾아보려는 데에 있다. 조선작과 최인호는 70년대 대표적 작가들로 우리 소설사에서 분류되고 있다. 이 두 작가는 신문연재소설을 통한 '대중소설론'이라는, 70년대 대표적 문학논쟁을 발생시킨 작가들이며, 성장기인 유년 시대에 6.25를 경험했다는 공통점을 지닌다. 또, '유년초점'을 택한 작품들이 적지 않으면서도, 그것의 활용에 있어서는 각자 뚜렷이 다르게 접근하고 있다.

70년대 조선작과 최인호의 장편들은 우리 소설사에 '호스티스문학'으로, 폄훼에 가까울 정도로 대중소설로 취급 받았다가[105], 겨우 2000년대에 이르러서 젊은 연구자들에 다른 관점에 의해 여러 층위에서 연구되고 있다.[106] 반면에 두 작가의 중·단편에서는 발표 당시

---

105) 심재욱,「1970년대 증상으로서의 대중소설과 최인호 문학 연구」,『국어국문학』, 171호, 2015.

부터, 나름대로의 문학적 성취했다는 평가받고 있다는 점은 주목할 만하다.107)

　'50년대 이래 한국 현대소설의 제반 내용과 구조는 6.25의 전쟁체험과 영향을 배제해 놓고는 생각할 수 없을 만큼 6.25는 현대소설사에 있어서 결코 간과해 버릴 수 없는 발생론적인 기반'이다.108) 특히 우리의 6·25 경우, 분단으로 이어진 휴전으로 전쟁은 아직도 계속되고 있다는 점에서 그 후유증은 끔찍할 정도로 깊다. 그런 이유로 우리 소설사에서도 6·25는 큰 상처로 체험화한 돌올한 작품들이, 반세기 지난 지금에도 꾸준히 나타나고 있다. 그러나 각 세대마다 분명히 다른 양상을 보여주고 있는 점은 흥미롭다.109) 범박하게 요약하자면, 60년대 작가들이 전쟁이 불러일으킨 비극을 그린 소설들—하근찬 등110), 전쟁 참여자들이 전후에 겪는 trauma를 그린 작품이나—이청준 등111) 전후의 분단과 그 비극적 현상을 그린 소설들—김원일—이112) 주종을 이루는,

---

106) 김현주,「1970년대 대중소설 연구」, 연세대 박사논문, 2003.
　　서동훈,「한국대중소설연구」, 계명대 박사논문, 2003.
　　유은정,「1970년대 도시소설 연구」, 성균관대 박사논문, 2003.
107) 김경연,「70년대를 응시하는 불경한 텍스트를 재독하다 — 조선작 다시읽기」,「오늘의 문예비평」, 제67호, 2007.
　　김지혜,「1970년대 대중소설의 죄의식 연구—최인호, 조해일, 조선작 작품을 중심으로」,『현대소설연구』, 52호.
　　김진기, 최인호,「초기 소설의 의미구조」, 제35집, 인문과학 논총, 2000.
　　박수현,「자학과 죄책감」,「조선작의 소설 연구」,「한국민족문화」, 49호, 2013.
　　송은영,「1970년대의 하위주체와 합법적 폭력의 문제」, 최인호,「미개인」,「예행연습」을 중심으로, 제41집, 인문학연구.
108) 이재선,『한국현대소설사1945-1990』, 민음사, 1990, 81면.
109) 나병철,『전쟁체험과 성장소설』, 청람어문학, 2006, 170면.
110) 강용운,「전쟁체험의 한 수용양식—하근찬론」, 제30집, 현대문학이론연구, 2007.
111) 장일구,『한국전쟁 트라우마의 서사적 형상—몇 가지 국면에 대한 소묘』, 한민족어문학, 2014, 66면.
112) 김현주,「김원일론—70년대의 패배자들과 그들의 외로운 싸움」,「현역중진작가연구Ⅲ」

상당히 다양한 소설적 대응양상은 어쩌면 당연하다.[113]

예술창작의 근저에는 예술가가 겪었던 체험이 자리 잡는다. 어떠한 체험이든 그 경험적 과정이 예술가들에게 창작의 동력이 된다는 것은 주지의 사실이다. 전쟁, 그 자체는 매우 비극적인 사건이지만, 다른 면으로는 매혹적인 예술적 소재임에 분명하다. 그래서 전쟁체험은 작가들에 있어서 흔치 않는 행운일 수도 있다. 특히 유소년기에 체험된 전쟁은 각별한 의미를 갖는다.[114]

예기치 않게 부딪힌 '악'의 발견은 그전까지 지녔던 모든 세계관을 전복시킨다. 그토록 신뢰했던 인간성이 사실은 취약하기 이를 데 없고, 금기된 것들의 위반만이 생명을 보존할 수 있으며, 자신들 내부에 그토록 끔찍한 폭력성과 공격성이 존재했다는 것을 시인해야했다. 특히 유소년들은 자신들과 무관하게 벌어진 전쟁으로 말미암아 피할 수 없는 폭력의 광기와 죽음의 충격을 그대로 수용한다. 전쟁을 거부할 수도, 부정할 능력도 없던 아이들은 미증유의 폭력과 파괴의 현장 한 가운데 놓여진다. 유기체로서, 본능적으로 생명을 지켜야만 했던 전쟁의 광기에 노출된 유소년들은 극복할 수 없는 공포와 두려움, 그리고 죄의식이 주는 심리적 압박을 경험한다. 한 번 형성된 불안과 공포는 극복되지 못하는 한, 평생 우리들의 일상을 지배한다. 그것을 우리는 억압이라고 부른다. 억압은 결코 사라지지 않고, 그것은 무의식 속에 은닉되고 잠

---

113) 김윤식, 「6·25전쟁문학 — 세대론의 시각」『문학사와비평』, 1991.12 면
　　동시대적인 것의 비동시대성이란, 문학예술의 전개과정 상에서는 응당 고려에 넣어야 될 성격을 띠고 있는데, 그것은 예술이나 문학이 양식이라는 특수한 장치를 통해 발현되기 때문이다.
114) 김윤식, 앞의 글, 24면.
　　"이들은 철들 무렵 누구나 겪는 세사의 악의 발견을 일반적 형태가 아니라 6·25라는 역사적 사건으로 주어졌다는 점에서, 다른 어느 세대보다 그들은 행운이라 할 수…"

복되어 있다가, 우리의 취약성이 드러나면 언제나 공격한다. 그리고 불안의 덩어리가 바로 트라우마이다. 조선작[115],과 최인호[116] 역시 그 트라우마의 자장에 놓여 있던 작가들이다.[117]

전쟁체험이 주었던 정신적 외상, 트라우마에 의한 외상후 스트레스 장애는 자신은 물론 주위도 파탄에 이르게 한다. 비록 전장의 직접적인 참여가 없었던 유소년들이지만 전쟁체험의 광폭성은 그들의 무의식을 잠식한다. 이후의 반복적으로 기억을 뚫고 솟아나는 무의식에 억압되어 있던 체험의 공포와 잠재된 불안은 극복되어야 하는 상처들이다. 트라우마 사건처럼 충격적인 경험에서 받은 스트레스 극복을 위한 효과적 기제는 여러 가지이다. 그러나 작가들에게 있어서 본능적인 치유는 창작을 통한 극복이다. 그들은 무의식적으로, "그 사건―체험―에 대하여 자세히 서술하고 그 감정을 말로 표현하게 되면, 히스테리적 증상들은 사라지고 나타나지 않는다."고 말하는 프로이트를 추종하고 있다.[118] 서술이란 체험들 속의 사건들을 그저 시간 좌표 위에 늘어놓은 것이 아니라, 철저한 자기 확인에 의하여, 의미 좌표에 질서 있게 정리하는 과정이다. 여기서, 질서 있게 정리하여 의미를 형성시키는 행위는 소설의 plot이며, 결국 그것은 하나의 "이야기narrative쓰기"가 된다는 리쾨르의 말은 서사적 글쓰기, 창작행위와 동일한 지평위에 놓아도 무방하다.[119]

더구나 소설가들에게는 글쓰기를 통한 자기 치유는 당연한 것이다. 위에서 개괄했듯이, 6―70년대 작가들에 있어서 전쟁과 전장이 작품의

---

115) 김경연, 앞의 글.
116) 김치수, 「개성과 다양성」, 문학사상 , 1982. 김인경, 재인용, 280면
117) 나병철, 앞의 글,
118) 박찬부 「에로스와 죽음, 서울대학교출판문화원」, 2013, 225면.
119) 폴 리쾨르, 김한식 이경래 역, 『시간과 이야기』, 문학과지성, 2003. 8면

근본적 소재이며 주제였다. 특히 서사문학, 소설적 이야기는 다른 어떤 것보다 유소년 전쟁체험의 극복을 위한 효과적 과정이었다. 다시, 프로이트를 운용하자면 "억압된 과거의 상처를 극복하는 일은 '기억하기, 반복하기, 가공하기'의 과정"을 통해서 이루어질 수 있는 것이다. 조선작과 최인호를 위시한, 글쓰기가 직업인 작가들에게 있어서는 소설 창작은 유소년 전쟁체험의 트라우마 극복을 위한 최선의 기제인 승화였을 것이다.

그런데 왜 그들의 승화를 위한 소설적 장치가 유소년이었을까. 주지하다시피 70년대는 우리 현대에 있어서 자본주의적 경제체계뿐 아니라 정치적으로도 각별한 시대이다. 반공주의를 정점으로 성장이데올로기와 권위주의이데올로기가 접합되어 기능을 발휘하여, 정치적으로 검열의 시대였으며 경제적으로 자본주의를 편승한 양극화 현상이 시작된 시대이다. 특히 국가위주의 경제개발 정책의 악영향으로 불평등을 기반으로 한 천민자본의 횡포가 가져온 물신주의 준동 시기였다. 보편적 궁핍의 시대에서 선택적 궁핍의 시대로 전이되는 가운데, 경제적 부에 편승하지 못한 일단의 시민들은 무능한 존재로 낙인찍히게 된다.

휴전 상태로 전쟁에 패배한 세대이며, 한강의 기적이라는 경제성장에도 실패한 존재들이, 당대의 기성세대 소위 아버지들이었다. 그 중에서 부에 편승되지 못한 '아버지 세대'는 무능한 존재로 가정과 가족에게 경원시되는 시대였다. 또, '국민교육헌장'에 이어 국가를 뒤흔든 '새마을 운동'은 전세대의 표상이었던 '우리의 것'을 부정하기를 부추겼다. 정취 있는 좁은 길은 발전을 저해하는 고쳐져야 할 대상으로, 전통적인 초가집은 폐기해야 할 대상으로 삼음으로써 전대의 것은 낡고 잘못된 것으로 정착시키고, 새로운 정신을 학생들에게 함양시키는 데 매진하던 시대이기 때문에, 그 시대의 교육의 세례를 받은 유소년들은 아버지 세대에 대한 거부를 당위적인 것으로 정치한다.

성인이 된 작가들에게 관찰 대상이 되는 것은, 당시의 죽음에 내몰린 생명뿐만 아니라, 불안한 생활, 굶주림등과 함께, 가장 중요한 전쟁의 원인과 그것을 막지 못한, '아버지'로 상징화되는 전시대의 '어른들'이 었다. 즉, 훼손 받은 유년기의 자아가 창작을 통해 승화되어가는 과정에서 마주치는 것은 아버지들이다. 서술자아가 경험자아의 유년기를 환기했을 때, 즉 성인 서술자아가 마주한 '기억의 시대'에 대한 반성적 고찰은 무의식에 잠복되어 있던 불안과 공포를 불러오고, 동시에 그 트라우마는 광폭하게 작동한다.

오늘의 상황을 가져온 것은 누구도 아닌 자신들의 '아버지'들이었다는 데에 확신한다. 그리고 트라우마의 극복을 위한 기제로서 반동형성을 해야 했다. 그래서 작가들이 발견한 것은 아버지라는 인물이다. 6·25라는 비극을 만든 성인에 대한, 전쟁체험 당시 거부할 수도, 부정할 수도 없었던 공격성이 발현되었을 때, 전쟁체험 작가들은 그들 자신이 옹골지고, 벅차게 경험했던 공포와 불안을 보여주기에 가장 적합한 소설적 장치가 작중인물로서의 아버지였고, 그들로 표상되는 악들과 맞서는 작가 자신들의 새도우는, 체험적 시기 그때의 페르소나인 '유소년'이었다.

이처럼 70년대 시대적 특성과 전쟁체험에서 획득된 주체 개념을 가진 작가들이 그들의 작품에서 유년들을 초점화한 것은 당연했을 것이다. 보편적으로, 소설 속의 유소년들은 부모나 형제 등과의 관계에서 갈등을 중심으로 문학적으로 로정된다. 서사 공간은 집, 가정이 대부분이며, 서사 대상은 가족, 그 중에서 아버지이며, 그 이유는 아버지의 가부장으로서의 무능과 아버지로서의 부정이다. 무능한 아버지는 소설적 인물로서 매우 적당한 인물이다.[120] 조선작과 최인호, 두 작가 역시 유년 인물을 초점주체로, 아버지와의 집안 사정을 초점대상화로 삼아 소설적 갈등을 예각화한다.[121]

2. 유소년의 소설적 의미

유소년이 주인물로 등장하는 소설은 성장소설임이 일반적이다. 성장소설은 미성숙하고 미완성 주체인 유소년 인물들이 사건들을 통하여 성장하는 과정을 보여주는 소설이다. 그래서 그들에게는 통과제의처럼 극복해 나아가야 하는 문제가 사건으로 주어진다. 그 해결 과정에서 유소년 특유의 순수성을 통한 성인의 왜곡된 인식행위의 환기를 요구하거나, 상황과 사건에 대한 오해가 주는 아이러니적 효과나, 또 부적절한 행동으로 인한 시니컬한 결과에 따른 풍자성을 확대하는 것이 성장소설의 의의일 것이다. 어떻든, 성장소설은 유소년적인 특성들이

---

120) 손유경,「유년의 기억과 각성의 순간」,『한국현대문학연구』37권, 326면.
  "일찍이 심진경도 국가 주도적인 권위적 발전이 이루어진 1970년대의 상황에서 전쟁이 일어났던 1950년대를 회상하는 작업을 단지 개인적인 회고 취미로 볼 것이 아니라 현재 〔1970년대〕의 지배적 담론이나 이데올로기에 의해 촉발된 것으로 해석해야 한다"라는 설득력 있는 지적을 한 바 있다.
121) 김경연, 앞의 글, 294면. 조선작의 아들들은 "아버지의 법, 아버지의 언어를 배우지 못한/않은 반계몽의 아들들"이다.
  조영란,「유랑하는 청년과 여성 몸—장소라는 로컬리티—최인호 초기 중단편 소설들을 중심으로」,『여성문학연구』33권,
  최인호 소설의 청년들이 비록 사회적 지반 곧 아버지 공간으로부터 타의에 의해 벗어났지만, 자기 능력이나 자의적이 아니라는 점에 유념해보라. 388면.

독자들에게 성인들에게서 얻지 못하는 공감을 환기시키는 데에 그 사용의 본질적 의미가 있다고 해도 지나치지 않다. 요점은 그 효과를 얻기 위해, 텍스트에서 유소년을 등장인물로만 활용하느냐 서술자로까지 사용하느냐에 따라서 그 소설적 의미가 크게 달라진다는 것이다.

두말할 나위 없이, 소설에 있어서 인물과 서술자와의 관계는 한 작품의 핵심일 정도로 중요하다. 서술자와 주인물의 관계 양상은 하나의 작품 전체의 의미를 이해할 수 있게 만드는 것이기 때문이다.122) 이렇기 때문에 소설의 작중인물 중 하나인 유소년으로 등장하느냐, 인물로서 서술자이거나, 또 서술적 기능을 갖는 인물이냐는 매우 중요한 텍스트 구분점이 된다. 또, 그것에 따라 소설의 성격은 크게 달라지게 된다.

작가가 서술자만의 진술에 작품 전체를 맡기지 않고, 누군가를 시점자로 삼았다면 그것은 서술자의 서술적 행위로 갖지 못하는 다른 효과를 노리기 위해서이다. 그리고 그 효과야 말로 자신의 작품 속에 꼭 필요하다는 서사적 판단 아래서 선택한 것이며, 그것은 그 텍스트의 주제적 층위와 밀접한 관계되었다고 추론할 수 있다. 특히 비슷한 유소년 인물들을 반복적으로 등장시키는 것은, 한 작가의 의도적인 특성이며, 그것은 한 작가의 허구적 서사 세계를 해석할 수 있는 단초를 제공해주는 '열쇠'일수도 있다.

작가들이 유소년을 시점으로 사용하는 것은, 서술자와 시점 사이의 다양한 긴장 관계나 서술과 초점자의 불일치에서 오는 여러 가지 미적 효과들로써 독자들의 작품 감상 태도를 조정하려는 의도 때문이다. 그러므로 소설의 시점의 진정한 중요성은 플롯 면에서의 필연성과 유기적인 연계성에 이르러야만 하는 것이다. 유소년 시점의 소설들은 대부

---

122) 정재석,「유년시점의 서사적 의도」,「현대소설 시점의 시학」, 한국소설학회편, 새문
    사, 267-268면.

분은 성장소설과 그 맥을 같이하리라는 것은 쉽게 추론할 수 있다.[123] 그래서 유년인물들이 나오는 작품은 대부분 성장소설이거나, 성장적 유표를 보여준다. 곧 크레인이 말하는 '성숙의 플롯'이나 '각성의 플롯' 과 밀접한 관계를 갖는 양상을 보면 유추할 수 있다.

작가는 자신의 담론인, 작품이 독자들에게 완벽하게 이해되어, 감동을 통한 미적 체험을 주기 위해서 최선의 서사전략을 구축하려 한다. 지금까지 고안된 소설의 다양한 기법이란 이러한 소설가들의 노력들이 얻어낸 결과이다. 여러 가지 서사전략 중의 하나가 시점의 선택일 것이다. 그래서 로트만은 "문학작품은 특별한 의식에 의해 보여지는 세계의 이미지를 재창조한 것이다"고 주장한다.[124] 소설은 근본적으로 서술자의 중개 없이는 구축될 수 없고, 서술자는 자신을 포함한 누군가가 보았거나, 보고 있는 사건의 세계만을 이야기한다. 사실, 서술자의 역할 적합성에 따라서, 텍스트의 세계관에 대한 독자의 이해의 심급이 결정되며, 감동도 달라진다. 그런 측면에서, 한 소설 작품의 예술적 성취 여부는 이야기 층위보다는 서술행위 전반에 달려 있으며, 거기에는 시점 역시 핵심 기법으로 전제된다.

제임스[125]는 이야기 진행을 플롯 안의 직중인물의 의식 안에 넣게 되면, 소설에 하나의 '중심' 또는 '초점'이 생겨 유용하다는 시점이란 기법을 발견한다. 즉, 소설의 효과적 이해란 목적을 위해서 만들어진 것

---

123) 나병철, 앞의 글. 167면.
　　문재원, 「최인호 소설의 '아동' 연구」, 『현대소설연구』, 제 28집. 2005. 321쪽
　　손유경, 앞의 글. 327면.
124) S. S. Lanser, The Narrative Act ―point of view in prose fiction, princeton Univ. press, New Jersey, 57p.
125) 김병욱 편, 최상규 역, 「소설의 시점」, 『현대 소설의 이론』, 예림기획, 480면.

이 시점이다. 이후, 웨인 부스[126]나 퍼시 러보크의 시점에서, 쥬네트, 미케 발, 리본 캐넌 등에서는 시점 대신이란 초점[127]으로 용어가 바뀌지기도 한다. 거칠게 말해서, 시점은 관점과 입장에 따라서 복잡하며, 미세한 차이 때문에 정리하기조차 어렵기 때문에 때때로 늪에 빠지는 듯하다. 그래서 '어떤 의미에서 개별 작품은 근본적으로 시점 분류의 틀을 벗어난다고 단언할 수 있을 정도로 그 양상들이 뒤섞여 있다'는 한탄도 있을 정도이다.[128]

시점이란 가장 문제성 있는 용어라고 단언한 채트먼은 시점이 매우 복잡한 본질적 속성을 지니고 있다고 한다.[129] 예컨대, 어떤 소설에서든 서술자의 목소리는 분명하게 감지할 수 있는데, 시점은 생각 이상으로 그 정체가 애매하며, 또한 유동적이기 때문에 구체적으로 확정하기 어렵다. 이러한 난점은 시점의 본래적 성격에 기인한 것으로 시점이 구체적 실체이기 보다는 일종의 관계를 형성함으로써 파악되는 것이기 때문이다. 이를테면, 내적 고정화 시점이라고 하더라도, 텍스트 내부에 딱 하나만으로 단일화 되어있는 텍스트도 없고, 작품 전체를 시종여일하게 한 시점을 지닌 서술자나 인물도 찾아보기 힘들다는 점에서 그렇다. 이렇게 유동적이고 가변성 있는 요소인 시점은 작가가 사용하는 서

---

126) 김병욱, 앞의 책.「소설의 시점」, 465면.
　　　"작가 자신의 사고와 감정과 지각을 잘 전달하기 위하여…즉 시점이 빚어내는 문학적 효과의 측면에서 논의해야 한다."
127) Gerard Genette, Narrative Discourse, trans, Jane. E. Lewin, New York. Cornell UP. 1980, 189—190p.
　　　Mieke Bal, 한용환 역,『서사란 무엇인가』, 문예출판사, 1999.
　　　본고 역시 시점 대신 이후로 특별한 경우를 제외하고 초점으로 통일한다.
128) 최현무,「시점 이론에 관한 반성적 모색」,『현대 소설 시점의 시학』, 새문사, 1996, 46면.
129) S. 채트먼, 김경수 옮김,『영화와 소설의 서사구조』, 민음사, 183면. 1990.

사 전략의 여러 기능 요소 중 하나로 상정하는 것이 옳을 것이다.[130)

비록 모호하기도 하고, 관계적이어서 규정하기가 애매하지만, 문학에서 가장 원초적 조작이 시점이며 조망일 것이다. 그래서 서사의 양상 중에서 중요한 것 중 하나가 시점화이다. 소설 속의 모든 사건은 비전 ─시각적 입장인─을 통해서만 제시될 수 있다. 모든 지각은 지각자의 심리적 자세에 따라 변화하기 때문이며, 한 텍스트의 해석을 위한 지평을 주기도 한다는 발의 주장은 초점화에 대한 중요성을 상기시킨다. 소설의 모든 조작은 시점으로 환원될 수 있다.

그러나 시점을 서사의 시학으로까지 확연하고자 했던 랜서[131)는, 시점─초점─을 통사적으로 살피면서 매우 설득력 있게, 초점이란 지나치게 미시화하면 '언어학적인 것'으로 수렴되어버릴 것이고, 거시화 시킬 경우 '관념적 추상'으로 환원될 여지가 크기 때문에 각 텍스트 마다 개별적 접근이 유효하다고 한다. 결국 시점은 소설 텍스트에서 서술자와 시점을 보유하는 자, 즉 초점자가 구체적으로 어떻게 관계 맺고 있는지를 각각 살펴야 한다.

초점이란 용어는 '보는 자'라는 시각적 존재 대신 인식하는 자라는 소설적 존재를 설정했다. 이럴 때, 자연적으로 초점은 발화, 인지, 그리고 사건을 제시하고 재현하는 서술구조의 양상을 포함하고 있기 때문에 서술자가 인물 중 누군가를 초점화시키는 방식에 따라 사건을 제시하고 재현하는 서술구조의 변화를 가져오지 않을 수 없다. 그러므로 초점화는 단순히 누구를 통하여 지각하고 이야기하느냐의 문제 뿐 아니라, 훨씬 크게 넓게 텍스트의 변화를 가져온다.[132)

---

130) 이호, 『시점과 작가의 의도』, 『현대소설 시점의 시학』, 한국소설학회 편 새문사, 1996, 291면.
131) S. Lanser, 앞의 책. 5p.

초점화의 일반적 효과는 텍스트에서의 초점자들의 행위나 생각들이 초점화 대상들에 대한 인식과 관점들이 독자에게로 전이되는 데에 있다. 즉 동일한 이야기가 전혀 다르게 변형되어 다른 효과를 생산해 내는 데에 있기 때문에 초점화는 사실 주제론적 충위에 닿아 있는 기법이다. 그래서 초점화는 서술자와 인물과의 관계 양상을 기준으로 나타난다.133)

시점—초점—은 서술하는 주체와 재현된 세계 사이의 사회적 미학적 관계를 구조화할 뿐 아니라 작가와 청중사이의 문학적 상관관계를 표현한다. 달리 말해서 그것은 기교를 통하여 이데올로기를 통합하고 드러내는 기능을 할 뿐 아니라, 사회에 대한 작가의 관계가 텍스트에 끼친 영향을 드러내는 기능도 한다.134)

유년을 초점자로 선택함으로써 작가들이 추구하고자 한 것은, 유년의 특징적 요소인, 천진난만 단순성에 사고방식이나 몰이해나 전망 부재의 지각 특성이 가져오는 미숙함 주는 정서적 효과 획득이 일반적이다.135) 그러나, 이에 반하여 '반성장'서사의 조선작과 '어른 보다 더 어른'인 최인호의 유소년에서는 그 초점화의 양상이 다른 작가들과 다르다.

본고는 유소년 초점화자와 '아버지'라는 대상자에 주목하여 전개한

---

132) 본고는, 독자가 그의 독서과정에서 조우하는 것은 이야기 그 자체가 아니라 이야기를 제시하는 어떤 시각과 만나는 것이다. 그 시각은 인물처럼, 지각과 심리와 관념을 지니고 있기 때문에 우리가 그에게 초점을 맞출 경우에는 그의 지각과 심리와 관념을 좇을 수밖에 없다는 견해에 동의한다.

133) 본고는 쥬네트가 제안하고, Micke Bal과 Rimmon—Kennan 등이 발전적으로 제시한, 초점화 양상을 사용한다. 그들은 크게 서사 세계내의 인물 존재여부를 따라, 외·내적 초점화로 대별하고, 또 초점화의 유동성에 따라, 고정적, 가변적, 복수초점화로 세분한다. 시점주체의 인식과정서, 관념 측면과의 연관하여 지각적, 심리적, 관념적 측면에서 논구하는 점이 초점화의 핵심으로 보기 때문이다.

134) Lanser, 앞의 책, 58면.

135) 고은미, 윤정룡,『성장소설의 시대적 차이 연구』, 교육연구, 제 10권, 2002.

다. 두 작가의 작품들에서는, 아버지와 아들의 대립적 갈등, 그로 인한 아버지 죽이기의 과정이 실제적으로 전개되는 것과 심리적 층위에서 전개되는 양상이 뚜렷하게 보이기 때문이다.

3. 조선작의 유소년 초점

70년대 조선작 소설의 문제의식은, 뿌리 뽑힌 인간 군상을 통하여 사회의 구조적 모순을 비판에 있다고 한다.[136] 그는 우리가 놓인 세계를 카오스적 세계로 상정하고, 그런 입장에서 인간을 근본적으로 병들고 야비하고 위험한 동물들로 규정한다. 그의 많은 소설은 수성(獸性)으로 인한 부정적 비극의식을 노골화한 것이 많다.[137] 특히 그의 유소년 초점화 소설에서 그 수성적 존재는 아버지로 형상화된다. 본고의 대상 작품인 <모범작문>에서 상이군인 아버지로, <성벽>에서는 개도둑인 아버지, <시사회>에서는 광인인 아버지가 등장한다. 모두 비정상적인 존재로서, 소설속의 유소년 아들에게 매우 위협적이며, 부정적 존재로 맞서는 양상을 보이면서 특유의 어둡고 음울한 세계를 창조해낸다.[138]

주목해야 할 점은, 조선작의 유소년들은, 그들의 아버지 보다 더 위악적이라는 데에 있다. 보편적으로, 유소년을 초점화자로 내세운 소설들은 성년의 서술자가 과거의 자신의 모습을 회상하는 형태를 갖는다. 그래서 서술화자와 경험화자의 간극이 소설의 중요한 구분점이 된다.

---

136) 박수현, 전개제. 49면.
137) 김병익, 「부정적 세계관과 문학적 조형」, 「그 치열성과 완벽성」, 「문학과 지성」, 18호. 1974, 348면.
138) 조선작, 「조선작 연보」, 『고독한 청년』, 열화당, 1977, 8면,
　　　건강한 것들에 대한 맹렬한 적개심과 투지가 창작의 원천이었다고 한다.

다시 말하자면, 서술하는 초점화자는 이미 경험화자의 위에 위치하고 있으며, 사건의 전모를 인식하고 서술한다. 그러나 조선작의 유소년 초점화자들의 서술행위에는 현재, 지금―여기의 진행형이다. 그러므로 사건의 전체는 알 수도 없고, 또 거기에 대한 윤리적 평가도 할 수 없는, 밝혀지는 대로 초점화자 현재형 진술을 따라갈 수밖에 없다는 점이다.

조선작 소설의 초점화 양상은, 내부초점자인 유년으로서의 '나'가 서술자로서 굳건히 서사를 이끌어 간다는 점이다. 그래서 그의 소설은 첫 문단에서부터 '내적초점화'를 노골적으로 내세우며, 작중인물―초점화자 형식을 지니고 있다는 것을139) 의식적인 표명으로 각인시킨다.

나는 아우와 진숙이년을 이끌고 우리들의 집이 있는 읍을 향해서 조심스럽게 잠입해 들어갔다. 읍으로 향한 신작로 위에는 탱크가 지나간 자국이 선명하게 찍혀 있었다.
<시사회>

언제부터인가 아버지는 우리 둑방동네에서 개서방이라는 별명으로 불리었다. 개를 훔치고 훔친 개를 잡아서 보신탕집에 넘기는 일로 우리 세 식구(아버지와 나, 그리고 열여덟 살짜리 누나, 이렇게 세 식구다)의 생계를 삼아온 아버지니까, 그런 별명이 전혀 연고가 없는 것은 아니었다.
<성벽>

우리집 식구는요 열 사람도 넘어요. 그러니까 우리집은요 항상 시장바닥처럼 항상 시끌시끌해요.
둘쨋번 어른은 우리 아버지여요. 아버지는요. 다리 한 짝이 떼었다 붙였다 하는 고무다리여요. 순경들이 우리집을 찾아와서 시비가 붙잖

---

139) 리몬―캐넌에 의하면 인물과 결속된 초점자 character―bound focalizer 라고도 부른다.

아요? 그럴때면 우리아버지는 고무다리 한 짝을 뚝 데어서 순경들의
코밑에 들이대여요.

　"야, 성가시게 좀 굴지 마. 다리 한 짝을 나라에 바친 게 바로 나야."

<모범작문>

　<시사회>와 <성벽>은 '나'라는 초점화자가 서술하고 있음을 분명
히 드러내며, <모범작문> 역시, 초점화자가 '우리'라고 하지만, 우리
는 이미 관습적 '나'란 것을 쉽게 추정할 수 있을 것이다. 보통 내적 초
점화―일인칭 서술형태―는 초점화자가 여러 인물들에 대한 자신의
견해를 밝혀가는 형태로 서사세계를 조정하며, 서술화자 자신의 뜻대
로 조작하는 데에 용이한 양식이다. 또 인물의 입장에서 서술이 이루어
지므로 서술화자 내면적 심리들이, 진술이나 자기 고백을 통해 투명하
게 살필 수 있으며, 다른 인물들에 대한 감정 관념 욕망 등을 내면화하
는 데에도 용이하다.

　초점화자 자신이 보고 생각하는 것을 그대로 서술해서 핍진감은 높
을 수 있으나, 그 대신 다른 서술의 침입이 어렵기 때문에 진술의 객관
화를 가져오기 힘이 든다. 그래서 독자들은 서술자와는 자연스럽게 심
리적 거리를 둘 수밖에 없다. 즉, 초점자의 자기 진술이 어느 정도 진실
한 가를 늘 염두에 두어야 하는, 긴장관계를 독서 과정에서 자연스럽게
형성함으로서 서사참여적 독서를 가능케 한다. 더구나 유년 서술―초
점화자는 그들의 인식력의 제한적 상황 때문에 더욱 독자의 이야기에
의 개입을 확대시키며, 접속시키는 데에 그 소설적 효과가 높다.

　또, 초점화자가 유소년이라는 것을 인지시키면서 동시에 텍스트 이
해의 창틀을 고정화시킨다. 또, "아우와 진숙이년", "개서방", "고무다
리 아버지" 등, 비속어나 욕설 등의 언술을 통해서 초점화자의 성격과

심리를 드러내고 있다. 무엇보다, 가족의 상황을 소설 앞머리에 내세우면서 가족관계를 먼저 직설적인 서술로 노출시키고 있다는 것은 아버지라는 인물들에 대한 심리적 거리가 멀다는 기표로서 소설의 방향성을 알려주려는 의도에서다. 즉, 초점화자들이 아직 미성숙한 존재라는 특성을 강조하는 것은 그들의 서술행위가 완전하고 정확하지 않을 수도 있다는 점 강조하고, 그러므로 화자의 모든 서술행위에 대하여 여러분은 재고를 염두에 둘 수밖에 없다는[140] 적극적 동참의 유도법이다.

조선작 소설의 유소년들은 사실상 문제적 인물들이지 유년이지 않다. 이들은 아버지들 보다 훨씬 더 속악하고 위협적이며, 비도덕적인 존재이다. 이들은 생존을 위해서, 쾌락을 위해서는 어떠한 행위도 거리낌 없이 행할 수 있다. <시사회>의 곡물훔치기와 <성벽>의 교사 지갑털기, <모범작문>의 거짓말들이 그 증거이다. 유소년의 편협한 인식에서 기인한 서술화자들의 자기 판단만을 강조하는 행위는 서사적 정당성을 어느 정도 확보한다. 굶주림과 궁핍에서 생존하기 위한 유소년들의 방편은 성인들의 그것과는 다를 수 있다는 인식을 독자들은 긍정한다.

문제는 이러한 비행에 대한 합리화가 아버지의 무능과 세상의 혼란함으로 향한다는 점이다. 여기에서 조선작 소설이 아버지라는 인물에 대한 초점화자의 초점 대상화의 이유가 있다. 전시대의 상징적 존재로서 아버지는 이러한 현재에 유소년들을 밀어 넣은 장본인들이기 때문에, 우리는 그들을 부정하며, 수용하기를 거부한다. 그 타당성을 위해서 조선작은 내부초점화를 택하고 있다. 즉 서술화자와 초점주체가 일치하는 자기 서술을 통한 모순된 세계를 드러내기 위한 서사적 장치이다.

---

140) Lanser, 앞의 책. 233면. 화자의 "개성"에 대하여 이야기 할 때 우리는 서술 그 자체, 특정의 메시지, 그리고 특정의 청중에 관련된 태도를 인식해야 한다.

"뭣이라고? 병신 주제에 병신 같은 소리 좀 작작 하라고. 아 어떤 년은 이놈의 장사가 그래 좋아서 한답디까. 이날 입때껏 뜨듯이 입혀주고 먹여주니까 겨우 한다는 소리가 뭐 싹 때려쳐 버려? 아 빨랑 일어나지 못하겠어?"

엄마가 노발대발하면 아버지는 꼼짝도 못해요. <u>별수 없이 아버지는 또 꿈지럭꿈지럭 일어서요. 아버지가 고무다리를 질질 끌면서 쩔뚝쩔뚝 대문 밖으로</u> 나가면 엄마는 그래도 아버지가 잊어버린 장갑이나 목도리 같은 것을 들고 뒤쫓아 따라붙으며 다짐하지요.

<모범작문>

「아버지 정말 정신 차리셔요. 우리 남매가 누굴 믿고 사는데 아버지가 이러시는 거예요. 아버지가 정 이러시면 살림살이고 뭐고 다 때려쳐요. 정말」 그러나 누나의 눈물 같은 것에 쉽사리 녹아떨어질 아버지는 아니었다. 여전히 <u>대낮부터 술에 취해서 둑방골목을 휘젓고 다니며 개판을 쳤다.</u>

<성벽>

아버지가 실성하게 된 것은 역시 도망쳐버린 진숙이년의 어머니 탓이라고 동네사람들은 수군거렸다. 나는 아버지가 단지 그런 이유로 미쳤을 것이라고 믿을 수는 없었지만 아무튼 나는 실성한 아버지에게서 묘한 배신감을 느꼈다. 그런 일쯤에 <u>큼직한 사나이가 미쳐버리다니 아무래도 그건 별 수 없는 졸장부의 처사가 아니겠는가. 나는 아버지가 경멸스러워지기까지 했다.</u>

인용된 소설들 모두에서, 아들들의 눈에 비춘 아버지의 모습들이 모두 부정적이며 무능한 존재로 진술되어 있다. 시사회의 나의 눈에 비친 '여자때문에 실성한 아버지'를 경멸스런 졸장부라고 직접 평가하며, 자식의 눈물에도 아랑곳하지 않고 술에 쩔어사는 '개판치는' 부정적인 인물 상정된다. 인정하고 싶지도 않고, 수용할 수도 없는 처참한 인생을 사는 아버지들이 조선작의 아버지 상이다. 이는 <성벽>과 <사시회> 두 작품 전편에 걸쳐서 변함없이 나타나는 양상이다. 즉 유소년의 아버지는 처음에는 부정되었다가, 나중에는 무능하게 되어버리는 존재들로 입상화된다. 부정을 통한 아버지의 무화과정을 통해, 잠복되었던 상처로 존재하는 전세대에 대해 무화시킬 정도로 강한 거부이며 동시에 이제 훈육 받는 아들이 아닌 새로운 존재로서 '한 사람'으로서의 자신들을 상징화 하고 있다고 보여진다.

    <모범작문>에서는, "고무다리 질질끄는" 어머니에게 잡혀사는 아버지에 대한 유소년의 어조가 담담하지 못해, 냉소적으로 보이는 점에서 더 섬뜩하다. 이러한 톤은 작품 전반에 걸쳐 연속적이며, 아버지는 긍정적 존재로 그려지는 법이 없다. 물론, 모범작문은 서술자가 다른 두 편 보다 더 어린 유년이라는 점에서―이는 내포작가의 자기 판단이며 그러므로 서술―초점자의 양상이 흐트러진다.― 다른 등장인물을 내세워 가치 평가를 하는데, 인물끼리의 직접 대화나 자유간접화법 등이 유소년의 내적초점화 소설에서 인물 성격묘사 등에 흔히 사용되는 기법이기 때문이다.

    성인화 과정에서 아버지는 동일시의 대상으로 나타나고, 동일시 대상의 아버지를 상징적 아버지로 대체함으로써, 성공적으로 '아버지 죽이기' 이뤄지는 것이 정신분석학의 일반적 과정이다. 그러나 <성벽>과 <시사회>의 아버지들은 부정과 무능함으로 동일시되지 못한다. '결핍된 아버지'의 상을 통해, 곧 '아버지 없는 아들'이 생겨나는데, 이는 "아버지의 부재는 결과적으로 아들이 자신의 아버지와 동일화되는 것과 자신의 남성적 정체성을 구축해 가는 것"에 지장을 준다. 이런 과

정을 통해 아버지들은 마침내 불구의, 무기력한 존재로 전락한다. 불구의 <모범작문>은 아버지의 존재는 서사 진행의 어느 부분에서 이야기 층위에서 부재시키는 데, 이는 외적 초점화자인 '나'가 지나치게 어리게 설정함에 따라서이다. 그러나 <성벽>과 <시사회>에서는 다르다. 그들의 아버지는 서사 진행을 따라서 부정한 존재에서 무능한 존재로 하락하며, 그래서 초점 서술자들인 아들들에게, 정신적 고아들로 만든다. 더 큰 특징은 조선작의 텍스트에서 아버지는 상징적 죽음이 아니라 실제로 죽는다는 데에 그 의미가 크다.

> 순간 개는 허공으로 떠오르며 발버둥을 치고 두 눈을 까뒤집는 것이다. 얼마동안 아버지는 두 팔의 근육을 썰룩거리며 힘주어 삐삐선을 잡고 허공에 떠오른 개를 쳐다본다. 아, 그 눈, 핏발이 서고 붉거져나온 아버지의 그 눈. 그 눈속에서 매번 아버지의 그 증오와 분노, 불타는 듯한 복수심의 징표와 끓어오르는 듯한 원한의 빛을, 나는 몸서리까지 쳐가면서 보았다. 아버지가 만약 그의 생전에 우리들의 생모(生母)를 붙잡는다면 아마 개처럼 그렇게 목매달아 죽일 것이 분명했다.
> ― 94~95면

> 사람들이 모두 돌아가자 나는 갑자기 두려움을 느꼈다. 아버지가 당장이라도 목욕탕 문짝을 부수고 뛰쳐 나올 듯한 느낌이었다. 나는 후들거리는 두 개의 다리를 간신히 떼어놓으며 목욕탕 쪽으로 가보았다. 그때까지 아버지는 목욕탕 속에서 잠들어 있었다. 아버지는 나에게도 이제 한 마리의 이질적인 짐승으로 천천히 변해가고 있었다. 결국은 나도 무지막지한 개백정에 불과했던 것이다.
> ― 27면

<성벽>은 내적 초점화되어 있으며, 고정 초점화자가 서술하고 있다. 인용된 부분 역시 영탄조의 자기 고백으로 보인다. 내적 초점화자가 소설 내에서 대상화하는 인물에 대해서, 그가 할 수 있는 것은 외면적 묘사나, 대사를 전달하는 것이 그 한계이다. 그런데 여기서는 고백하는 서술자는 아버지의 눈빛이 어머니에 대한 증오이며, 그래서 그렇게 죽일 것이라고 추정한다. 이는 어떤 객관적인 증거도 없는 유소년 초점화자의 주관적 진술일 뿐이다. 이는 내적초점화는 주관성을 배제하며, 객관적 세계를 중립적으로 그리는 일반적 성격을 깨뜨린 것이다. 이런 점에서 이 장면을 내적초점화에 의한 서술이라고 보기에는 무리가 있으므로 자연스럽게 서술에 대한 신뢰의 문제가 대두되며, 우리는 성인 서술자의 흔적을 만나게 되지만, 조선작 소설에서는 매우 드물게 나타난 형상이다. 여기서 내적초점화 논리를 깨뜨리면서까지 얻고자 했던 작가의 효과는 아버지의 동물적 본성이다. 그는 역시 아버지에 대한 아들의 거부와 부정화된 존재로 낙인찍으려는 의도에서이다. 그로데스크한 아버지의 개를 죽이는 행위는 아들은 초점화자에게 공포와 전율을 주며, 자신 역시 그렇게 될 수 있다는 추론을 하게 만든다. 이는 아버지만 아니라 아버지로 표상되는 전 세대에 대한 거부이며, 부정이다. 이렇듯이 조선작 소설은 가정을 사회의 축소화하여 상동적으로 파악하고 있다는 점에서 독특하다.

<시사회> 역시 인물—초점화자로 되어 있으며, '나'라는 고정 초점화자의 서술이다. 자신을 고백하는 양식을 취함 점도 두 인용문은 같다. 내적독백은 서술자아가 경험자아 뒤로 물러나는 양상이기 때문에, 서술의 중개성이 약화되고 경험자의 의식을 강조함으로써, 지금 일어

나고 있는 일을 전경화하는 효과를 노릴 때 사용한다. 인물초점화에서 초점화자는 자신에 관계된 것은 자서전을 쓰는 듯이 서술하므로, 정서적으로 지나치게 가까워 거리 두기 문제가 뒤따른다. 이런 이유로 중장편에서는 초점을 가끔 흩트려서, 핍진성과 사실성을 내세우기도 한다. 특히 부도덕한 행위에 대해서, 판단 유보의 현상은 유소년 초점화자에는 당연하게 그려진다. 정신병자인 아버지를 목욕탕에 가두어 두는 행위는, 비록 많은 사람에게 도움이 된다고 하더라도 비윤리적인 처사이다. 더구나 자신들의 아버지가 이절적인 동물로 수성화 되어 가고 있다는 것을 확인하는 순간, 서술화자인 나 역시 개백정에 불과하다는 자의식을 느낄 때에는 더욱 고백적이며, 중립적 입장을 견지하기 위해 아버지와 자신을 둘 다 동일한 층위에 놓고 있다. 그러나 가변적 시점의 이동은 <시사회>에서는 최소화 되어 있다. 대화나 내면의 고백 등을 제외하고는 초점화 상태는 흩으러지지 않은 특징을 보이고 있다. 이는 작가가 유소년이란 창을 통하여 자신의 서사 세계를 형상화하는 데 얼마나한 의지를 보이고 있느냐를 짐작하게 하며, 그것의 의미를 짐작케 한다.

두 작품의 아버지가 얼마나 부정적인 존재인가를 드러냄으로써, 아버지를 수용하지 않으려는 서술자들에 대한 공감을 타당한 것으로 인정하며, 또 그들의 행위에 대한 정당성을 부여함으로써 아들들에 대한 긍정성을 부감시키려는 것이다. 그래서 그들 자신들이 '아버지 없는 고아'임으로 자신의 행위를 스스로 결정할 수 있는 객체로서 인정받으려 한다. 그것이야말로, 학교를 5학년에 중단해버린 <성벽>의 나와 가독권을 쥐고 전쟁에서 살아나기 위해 새로운 아버지 역할을 자임하고 위임 받은 <시사회>의 '나'가 세상을 살아가야하는 생존방식에 대한 기성세대의 간섭에서 벗어날 수 있기 때문이다. 억압으로부터의 진정한 해방을 자아 확립으로 상정한 작가의식이 드러난다. 이는 작가 조선작이 취한, 전 세대에 대한 부정만이 지금 내가 할 최선의 방어기제이며, 세상에 대한 서사적 자기인식으로 보아야할 것이다.

주변인을 통한 사회 모순의 재발견 및 고발이라는 조선작의 특유의 세계관은 여기에서도 동일하게 나타난다. 상징적 아비 죽이기가 아니라, 실제적으로 조선작의 아버지들은 죽는다. 그들의 죽음이 예사롭지 않다는 것이 '아버지의 죽음'에 대한 서사적 의미를 각별하게 한다.

소설에서 초점화는, 단순한 시각적인 의미만이 아니라. 특정한 대상에 대한 초점 주체의 감각, 인식, 관념적인 지향이 포함되어야 한다. 소설의 다양한 서사적 매커니즘을 통해 작가들은 대상과 세계에 대한 자신들의 관점이나 사상과 관념을 부여할 기회를 포착하기 위해 동원되는 것이 기법이기 때문이다.

부정화된 아버지들은 마침내 그들의 죽음으로 무화되며 서사의 종결을 알린다. <모범작문>의 아버지는 텍스트의 중간 부근에서 어떤 지표도 없이 사라져 버린다. 소설적 사형이다. 그것으로 이 작품의 아버지의 의미를 추론할 수 있다. 나머지 두 작품 모두에서 아버지의 죽음으로 맺는 결말과 동일하다.[141] 그리고 결말 부분에서 드러나는 모든 아버지들의 죽음에 대한 서술적 태도를 통해 조선작의 유소년 초점화의 이유와 그 의미가 무엇인지를 유추할 수 있다.

> 그런 아버지가 그날 아침 해가 떠오를 무렵 아버지가 개를 잡아서 그을리고는 하던 화장지 공장 앞 모래밭에서 시체로 발견되었다. 나는 아버지를 누가 거기까지 옮겨놓았는지 짐작할 수도 없었다. 소문을

---

141) 박수현, 앞의 글, 174쪽

듣고 동네 사람들이 모두 그 모래밭 위 둑방으로 몰려들었다. 그들은 모두 미간을 찡그리고 더러운 모래밭 위에 엎어져 죽어있는 아버지를 내려다보았다.

— 117면

사수들이 수인들 앞에 늘어섰고 구령에 따라 총을 치며들었다. 아버지는 얼굴을 가리운 채 고개를 떨구고 있었다. 이윽고 요란스런 총성이 이런 모든 풍경을 덮어씌웠다. 나는 눈을 감았다. 종복이녀석, 비웃는 듯한 표정으로 나를 바라보던 종복이녀석의 얼굴이 어른거렸다. 나는 이를 악물고 언젠가는 종복의 녀석의 여드름이 더깨더깨한 그 더러운 얼굴을 바숴버리겠다고 다짐했다.

눈을 떴을 때 나는 아버지가 도끼로 정수리를 얻어맞은 황소처럼 무릎을 꿇고 넘어져있는 모습을 보았다. 가슴에서 피가 흘러 옷을 축축하게 적시고 있었다. 나는 입안에 울음을 한 모금 물고 중얼거렸다.

「개판이다. 순 개판이야」— 97~98면

아버지의 죽음의 양상은 각각 다르다. 성벽에서 아버지는 자살에 가까운 죽음이며 동시에 주검으로 나타난 정경을 묘사하고 있다. 묘사란 초점화를 무력하게 만들 수도 있지만 그렇지만은 않다. 어떻게 그려내고 있느냐에 따라서 초점자의 심리가 드러나게 된다. 미간을 찡그리고 주검으로 발견된 아버지의 시체를 바라보는 것을 서술하는 행위는 극도로 억제된 서술자의 감정 상태를 나타낸다. 이런 억제된 상황은 독자들의 동정을 더욱 확대시키는 데에 효과적이다. 또 도무지 슬픈 감정을 드러내지 않은 인물초점자에 대한 배신감까지 독자들은 작품 해석에 더욱 적극적이 된다.142) 더구나 "누가 옮겨놓았는지 모른다"는 서술은

---

142) 홍성식, 「조선작 초기 단편소설의 현실성과 다양성」, 한국문예비평연구, 한국문예비평연구회, 2006. 8.

수수께끼 게임처럼 적극적인 독자들의 해답을 요구하고 있다는 점에 주목할 필요가 있다. 서술자가 유소년이라는 점을 아울러 생각하면, 내적초점화가 갖는 서술효과를 극대화하는데 성공적이다.

<시사회> 역시 마찬가지이다. 마지막 문장이 나오기까지 내적 초점화자는 매우 객관적으로 설명하고 있다. 특히 앞 문단은 형장이라고 생각되지 않게 묘사하고 있다. "아버지가 고개를 떨구고"에서는 어떠한 감정적 움직임도 짐작할 수 없다. 요란스런 총소리 역시 그러하다. 나와 관계 없는 자의 죽음처럼 자신이 대상화한 존재가 당하는 현재를 그리고 있다. 인물초점화자를 사용하여 긴장을 극대화하는 것은 어렵다. 왜냐하면 이미 화자 자신이 언제 어느 때에 극단의 서스펜스가 오리라는 것을 알기 때문이다. 그래서 초점대상화를 종복이 녀석에게 넘김으로써, 말하자면 객관적 상관물로 치환하여 자신의 내면의 분노를 간접화하고 있다. 이런 경우에는 내적 초점화는 약화되며, 심리적 국면이 강조된다. 시점의 가변성이 발휘되는 순간이다.

그러나 곧 작가는 고정초점자를 회복시킨다. "도끼로 정수리를 맞은 황소처럼" 죽어 있는 아버지를 바라보는 유소년의 시각은 파괴적이다. "모습을 보았다"나 "적시고 있었다" 고 서술자아가 경험자아 초점을 감정 없이 복사하는 듯한 서술행위는 독자들로 하여금 냉소를 받을만큼 차겁다. 더구나 아직 성숙하지 못한 신뢰성이 없는 유소년이 아버지의 죽음에 대한 직접적인 슬픔의 토로를 직접대화에서 조차 피하며, "개판이다"라는 사형행위에 대한 분노는 고도로 계획된 것으로 보여진다. 이는 그의 소설이 개인의 문제, 가정을 넘어서 사회적 문제로의 전환을 꾀하는 다른 소설과도 일맥상통한다.

아버지 처형 장면에서 나타난 아무리 유소년이라고 해도, 비인간적 태도의 반감으로 독자들은 인물 초점화자인 서술자에 대한 일체의 동정심마저도 거두어 드린다. 그러나 내적초점의 주관성에 기인한 서술은 편파적이기 때문에 서사진행에 따라서 드러난 사실은 때때로 전복적일만큼 놀라움을 초래한다. 그래서 '나는 입안에 울음을 한 모금 물고'도 울지 않고 "개판이다" 소리쳤던 서술자를 마지막에, "아직도 의식을 잃고 신음하고 있는 아우의 머리맡에 꿇어 앉아 비로소 나는 울음을 터뜨렸다"와 대조시킴으로 비극적 현실의 극대화를 통해, 전쟁 당시의 시대적 모순과 동시에 현재의 사회적 현실의 비극성을 드러내고 있다.

특히 <시사회>는 우리 사회를 억압하는 두 개의 정치적 이데올로기 모두에 대해서 자주 불만을 드러내고 있다. 종복이를 통해서는 공산주의를, 아버지의 일탈을 통해서는 자본주의의 속성을 공격한다. 70년대의 시대 상황 아래에서 공적 검열과 작가 내적 검열 둘 다를 피해 이데올로기를 비판하려했을 때, 유년 초점화자는 매우 매력적인 장치였다. 또 강고하게 내적 초점화자를 내세우고, 그 가운데에서도 고정 초점화를 선택한 것 역시 이런 맥락에서이다. 먼저는, 유소년 화자를 내세워 전세대의 대립적 양상을 아버지와의 갈등으로 치환시켜 서사를 진행한다. 아울러, 인물 고정초점화로는 직접 언술행위를 피하며, 가변초점화를 활용하여 좌우 두 이념의 모순점을 주장하고 있다. 조선작은 70년대 과잉된 이념적 억압에서도 유년 초점화라는 서사전략을 통해 그 거부를 외친 몇 안 된 작가이다.

4. 최인호의 유소년 초점

조선작 소설의 유년들은 인물 서술자의 내적 초점화를 유지하며, 자신들의 세계를 견고하게 구축하려했다. 또 완고하게 고정 초점화를 견지한다. 민감한 이데올로기 발언 정도에서를 제외하고 유년들은 서사 세계를 장악하고, 자기 서술을 견지함으로써 내부초점화의 서술적 장점을 활용하고 있음을 살폈다. 소설이 허구적 세계를 통한 작가의 자아 인식이자 세상에 대한 그의 서사라면, 조선작의 유소년들은 그의 페르소나로서 역할을 충실히 해내었다.

최인호 소설에는 유소년이 자주 등장한다.[143] 한 작가가 특정한 프레임을 반복적으로 사용한다면, 그것은 분명히 작가의 세계관을 설명할 수 있는 도구일 것이다. 그의 유소년들 역시 그들의 아버지와 팽팽하게 대립하고, 부정되고, 무시된다는 공통점을 갖는다. 심지어 최인호의 유소년들은 어른 보다 더 교활하기까지 하다. 그래서 그의 유소년들은, '부조리한 어른들의 허위를 꿰뚫어 보는 조숙한 면모와 세계 인식이 적극적인 실천, 즉 부조리를 해결하고 자신의 정체성을 확보하려는 저항적 시도로 이어진다'고도 한다.[144] 또, 그들의 아버지들은 전쟁과 관련 있거나 전쟁체험으로 피폐된 정신과, 깊은 패배주의에 함몰되어 있는 존재들로 나타난다. 그래서 무능하고 부정적인 면모를 지니는 특징을 지니며, 그 앞에 놓인 빈궁과, 생존 방법의 부채의식에 투영되어 있는 듯하다.[145]

그는 한시도 술에 취해 있지 않을 때가 없었다.
아침에 눈을 뜨면 술부터 찾았으며 만약 술이 떨어지면 그는 대뜸 어

---

143) 김진기, 앞의 글. 8면. 최인호의 현실을 바라보는 시각이 아이와 어른의 대립구조를 통해서 이루어지고 있다는 것이고 동시에 그 어른의 세계란 허위와 위선, 때로는 당혹스런 행동 등으로 이루어져 있어 아이에게 일종의 공포, 또는 혼돈을 제공하는 것으로 나타난다는 것이다.
144) 심재욱, 앞의 글, 580면.
145) 본고에서는 『술꾼』, 『처세술개론』, 『위대한 유산』만을 대상으로 한다.

머니를 두들겨패거나, 형을 때렸다. 쥐어짜면 어떻게든 술이 생기게
된다는 것을 알고 있는 비열한 인간이었다.

<위대한 유산> 324면.

나의 아버지는 키가 크고, 거인(巨人)이었던 술주정뱅이었다. 술만
먹으면 우리들 형제를 때리거나 공술이나 얻어먹은 날이라야 그 껄
끌껄끌한 수염의 감촉을 누이들 얼굴에 부비곤 했으므로, 우리들은
어려서부터 아버지의 표정을 판독(判讀)하고 아버님의 발걸음 소리
를 듣기만 해도 그 날이 과연 아버지가 기분 좋은 날인가 기분 나쁜
날인가를 점치는데 익숙해져 있었다.

<처세술개론> 97면.

"좀전에 피 토하는 걸 보구 막 뛰나왔시오. 아바지는 날 보구 오마니가
죽게 되믄 이 술집에서 술이나 퍼먹구 있갔으니, 이리로 오라구 했시오."

<술꾼> 95면.

인용된 작품들 모두에서 아버지들은 술에 취해 살면서, 허랑방탕하
는 존재로 그려진다. 위 두 편은 내적으로 초점화되어 있다는 것을 쉽
게 알지만, 세 번째 작품은 직접적 대화라는 점에서 초점화 양상을 바
로 찾기 어렵다. 어떻든 초점화자인 인물이 '아버지'에 대하여, 술에 취
해 가족들을 패는 부도덕한 존재이고, 심지어 죽음 직전의 마누라도 팽
개치는 무능한 악인들이라는 평가를 하고 있다. 외적 · 내적 초점화의
대립 관계는 서술자의 서술 세계에 대한 지식의 무제한과 제한 간의 대
립이다. <처세술개론>과 <위대한 유산>의 경우, '나'와 어머니와 형
의 존재를 언급함으로서, 서술초점화자는 자식이면서 동생이며, 초점
화자가 '나'라는 지표를 보여주며, 내적초점화를 분명히 한다. <술꾼>
의 경우는 외적초점화이지만, 직접 대화인 점에서 취 인용문에서는 그

초점화 양상을 판단할 수 없다. 앞 두 작품은 내적초점화이므로 서술자의 진술을 통해 ─신뢰성의 문제가 관건이기는 하지만─ 다른 인물들의 내면까지도 평가하는 것이 자연스럽다. 외적 초점자는 인물에 대한 어떤 평가도 가능함에도, <술꾼>에서 아버지의 부정적 모습을 굳이 아이의 대화를 통해 직접 서술하는 방법을 택했다는 것에 주목해야 한다. 대화는 내부초점자들이 자신들의 진술에 신빙성을 주기 위해 다른 인물들의 증거를 획득하려는 데에 사용되는데, 외부초점화에서 이런 대화를 이용해 아버지의 성격 묘사를 한 것은, 유소년초점자 모두 아버지라는 인물에 대한 강한 거부를 드러내고 있다는 것을 환기하는 장치라고 봐야 한다. 최인호는 외적 초점화의 기법을 깨뜨리고 있다. 이는 되도록 초점화 양상을 흩으리지 않으려고 했던 조선작과는 다르다.

초점화는 서술자에게 다양한 서술적 권리를 준다. 서술방식, 지각 방식, 서술자의 관념적 태도 노출 등이 그렇다. 특히 내적초점화는 인물에 대한 감정적 진술에 있어서 초점자의 편파성을 드러낼 때 매우 유용하다. 내적초점화자는 소설 전반에 걸쳐서 주관적인 감정을 편파적으로 그려내는 데에도, 크게 저항을 일으키지 않은 서술방법을 취하기 때문이다. 위의 인용문들에서 드러난 초점자의 아버지들에 대한 의식은, 부정적 존재인 아버지로서 자격 상실자이며, 그럼으로 존경은커녕 동정도 받기 어렵다는 것을 강조하고 있다. 즉 일인칭 서술화자의 주관적인 판단에 따른 편파이다. <술꾼>은 외적초점화임에도 대화라는 내면 고백을 이용해서 인물의 성격을 드러내고, 그 편파성의 주관화를 인정받으려 했다는 점에서, 최인호는 고정초점화 보다 가변적 초점화를 택하고 있다는 것이 분명하다. 그리고 그런 면을 소설의 초두에 이미 예고 하고 있는 특징을 보인다.

어린 시절을 어떻게 이야기할 수 있으랴. 누구에게든 어린 날의 기억은 달콤하고 포근한 추억으로 남아 있을 것이다.

<위대한 유산> 321면.

노(老)할머님이 아흔 한 살로 돌아가셨다. 그 날은 어찌나 더운 날이었는지 거리엔 사람이 하나도 없었고, 기온은 삼십 오도를 가리키고 있었다. 그것은 수년 내 최고의 기온이라고 아나운서가 말을 했다.
"삼십 오 도 라면 실감이 오지 않으시겠지만……."

<처세술개론> 97면.

모두의 눈길이 자기에게 멎어주자, 당황해서 쓰레기통을 뒤지다 들킨 아이처럼 비실비실 별스러운 몸짓으로 물러나려 했다. 그 녀석은 지독하나 못생긴 녀석이었다.
머리는 기계총의 상흔으로 벽보판처럼 지저분했고, 중국식 소매에서 빠져나온 작은 손은 때에 절어 잘 닦은 탄피처럼 번들거렸다.

<술꾼> 93면.

　내적초점화 소설인 앞 두 작품, 첫 문단은 적어도 인용문으로는 그것을 판단 할 수가 없다. 초점화자가 누구인지 분명하지 않고, 더구나 매우 공적 진술을 하고 있기 때문이다. 이런 면에서 외적초점자가 나타난 <술꾼>과 같다는 것을 알 수 있다. 또 앞 두 편은 어떤 이야기가 뒤에 전개되려는지도 밝히고 있지 않다. <위대한 유산>은 어린 시절의 이야기일 것이라는 것은 눈치 빠른 독자들은 알겠지만, <처세술 개론>은 아흔 한 살 먹은 할머니의 죽음과 더운 날이라는 두 개의 진술의 관계 맺기란 쉽지 않을 것이다.
　최인호의 유소년 초점화소설의 특징은 성인 서술자의 내부초점화라는 점이다. 위에서 보는 바와 같이, 서술자아와 경험자아가 다른 층위에 있다는 것을 처음부터 뚜렷하게 나타난다. "어린 시절을 어떻게…"

에서는 말하고 있는 서술화자가 분명히 성인이라고 자처하고, "수년 내의 최고의…"에서도 역시 마찬가지이다. 이렇게 지금 서술하고 있는 초점화자와 내적으로 초점화되어 경험하고 있는 경험자아의 차이는 소설 텍스트에서 독특한 관점을 지니게 된다.

<술꾼> 인용문에는 인물서술자처럼 외형적인 부분의 묘사만 드러나고 있어, 오히려 내적초점화로 보일 지경이다. 그러나 이는 그런 것을 노린 것이 아니라, 이 텍스트의 톤과 상관된다. 이야기 위의 서술자인 외적초점화자가 다 알고 있는 것을 모르는 척, 드러내지 않을 때에는 서술은 미스테리식 전개가 되는데 이 텍스트의 성격에 부합되기 때문에 내적 초점화를 활용했다. 이처럼 최인호의 초점화는 유연하게 작가의 전략에 따라 가변성을 지닌다.

> 아버지에게 매 맞아 죽거나(아버지는 신기하게도 나만은 따리지 않았다. 나는 그 이유를 잘 알고 있다. 그것은 내가 가족 중에서 유일하게 자기 밥벌이를 하고 가끔 아버지의 술값을 마련하주고 있기 때문이었을 것이다), 전쟁 덕에 폭탄 맞아 죽는 게 아니라 나 스스로 죽어버릴 것만 같았다.
>
> <위대한 유산> 327면.

> 그 때 나는 어머니의 품에 안겨서 그 의미 모를 눈물을 볼에 받으며, 대체로 아버지란 좀 거추장스런 존재여서 차라리 일찌감치 죽어 버리고 어머니를 내가 아버지 대신 차지해 버리면 어떨까 하는 생각을 하고 있었던 것이다.
>
> <처세술개론> 100면.

> "없대두. 너희 애빈 안 왔다니까."
> "알구 있시오."

아이는 추워하면서 두 손을 마주 비볐다.

"그런 것쯤은 알구 있시오."

"그럼 뭣 땜에 잠도 안자고 이러지?"

"아바진 이제 필요 없시오."

소년은 짧게 그러나 분명하게 단정을 내렸다.

101면.

유소년 초점자로서의 아버지들에 대한 관점은 조선작의 소설과 별반 다르지 않다. 그들은 아버지에 대하여 죽기를 바라며, 없어지기를 원하고 있다. 그들에게 있어 아버지라는 존재는 가정 파괴범이며, 궁핍의 원인제공자이며, 고아로 방치한 자들일 뿐이다. 성인화 과정에서만 아니라 실제적으로도 제거해야할 "위협"일뿐이다. 그런데 최인호 소설의 유년들의 아버지 거부의 관점은 가정이라는 제도 속에 갇혀있다. 동물적 위협이나 비윤리적 존재였던 조선작의 아버지들이 사회적 문제에 부딪혀 패퇴되는 것과는 다르다. 거부되어 심리적으로 부재되는 아버지들은 모두 가정을 등한시 한다는 점에서이다. 가족들을 괴롭히는 존재이므로, 가정의 경제적 궁핍에 도움 되지 사람이므로 아버지들은 부재하게 된다. 이는 세계를 카오스적으로 이해하면서 비극적으로 형상화하려는 조선작과는 다른 면모임을 분명히 보여준다.[146] 그래서 최인호 소설의 아버지는 가정이라는 사회의 가장 작은 단위인, 공간에서조차도 근본적으로 배제된다. 최인호는 서사 공간부터 서사 내용까지 가족 관계 내부에서 이야기를 전개한다.[147] 물론, 모범동화나 군사훈

---

146) 김인경, 앞의 글, 384면.

　　필자는 이를, 사실적 현실의 형상화보다는 우회적이며, 풍자적인 것이 최인호의 문학적 상상력으로 간주한다.

147) 서사 공간부터 서사 내용까지 가족 관계 내부에서 이야기를 전개한다. 물론, 「모범동화」나 「예행연습」같은 작품도 있긴 하지만, 그 이야기가 가정이라는 공간에서의

련을 다룬 작품도 있긴 하지만, 그 이야기가 가정이라는 공간에서의 나와 아버지와의 관련을 다루거나, 친족 관계에 국한되는 등, 미시적 수렴현상으로 보인다.

그러나, 가변초점화를 활용하는 진정한 이유는 최인호의 소설의 주제와 관련된다. 일반적으로 성장소설적인 유소년 소설은 사건 그 자체 보다, 그 사건이 나에게 준 의미가 무엇이며, 그것의 영향으로 나는 어떻게 되었느냐에 있다.[148] 성년의 작가가 유소년을 초점화하여 세계를 본다는 것은, 그들의 보다 더 투명하고 객관적인 시각을 이용 독자에게 허구세계 내의 정보를 제시할 수 있기 때문이다. 그러므로 사건의 추이도 중요하지만, 경험하는 자아의 의식의 움직임에 주의를 요구하며, 그것이 현재의 나와 어떻게 관련되고 있는지에 관심을 돌리게 하는 효과를 확보한다.

그리고 이런 특성은 성인이 되어 유년시절을 서술하는 내적초점화 서술에서는 독특한 서사적 미학을 형성하는 데, 그것의 하나가 회상 또는 고백을 통한 자아성찰이다. 이때, 인물서술자로 내적초점화 소설은, 회고되는 시간이 멀어질수록 서술자와 경험자의 거리가 멀어짐으로, 설명하거나 평가를 내리는 형태가 되고, 가까울수록 행위를 직접 묘사하는 양상을 갖는다. 조선작 소설에서, 내적초점화된 서술자아와 경험자아가 지나치게 밀접하기 때문에 회상을 통한 자기 성찰은 불가능하다. 그러나 최인호 소설의 성인서술자는 회상을 통한 과거의 비판적 재해석이 가능하고, 과거와의 대비를 통해서 유소년 경험자아, 당시의 세

나와 아버지와의 관련을 다루거나, 친적 관계에 국한되는 등으로, 수렴적 현상을 보인다.
148) 조미라, 「에니메이션의 일인칭 서술자 연구」, 『만화애니메이션 연구』22권, 2011. 33면.

태를 주관적 관점에서 자의적으로 서술한다. 미적형식으로서 회상이 갖는 장점은 과거의 뒤죽박죽으로 엉킨 체험을 이야기로 질서화하는 가운데 경험적 자아의 연속성, 다시 말해 정체성을 구현할 수 있는 장점을 갖는다. 현재 성인 자아의 회상행위는 유소년 시절의 경험적 과거를 환기시키는 기능을 넘어서서, 이를 통해 스스로가 변화되는 의미론적 역할을 하는 데에 내적초점화의 심급이 있다.

나는 아버지의 하나님이, 술주정뱅이인 아버지에게 날마다 술을 마시게 하는 술주정뱅이 하나님이 아버지의 소원을 들어 단 한 번의 기적을 베풀도록 한 것이라고 믿어 의심치 않았다.

아주 먼 후일 나는 아버지가 내게 기적을 베풀어주기 위해서 그가 가진 것을 모두 팔아 그 돈으로 미리 곡마단 쪽에 들러서 자전거를 사두었다는 것을 알게 되었다.

<위대한 유산> 339면.

"아주 힘껏 때렸니?"
"…예."
나는 무언가 즐거워져서 아버지와 같이 웃었다. 유쾌한 공범 의식이 서서히 가슴에 충만되기 시작했다.
"발로두 찼어요."
"자알 했다. 망할 계집애."
아버지는 내 머리를 쓰다듬어주셨다.
길거리에 술집이 있었는데 아버지는 조금도 망설이는 것이 없이 내 손을 붙들고 그 술집으로 성큼성큼 들어가셨다. 내가 약간 주저주저하며 아버지의 손을 잡아 끌자, 아버지는 크게 웃으시면서 나를 내려다보시는 것이었다.
"아니다. 오늘같이 즐거운 날은 술 한 잔 먹어야 한단다. 제기랄. 젠

장. 얘, 거 술 며칠 끊었더니만 어디 사람 살겠디? 칼칼칼. 술이나 먹
구 노래나 부르자."

<처세술개론> 115면.

언덕 아래에서 차가운 먼지 냄새 섞인 바람이 불어왔다. 그는 사냥개
처럼 그 냄새를 맡으며 이를 악물고, 내일은 틀림없이 아버지를 찾을
수 있을것이라고 단정했다.

<술꾼> 109면.

유소년 서술화자들은, 성인들처럼 좌고우면의 성찰이 불가능하다.
단 하나의 소원, 경품 자전거를 원하는 유소년 인물서술화자인 <위대
한 유산>의 '나' 역시 자전거가 당첨되는 데는 아버지의 간절한 기고가
원인이라고 주장하게 만들며, 그것으로 소설이 끝났다면, 그 유산은 결
코 위대하지 않았을 것이다. 내부초점자인 현재진행형의 서술은 그래
서 아버지 기도의 능력으로 자전거를 얻는 데에까지 이다. 소설의 마지
막 부분은 성인서술자의 회상을 통해 드러난다. 먼 과거의 경험들이 오
늘 나에게 위대한 유산이 되었다. 두 문단으로 나뉘어, 유소년 초점자
와 성인서술자의 표지를 분명하게 함으로써, 감추었던 진실을 드러내
며, 이 소설의 주제가 뭔지를 명백히 밝히고 있다. 초점화의 소설적 효
용을 강조하고 있다.

<처세술개론>은 동일한 초점화 양상을 보이지만, 성인화자로까지
바뀌지 않는다. 이미 소설의 절정 부분에서 "그것을 꼭 이해해주기 바
란다"에서나 "분노할 수 있는 남자임을 이해해 주길 바란다"등에서 명
백하게 초점자의 성인의 목소리를 확인할 수 있다. 전자는 독자에게 강
요하는 현재의 성인초점자의 목소리이며, 후자는, 외적초점화로 변장
된 유소년서술자의 변명의 목소리이다. 남성주체는 최인호 소설의 독

특성을 보이는 것으로 성정체성 확립이 유소년 성인화의 주요한 과업이라는 것을 고려한다면 이해될 것이다.[149] 초점화는 주제적 층위와의 관련 속에서 설명되는 것이기 때문이다. 또 아버지의 직접 언술에서도 "네가 이제부터 진짜 남자가 되는가 보다"에서 이런 가변적 초점화를 사용해서라도, 서술화해야할 이유가 분명하다. 그러므로 부모가 정성들여 계획한, 가난 탈출의 기회를 소멸시켜버린 두려움에서 불안에 떨던 인물초점자 나의 서술은, 박진감 있게 진술된다. 이처럼, 초점서술자와 경험자간의 거리가 무화되어 경험자가 전경화될 때, 서술자는 서술에 대한 책임을 면제받게 되고 경험자의 현재 행위만이 부각된다. 독자와 나란히 가면서, 내부초점화의 약점인 주관적 진술은 정당성을 얻는다.

아버지와의 관계에서 역시 조선작의 소설과 다르게 나타난다. 사실 최인호 소설 시작부분에서 부정되고, 무능한 존재로 거부됐던 아버지의 모습들이 소설의 결말 부분에는 거의 전복적으로 변환된다. 이를 가리켜 "아버지와의 관계에 있어 강한 상상계적 고착을 보여주고 있다"[150]는 지적은 온당하다. 조선작 소설이 아버지를 부정하여 거부하고, 무능하여 배제하는 가운데, 죽음에 이르는 양상을 보이는 데에 반하여, 최인호의 소설의 아버지들은, 실제적으로 환경에서의 극복은 불가능하지만, 자식들 앞에서는, 적어도 한 번씩 긍정적 아버지로서 도약하는 데 성공한다. 심지어 부재한 아버지까지도 최인호는 호명하여 '아버지의 이름'에 정치시키기까지 한다. 즉 <술꾼>에서는 부재하는 아버지에 대한 강한 사랑으로, <위대한 유산>에서는 수단 방법을 가리

---

149) 김은하, 앞의 글, 676면.
150) 김진기, 앞의 글, 21면.

지 않고 아들을 위한 헌신으로, <처세술 개론>에서는 실패한 작전에 두려워하는 아들에게 남성성의 회복이라고 추켜세우는 것을 통해 진정한 아버지로서 동일화 입상화 되는 것으로 미루어 최인호 유소년초점화의 의미를 찾을 수 있다.

5) 맺는 말

본고는 70년대 문제작가인 조선작과 최인호의 유소년 초점화 양상을 살폈다. 그들은 유소년기에 전쟁체험을 겪었으며, 또 그들의 작품에서 유소년 인물들을 많이 등장한다는 공통점이 있기 때문이다. 또 그들은 유소년의 인물들을 다른 작가들과와 달리, 초점화자로 사용하고 있다는 점에서이다. 그래서 두 작가의 유소년 초점화의 양상의 차이를 알면, 유소년들을 등장시킨 이유와 그 소설적 의미를 찾을 수 있을 것이라는 생각 때문에서이다.

연구의 적정성에 의해, 70년대 작품을 중심으로, 또 유소년 인물이라는 관점에서 아버지와 대립 갈등관계의 소설을 대상으로 논구하였다. 두 작가의 초점화 양상의 차이는 내적초점화와 고정초점화를 견지하는 조선작과 내·외적초점화를 가리지 않는 최인호는, 내적 초점화에서도 가변적 초점화를 사용하는 것을 알 수 있었다.

그러한 초점화 양상 차이는, 조선작은, 우리의 세계를 카오스적인 장소로 생각하며, 그런 환경에 노출된 인간들이 겪는 사회의 구조적 모순을 천진한 유소년의 눈으로 비극적으로 확산하여 그려내려는 의도였고, 최인호는 모순된 사회에 던져져 이미 더욱 위악스런 유소년들에게, 그래도 부정적인 아버지들의 자식을 위한 행동을 통해, 가정이라는 사회의 상징적 공간에서 긍정적으로 변화되는 과정을 진술하게 했다고 본다.

대상 작품이 상대적으로 적었고, 논의 역시 아버지의 대립적 상황의 초점화 양상에만 머물러 있었다는 부족한 점도 있다. 이는 다음의 연구로 논의 하고자 하는 것으로 미룬다.

'광주 5월의 시[151]'의 문학적 대응

— 호남 시가[152]의 여성화자를 원용하여 —

1. 변명을 겸하여

본고는 표제에서 밝혔듯이 매우 사적인 시선으로 바라보고 있다는 것을 밝힌다. 사실상 어떠한 대상에 대한 문학의 장르적 우선권이라든지,텍스트적 우위란 명확하게 밝힐 수 없다. 왜냐하면 창작품이란 말 그대로 한 작가의 개인적 특성, 즉 개성에서 기인하는 것이기 때문이다. 그러한 개별성을 지닌 작품들을 비교한다는 것은, 사실상 독선이다.

---

151) <5월시>라는 시동인이 현재 광주에 존재하고 있고 활동 중이다. 사실 "5월시"라고 고유명사화시키고 싶었지만, <5월시> 동인 시과의 혼동을 피하기 위해 "5월의 시"라고 지칭하기로 한다.

152) 호남시가라고 다소 넓게 지칭하는 이유는, 주지하다시피 노동요에서부터 시조, 가사는 물론 호남한시(漢詩)에 이르기까지 분명히 여성화자의 목소리가 들리기 때문이다. 비단 호남 시가뿐 아니라, 영남의 시가에도 여성화자의 목소리는 상당하고, 사실상 우리나라 시가의 공통성으로 보아도 좋다. 특히 호남시가에 있어서 여성화자는 두드려지고, 그 기능 또한 독특하기 때문이다. (강진옥, 박명희, 박영민,안대희, 조세형—가나다순으로— 등의 연구 참조)

그럼에도 불구하고 이 강의를 제안 받았을 때, 내게 주어진 자유로운 선택권을 이해했기 때문에 수용했다. 그럼으로 제재(題材) 역시 편하고 자유롭게 선별할 수 있고, 또 대상자들이 문학전공자가 아니라는 생각에서 흥미로울 수 있는 "내용"을 고르다보니 이렇게 거의 억견[153]이 되었다. 그러므로 이 논지가 거슬리더라도 여러분의 깊은 이해와 너른 양해를 구한다.

아아 광주여 무등산이여
죽음과 죽음 사이에
피눈물을 흘리는
우리들의 영원한 청춘의 도시여
우리들의 아버지는 어디로 갔나
< 중 략 >

(여보 당신을 기다리다가
문밖에 나아가 당신을 기다리다가
나는 죽었어요…… 그들은
< 중 략 >

아아, 여보!
그런데 나는 당신의 아이를 벤 몸으로
이렇게 죽은 거예요 여보!
< 이하 생략 >

<김준태, 아아 광주여! 우리나라의 십자가여!>

---

153) Doxa는 사실 매우 위험한 것이기도 하지만, 사상사나 지성사, 여타의 발전사를 톺아 보면 이러한 억지스러운 생각이나 주장이 우리 문화와 문명을 선회시키거나 획기적으로 발전시키는 경우를 볼 수 있다.

인용시는 필자가 아는 한 광주의 5월을 문학적으로[154] 대응한 첫 작품일 것이다. 엄혹한 시기에 이 시를 발표함으로 이 시인은 계엄군에게 끌려가 모진 고난을 당했다.

이 시는 그 저항정신과 투철한 고발정신 및 거의 선동에 가까운 매서운 톤을 가지고 있어서, 남성성이 도드라진다. 그럼에도 불구하고 인용문에서 보이듯이 여성화자가 직접 등장하여 슬픈 사연을 술회하게 하고 있다. 거의 희랍극에서 코러스의 기능이거나, 브레히트의 연극에서 볼 수 있는 異化효과와 비슷하다. 물론 이런 기법이, 이 시가 본래적으로 갖는 비극성을 더욱 증폭시키는 효과가 있느냐는 나중의 일이다. 본고에서는 여전히 호남시가가 전통적으로 지니고 있는 여성화자의 목소리에 주목한다. 필자는 왜 "5월 광주"에 대한 문학적 대응이 시였으며, 왜 굳이 여성화자를 동원했느냐하는 개인적인 관심에서 이 강의시간의 문을 열겠다. 매우 사적이고, 억지 논리가 판을 칠 것이라는 여러분의 예단은 어느 정도 맞을 것이다. 또 여러분이 문학연구자나 전문가가 아니라는 점에서 가끔씩 눈속임도 할 것이다.

2. 문학에서 지역이라는 것,

살아 있는 사람들이여 화 있을진저

너희가 마셔야 할 이 잔
너희가 흘러야 할 이 피

---

154) 여기서 문학적이라는 의미는 본고에 맞게 문학의 장르적 특성이라는 것과 문학이라는 예술적 행위로라는 좁고 넓은 의미 모두를 망라한다. 그러므로 독자들에게 전달된 <문학 Text>라는 것이다. 개인적으로 5월 광주에 대하여 쓸 수도 있겠지만 그것이 다수에게 문학적 장르로서 향유되는 문학작품의 소통구조까지 아우르는 의미로 사용했다.

<이하 생략>

(선명한 광주의 예수·1)

브로델(Fernard Braudel)은 그의 저서 『역사학 논고』에서, '3중 구조' 이론을 내세운다. 그의 '3중 구조'란 ㉠ 지리적 환경을 기본 항으로 설정하게 되면 그 조건 위에서 ㉡ '집단의 운명과 전반적인 움직임'이 형성되는 것을 전제하고 ㉢ '사건, 정치, 사람들'을 파악하는 관점으로 한 지역을 사회학적 특성들을 다룰 대에 매우 유용한 방법론이다.

이에 따르면 호남을 기본항으로 만들면, 호남사람들의 운명은 공동체적 성격을 지니게 되고, <5월 사태>를 만들어 정치적 이니시아티브를 쥐려던 그들에게 오히려 '광주 코뮌', '서로 상대성' 등으로 우리 역사상 유례없는 <5월 광주>를 만들어낸 우리 '호남인'들을 차악할 수 있을 것이다.

우리나라처럼 좁은 나라에서 지역문화, 혹은 지역문학이 그렇게 격절스럽게 독특한 특성들을 보여주라고 한다면, 지난한 일이다. 그러나 조동일은155) 지역공동체는 관념이 아닌 생활의 영역이며, 비록 "동질적인 민족이 지방에 따라 다른 삶을 이룩하여 오면서 문학의 전통을 각기 다르게 가꾸어온 지방문학은 현대의 분권화를 통한 중심의 해체와 더불어 가장 긴요한 관심의 대상으로 되어야"한다고 주장하고 있다. 나아가서 그는 "한국지방문학을 논할 때, 제주, 호남, 영남이 특히 중요하며 특히 주목하여야 할 것은 제주 영웅서사시, **호남시가의 여성화자, 지리산의 의미해석,** 영남의 인물전설"이라고 주장한다.

지방문학 고유의 특색은 유종호에게서156) 더욱 분화되어 나타난다.

---

155) 조동일, 『지방문학사 연구의 방향과 과제』, 서울대학교출판부, 2003, pp.5~8.
156) 유종호, 『문학이란 무엇인가』, 민음사, 2013. pp.41~195. 이 곳 저 곳.

그는 "말이라고 하는 것은 일정한 지시적 의미를 갖는다. 그것은 그 말을 사용하는 언어공동체 속의 묵계와 관습에 의해서 결정된 것이다. 한 낱말은 지시적 의미 이외에도 제각기 특유한 함축을 가지고 있다. 이 함축도 그 말을 사용하는 언어공동체의 동의와 관습에 의해서 형성된 것이다." 고 주장하며 좀더 나아가 그는 지방어, 특히 방언에 대하여 방점을 찍으며, "유아기 때 체득한 기층언어일수록 함축과 함의는 풍요하고 또 강렬하다. 심층에 자리하고 있어 그 호소력도 강하게 마련이다. 기층언어는 사람이 위기상황에서 소리치는 개인적 차원의 <사투리>이기도 하다. 의식이 미치지 못하는 영역에서 우리의 정감과 태도를 결정하는 심층언어인 것이다. 이러한 개인적 기층언어가 동시에 겨레의 생활과 밀착된 토착어라는 사실은 중요하다."고 주장하며 소위 표준어라는 공질 궤도에 있지만 지역적 토착어는 어느 지역의 특성을 내포하고 있다고 주장한다.

언어로 이루어진 문학에서만 국한되어 살펴보았지만, 사실은 다른 예술장르 역시 마찬가지이다. 여기서 나는 "호남문화(학)"와 "남도문화(학)" 거의 동일한 의미로 사용하고자 한다. 물론 학자들에 따라서 南道가 湖南보다 약간 넓은 범위를 지닌다고 보는 사람도 있지만(지춘상), 거의 동일하게 보는 것이 타당하다고 간주한다.[157] 그런 입장에서 호남, 남도문화는, "남도지방의 향토예술은 그 지역의 만중생활에 두텁게 깔려 있을 뿐만 아니라 그것이 전국 일대에 전파되어 한국적 예술의 특징을 형성하는 데 원동력이 되고 있다."는 정병호[158]나 「남도문화 특질론」이라는 글에서 '예술성, 풍류성, 민중성'으로 정리한 지춘상 이래

---

157) 지춘상, 『남도민속학개설』, 태학사, 1998, p.12. 육자배기토리의 분포, 모정의 분포, 전라도 방언의 사용 등을 기준으로 삼아 계룡산 이남에서 섬진강 이서까지라고 주장하고 있다.
158) 정병호, 「남도 민속예술의 특징」, 『한국민속학』 vol20 no.1, 한국민속학회, 1987, p.203.

로 별 이견 없이 수용되고 있다는 것은 그것이 보편성과 타당성을 갖는 다는 것이다. 그는 "예술성은 판소리, 무가, 잡가, 농악, 민요 등 민속예술의 활발성과 도예와 서화 등 미술의 발달, 시조와 가사, 현대시 등 시가문학의 수준에서 찾아진다."고 주장한다. 좀 더 나아가서 이러한 호남문화예술의 잠재력을 논하면서, 호남 문화예술의 잠재력을 '자연친화성', '보편성', '기층성', '실용성','풍류성','응용력' 등 여섯 가지로 들었다.159) 여기에서 특히 '자연친화성'은 동양적 세계관에 근거하고 있다고 하는데, 이때 동양적 사고관이란 서양의 이원론적 세계관과 다르다는 측면에서 주목을 요한다.160)

위의 여러 글에서 알 수 있듯이, 예술에 있어서 지역성의 차이가 존재한다는 것이며, 지역에 따라서 그 미적 지향점이 다르다는 것을 의미하고 있다. 더불어, 미가 주관성의 측면에서 판단되는 가치라고 볼 때, 이러한 다양한 분화는 당연한 것이었다. 나름대로 발전되어 온 호남문화는, 심지어 회화에서도 서정성이 확대된다. 서정성은 서사성과는 다르며, 그것은 호남시가에 이르러 절정에 이르며, 그런 이유로 호남시가의 여성화자의 문제는 오늘 매우 폭넓고 깊이 연구되기에 이른 까닭이라고 본다. 호남시가가 중요한 것은 한국 시가에서 호남시가의 위치는 과히 절대적이라고 선언적 판단을 데에서도 찾아 볼 수 있다.161)

---

159) 나경수, 「호남 예술문화의 전환과 지향」, 『호남문화연구』 제30집, 전남대학교 호남문화연구소, 2002, pp. 13~19. 여기 저기.
160) 최근 홍성담은, 필자와의 북—콘서트에서 5월 정신은 "농민공동체 정신"이 살아 있었기 때문에 가능했고, 광주는 군사정권 정부의 소외와 차별에 의하여, '덜 도시적'이었으며, 또 호남이 農道인 점을 주목하며 '살아남은 두레정신'으로 가능했다고 주장하며, 그 근거로 부마항쟁의 실패는 '기 산업화 사회로 이행된' 데에서 찾아야 한다고 말했다. 뒷부분은 작가의 추정임.
161) 정익섭, 「호남시가의 원류에 대하여」『배달말』 6호, p.187
단가에 있어 송순, 임제, 정철, 윤선도, 극가에 있어 송흥록(宋興祿), 박만순(朴萬順), 박유전(朴裕全), 이날치(李捺致), 권삼득(權三得), 신재효(申在孝), 진채선(陳彩仙) 등

물론 시가연구만이 호남문화나 예술을 논하는 목표가 아니다. 문학사에는 통사와 단면사가 있다. 사실상 통사를 쓴다는 것은 불가능하다. 가능했다면 호남인들이 그렇게 정의를 내리고자하는 호남정신의 정의가 가능했을 터이고, 영남의 정신의 범주화도 가능했을 것이다. 본고 역시 당연하게 한 단면사, 그것도 매우 서투른 단면사임을 다시 강조한다.

3. 문학 갈래 특성의 의미

사랑하는 오빠
사랑하는 조국의 총칼에 찢겨
5월 푸르름 한가운데가 질퍽이도록

(김해화, 누이의 헌혈가)

김홍규에 따르면, 문학은 현상 세계의 안과 밖을 모조리 껴안으면서도, 그것을 넘어서 형상적 인식으로 나아가는 것이기 때문에, 문학을 논하는 것은 오늘의 삶에 대한 적극적 인식 추구 방법이자, 우리의 현실에 실천적인 문제를 제기하는 행위라고 본다.[162] 이는 환언하자면, 문학 텍스트 안에서는 우리는 현재와 과거의 우리의 모든 것을 살펴 볼 수 있다는 것이다.

문학의 여러 갈래 중에서 특히 시가(詩歌)는 가장 으뜸 되고 가장 오래된 갈래이다. 시가 산문보다 앞서 나왔다는 것은 대체로 시인할 수 있는 소리다. 한 사회의 주요 관심사를 표현하는 유일한 수단으로서 시가 산물을 앞섰으리라는 것은 능히 추측할 수 있다. 그 증거로는 여러

은 각기 해당분야에서 이름을 날렸을 뿐 아니라, 한국 시가사에서도 높이 평가 받는 작품(작가)들이다.
162) 김홍규, 『한국문학의 이해』, 민음사, 1988, p.13.

종교의 경전을 살펴보는 것이 그렇고, 서사시의 형태 역시 그러한 점에서 유종호의 견해는 옳다.

한편, 갈래란 단순히 문학 텍스트의 형식적인 특징을 말하는 게 아니다. 갈래란 일정한 군집의 작품들이 공유하는 문학적 관습의 체계이며, 개별 작품의 존재를 지탱하는 초개인적 준거의 모형이다. 갈래로 말미암아 우리는 한 텍스트에 대한 구체적 이해로 나아갈 수 있다.163) 물론 갈래가 어떤 일정 형태의 작품들을 완전무결하게 귀일시키는 특성·원리의 조직체라기보다, <친족적 유사성>을 지닌 다수의 작품에서 추출되는 범례형이라고 말할 수 있다.

시가는 모든 문학 중에서도 가장 私的이고 개인적인 양식이다. '서정(抒情)'이란 명칭대로 시는 개인의 감정과 정서를 그리는 문학이다. 시를 1인칭의 문학이라고 하는 이유도 여기에 있으며, 처음부터 시의 언어는, 따라서 사람의 투박하고 절실한 정감을 토로하는 직정의 언어로서 생활에 밀착된 말이었으리라고 생각된다. 우리는 이와 같은 것을 일컬어 서정이라고 부른다. 그리고 시는 서정을 그 바탕으로 쓰여 진다.

서정이란 것이 인간의 근원적인 충동과 욕구에서 비롯된 것이라면 그것은 논리나 사고적인 측면에서 보다 직관과 감정에 기인한 것이다. 그러로 "격렬한 감정과 사상을 표현하는 서정시"라고 한다. 이런 입장에서 서정시의 정조인 직관과 감정은 이성과 논리에 대응되는 여성적인 패러다임에 속하는 것이다. 이런 이유로 시가에서는 여성적 목소리가 많게 되는 것이다. 필자가 위에서 인용한 시 두 편 모두가 여성적 목소리를 지니고 있다. 말할 나위 없이 필자의 논지의 중심인, 호남시가

---

163) 김흥규, 앞의 책, p.30

의 여성화자와 그것의 "5월의 시"와의 관계성은 그 근거를 최소한 확보할 수 있을 것이다.

　이는 시가의 전단계인 민요나 노동요 등에서도 쉽게 찾아 볼 수 있다. 대표적으로는 정한기의 「영호남 지역 <논매는 소리>에 나타난 애정의 양상과 배경」이나 서영숙의 「서사민요의 지역문학적 성격: 충청지역을 중심으로」를 살펴보면 이 모든 지역에서 여성화자의 모습들이 공통적으로 드러나고 있으며, 각 지역에 따라서 여성화자의 빈도나 여성 목소리의 내용과 강약이 있음을 상세히 밝히고 있다는 것으로, 시문학에 있어서 여성화자의 문제는 거의 전국적으로 망라되어 있음을 알 수 있다.[164]

　주지하다시피 여성문학 창작자가 극히 일부분으로 국한되었던 우리나라에서, 여성작가들이 그들의 목소리로 노래한 시가는 상대적으로 많지 않았을 것이라는 것은 기지의 사실이다. 그렇다면 이는 결국 남성화자가 그들의 시가에 여성화자를 등장시킨 것이라는 것이다.

　　달하 노피곰 도다샤
　　　　어긔야 머리곰 비취오시라.
　　　　어긔야 어강됴리

　　아으 다롱디리
　　져재 녀러신고요
　　　　어긔야 즌 대를 드대욜셰라
　　　　어긔야 어강됴리
　　어느이다 노코시라
　　어긔야 내 가논 대 졈그를셰라

---

164) 고정희, 「고전시가 여성화자 연구의 쟁점과 전망」, 『여성문학연구』, 15집.

어긔야 어강됴리
아으 다롱디리

<정읍사>

엊그제 님을 뫼셔 광한뎐의 올낫더니
그 더듸 엇디ᄒ야 하계예 ᄂ려오니
올 저긔 비슨 머리 헛틀언디 삼년일싀
연지분 잇ᄂ마ᄂ 눌 위ᄒ야 고이 흘고
ᄆ음의 미친 실음 텹텹이 ᄡ혀 이셔…

<송강, 사미인곡>

푸코는, 『성의 역사1』에서 "권력 관계에서, 성적 욕망은 가장 많은 술책에 이용될 수 있고 가장 다양한 전략들을 위해 거점이나 연결점의 구실을 한다"고 밝히고 있다. 특히 남녀 구별이 엄격했던 우리나라에서 남성화자들이 그들의 시가에 여성화자를 내세웠다는 것은 푸코의 지적처럼 '다양한 전략'을 위해서이다.

고정희의 지적처럼 첫째, 남성인 자신보다 우월한 누군가 앞에서 무력한 타자로 가장하기 위해서나 둘째, 작가의 gender는 텍스트의 의미와 유통에 결정적 영향을 가지고 있기 때문이거나 셋째, (송강가사에 국한해서 말하고 있지만) 조세형처럼 남녀의 구별과 대립을 넘어 심리와 윤리, 가시적 세계와 신화적 세계가 합치되는 전일성의 획득을 위해서 일수도 있다. 또, 남녀의 정을 말함에 있어 여성의 정감으로 말하는 편이 사람들을 감동시키는 데에 효과적이라는 김만중 식의 화자론도 있을 것이다.

花易落 꽃일랑 지기 쉽고
月盈虧 달일랑 차면 기울어 —월영휴
莫將花月意 꽃이랑 달이랑 가져다가

枉比接心期 이내 마음 견주들 마오
郎君還似浿江水 임의 정이 도리어 대동강 물 같은지
不爲芳華住少時 꽃피어 향기로운데 멈추질 않소
<임제.『林白湖集』卷1,「代箕城娼贈王孫」三五七言>

    형태에 있어서 비교적 짧은 시가에 있어서, 화자의 기능은 사실상 시 전체를 의미한다고 볼 수 있다. 사실 시 속에 여성화자를 등장시킴은 결국 이지적(理智的)인 것보다는 주정적(主情的)인 면과 가깝다. 남성 이지만 자신의 소회를 간절히 전달할 목적이 있을 때나 정적(情的)인 호소를 필요로 하는 경우에 주로 여성의 목소리를 빌어 왔다. 특히 "여성의 목소리를 내며 소위 말하는 '여성정감'의 시문을 산출해 낸 일 군의 문인들이 있으니, 거기에 호남문인들이 주축이 되어 있음은 시사 할 바가 크다"고[165] 본 것 역시 본고의 방향과 비슷하다. 어떻든 남성 작가들은 여성화자를 텍스트의 전략적 측면에서 사용하는 면이 많지 만, 사실은, 시의 화자론(話者論)의 궁극은 텍스트의 독자성 또는 개별 성을 규명하고, 그럼으로써 최종적으로 "인간 보편의 비밀에 대한 해 명"을 하는 데까지 나아가야 한다는 데에 두어야 할 것이다.[166]

4. "5월 광주"의 문학적 대응, 왜 시인가?

< 생략 >
이 넋을 받아
칼날을 거두소서

---

165) 박명희, 「16세기 호남한시의 여성화자 유형과 의의」, 『한국고전여성문학연구』, 제 20집.2010.
166) 조세형, 「송강가사에 나타난 여성화자와 송강의 세계관」, 『한국고전여성문학연구』, 제4집, 2002년.

묘지번호 6번 박금희
생멸 나이 열일곱
전남여상 3학년
헌혈하고 나오다가 총살당한 년

> (고정희 장시집『저 무덤 위에 푸른 잔디』중
> 「벼랑 끝에 서 있는 우리 인생」)

위 인용시는 시적 대상은 여자임에 분명하지만 화자의 목소리는 중성적으로 들린다. 그러나 "―년"으로 반복되는 전편을 읽어보면 화자가 여자이며, 그것도 무녀(巫女)라는 것을 쉬 알 수 있게 된다.

무녀는 신에 가탁(假託)하여 진혼을 한다. 서사무가는 그래서 노래이지만 이야기이고, 그러므로 장시(長詩)의 형태를 취한다. 상대적으로 긴 이야기 식의 담화는 여성의 담화이다. 내가 노래는 하지만, 나는 몸주 신에게 입을 빌려주기만 할 뿐이요, 말의 모든 것은 인간인 내가 제어할 수 없는 존재인 신의 영역에 속하므로, 나는 어떠한 책임도 질 수 없다. 그러므로 나는 어떤 구속으로부터도 자유로운 존재이다. 더구나 내 몸주는 남자일 수도―신의 성적 구별―있으므로 그 목소리는 중성적일 수도 있을 것이다.

눈동자 속에 가득한 꽃
그 중 장화홍련을 읽는다
< 중략 >
홍련은 마구 뛰었다. 어느 낯선 민가의 문을 밀치고 들어섰다. 기다리던 장쇠는 이미 칼을 거두었다. 안개가 덮여왔다. 자욱히 숨 막히게 그녀의 치마가 바람에 날려 다녔다.
<이하 생략>

> (최두석, 장화홍련) 1982

가탁도 불가능했을 경우, 시인은 이야기를 민속의 설화를 동원한다. 전래의 민속엔 우리가 투영되어 있다. 우리의 원형질, 융이 말한바 집단 무의식이 작동되고 있다. 그것도 억울하게, 한스러운 죽음을 맞이하여, 저승에도 못가는 가장 비참한 假死의 상태로, 귀신도 사람도 사람도 되지 못한 원혼으로 존재한다. 우리나라 수많은 귀신담에서 여성 귀신은 상대적으로 많다는 것만으로도 알 수 있다. 한국 문학 해석의 열쇠를 恨으로 간주한 것은 그 해원을 요구하는, 도무지 용납되지 않은 현실에 대한 정당한 해답의 요구이다. 이는 '광주 5월'이 지금도 해원되지 않은 것과 비견하면 그 이유를 알 수 있을 것이다. 여성화자를 내세운 이곳 시인들의 의미에 대한 해석의 여지를 조금이라도 짐작할 수 있을 것이다.

국가 권력에 의한 자국민의 학살이라는 도저히 용납되지 않은 현실 앞에 광주— 호남문화권의 중심축—는 함몰되어 갔다. 정치적으로, 사회적으로, 윤리적으로, 심리적으로, 인간의 조건에서 제외되어 버린 번제의 제물이 되어 버린 코마상태였다. 80년 광주가 그랬다. 살아 있으나 죽어버린 자, 눈으로 보지만 본 것을 믿을 수가 없다는 사실은 정신적 사살을 당한 자들이었다.

모두 벙어리가 되었고, 소경이 되었고, 걸을 수 없는 자들이 되어서, 사회적 금치산자로 낙하하는 순간에 나타난 문학적—아니, 예술적—대응이 있었다. 그것이 들머리에 인용된 김준태의 시였다. 사실상 '5월 광주'에 대한 최초의 작품이 사멸되어 가는 호남 사람들에게 죽비가 되어 낙뇌처럼 떨어져 내렸을 것이다.

< 前略 >
꽃들아, 지금
네들 가슴 딛고 웃고 있질 않느냐

젊은 머스메 지집애들 짝하여
홍건히 쏟은 핏줄기를 짓이기고 있질 않느냐
아하, 그대 연약한 꽃들의 영혼아
분노로 응결지운 조국의 꽃향기야
누구냐, 꽃을 밟은 우리는 누구냐
< 後 略 >

(조진태, 일어서라 꽃들아)

이어서, 80년 8월 광주시내 전역에 유인물로 살포된 시가 나타났다. 얼어붙은 금제의 시대, 군사정부는 전 국민에게 재갈을 물린 그 시기에 시가를 통하여 '5월 광주'는 생명을 찾는 작업에 나서게 되었다.

셋째 장에서 논했던 바와 같이 호남은 시가문학의 정점을 이룬 곳이 었으며, 시의 본령은 서정이다. 그리고 서정의 특성은, 인간의 근원적 인 충동과 욕구에서 비롯된, 격렬한 감정과 사상의 표현하는 것을 그 영역으로 한다. 여기에 전장에서 살짝 언급했던, 아직은 농촌공동체적 성격이 강했던 호남지역은 두레 정신의 발현으로 나와 남의 구별이 각 별하지 않았고, 이러한 정신들이 더욱 일체감을 공고하게 하였을 것이 다. 너의 아픔이 나의 아픔이 될 수 있는 공동체적 정신이 '5월 광주'를 완성시켰고, 86년 서울의 봄에 이르기까지 소위 한국민주주의 발전의 견인차가 될 수 있었던 것이다. 그리고 그 기저에는 농민공동체적 정신 인 어머니의 마음으로 표상되는 고향의 아늑함, 민주주의의 성지가 가 능했을 것이다. 그것을 가능케 했던 것이 일군의 시인들의 자기 희생을 기반으로 한 문학적 대응이었다.

사실 시 속에 여성화자를 등장시킴은 결국 이지적(理智的)인 것보다 는 주정적(主情的)인 면과 가깝다. 남성이지만 자신의 소회를 간절히 전달할 목적이 있을 때나 정적(情的)인 호소를 필요로 하는 경우에 주로 여성의 목소리를 빌어 왔었다. 소위 가탁이다.

서정시는 직선적이며 열정적이며, 그래서 언어를 이용하는 것이 아니라, 언어 그 자체를 섬기는 것이 보편적이다. 그래서 김욱동은 "서정시는 시인의 개인적이고 주관적인 감정을 고조된 상태에서 표현되기 일쑤이다." 고 갈파한다. 심지어 사르트르는 "독자를 인간 조건에서 끌어내어 독자로 하여금 신의 눈을 가지고 뒤집어진 언어를 보도록 유도하는 시의 세계"에 대하여는 그의 참여이론을 적용시키지 않는다. 그들은 맹목적일 정도로 직진적이다. 유종호의 지적대로, "위험이나 난경(難境)에 처했을 때 사람은 닥치는 대로 아무런 도구나 움켜잡는다. 위험을 넘기면 그것이 망치였는지 막대기였는지도 기억해내지 못한다. 전혀 모른 채 움켜잡았던 것이다."[167] 억압에 의하여 자의식이 한 좌절된, 훼손된 세계에서 뒤틀린 진실 앞에서 시인의 시적 서정은 이렇듯이 행동한다. 미구에 닥칠 위험은 그들에게 보이지 않는다. 움켜잡은 도구가 뭔지도 생각나지 않을 듯이.

그리고 그들을 보호하는 유일한 것은 시적 기법일 것이며, 그 중에서 가장 효과적인 것으로 호남시가의 전매특허인 여성화자를 원용하기도 했다. 위의 고정희 시에서 살폈듯이 假託의 기법에 있어서, 호남의 시인들은 다른 누구보다 더 능숙했고, 문학적 효과를 획득할 수 있게끔 肉化되었기 때문이다, 이 땅에서 살아오는 동안에 자연스럽게 내재화된 호남의 시인이었기에.

---

167) 유종호, 앞의 책, p.87.

제2부

고전 서사문학론

문화콘텐츠로서의 <沈淸>의 가능성에 대한 試論

1. 서론

오늘날 세계 여러 나라들은 자국 문화의 전파에 총력을 집중하고 있다. 문화의 시대에 걸맞게 문화를 수반하지 않은 상품의 경쟁 자체가 불가능할 정도이다. 소위 문화수출 시대에 사는 현대의 고도 지식산업 시대에 각국은 자신들만의 독특한 문화적 인물들을 내세워 자신들의 문화의 우수성을 알리는 것을 전략으로 내세우고 있다. <백설공주>, <성냥팔이 소녀>, <프란다스의 개>등에서, 뮤지컬 <캐츠>, <My Fair Lady>등이 그것을 증명해주고 있다. 이러한 외적 현실과 절실한 문화콘텐츠 산업의 활성화라는 내적에서 상황을 고려하며, 우리의 어떤 캐릭터가 가장 한국적 가치를 대변할 수 있을까를 화두로 삼아 본다면, 그러한 가능성을 지닌 인물 중 하나로 <沈淸>을 들 수 있다.

우리의 전통적 윤리규범이기도 하거니와 사회적 이데올로기인 효가 지닌 우리민족의 심층심리라는 넓은 외연과 내포적 의미와 자장에 견주어 본다면 <심청>이란 존재가 우리를 대표할 수 있는 문화적 존재로서 산업적 가치는 사실 도외시 당했다고 볼 수 있을 것이다. 아직까지 세계적 문화기호로서의 <심청>의 존재는 미약하다. 이는 단적으로 심청의 대중적 인지도가 현저히 낮으며, 그 원인은 두 말할 나위 없이 <심청>이라는 캐릭터가 세계시장에서 문화적 친근성을 획득하지 못한 까닭이다. 이러한 시점에서 우리가 선행해서 성취해 내어야 할 것은 심청의 문화적 code화이다. 즉 <심청>의 캐릭터가 우리의 심층뿐 아니라 전 인류의 보편적인 원형으로서 세계성을 확보할 수 있는 연구가 선행되어야 하는 이유이다.

이런 입각점에서 연구를 위하여, 필자는 디즈니의 애니메이션『미녀와 야수』에 주목한다.『미녀와 야수』는 이미 문화적 기호로서 전 세계적으로 알려져 있고, 그에 힘입어, 다양한 예술적 장르 텍스트들 역시 우리의『심청전』과는 비교할 수 없을 만큼 다양하다. 더구나 이 작품은 그 주제와 서사구조, 의미 등에 있어서 우리의『심청전』과 흡사하다는 점에 있어서 두 작품의 비교를 통하여 우리의 캐릭터 심청의 문화산업적 성공을 위한 초석으로 삼을 타당한 이유가 된다.

연구를 위해 본고는 일단『미녀와 야수』의 개작 이전의 서사구조와 영화대본으로서 개작된 작품을 비교한다. 왜냐하면 Walt Disney사의『미녀와 야수』는 설화의 개작인 Mme Le prince de Beaumont의 원작을 저본으로 삼아 시나리오로 개작했다. 이는 시대적으로, 또는 장르적 특성에서 오는 당연한 것이다. 아무리 원작이 위대하고, 훌륭하지만 시대와 사회상황이 현격하게 달라진 오늘날에는, 주제적 가치와 문학적 향기만이 그대로일뿐 제반의 요소들은 달라질 수밖에 없기 때문이다. 또 사실 개작으로 말미암아 『미녀와 야수』는 새로운 텍스트가 되었고, 그 것이 전 세계적으로 매우 큰 반향을 일으켰다는 것은 정설이다.[1] 본고 는 우리의 영원한 고전인 『심청전』과[2] 서양의 『미녀와 야수』의 비교 연구이다. 다소 엉뚱하게 보이기는 하지만 본고는 위 두 작품을 동일한 주제적 요소를 지닌 것으로 보고, 두 작품의 동일성과 이질성을 살피 고, 그것의 차이가 문화콘텐츠로서의 가능성을 살펴보고자 한다. 사실 두 텍스트는 동일한 지평에서 논의하기 어려울 것이다. 그러나 두 작품 모두 설화에서 시작하여 소설로 정착되어 왔다면 문학사적 발전단계 에 있어서 동일한 표징을 지니고 있다고 보아도 좋다.[3] 즉 설화에서 소 설로의 변화과정에서 자연스럽게 복잡해지고 다양한 화소들의 첨삭의 과정을 거치면서 두 텍스트는 개인작가의 수고로 인해서 나타났으며, 이번의 디즈니의 개작 역시 그것 중 하나로 볼 수 있다.

---

1) Jenkins, Henry. "It is not a fairy tale anymore": gender, genre, Beauty and the Beast, Journal of film and Video V. 43.2권. 1999. PP. 90—110.

2) 본고에서 말하는 『심청전』은, 판소리 창본 <심청가>와 소설 <심청전>, 그리고 무 가인 <심청무가>에 이르기까지 심청전 계열 모두를 지칭하는 범주를 가진 것으로 사용한다. 이는 본고의 성격에 따른 것으로 본고는 심청전의 서사구조를 대상으로 하는 것이며, 그것은 보편적 심청전의 일반적 양상을 지닌 구조라고 본다. 물론 본고 는 한남본(경관 24장본)을 중심으로 논의해 나아 갈 것이지만 연구자의 편의와 본 논문의 지향에 따라 다른 여러 요소들도 언급될 것이다. 그러나 본고는 심청에 대한 문화적 콘텐츠에 대한 연구이므로, 미세적인 측면에서 심청가나 심청전의 다양한 이본에까지 정치하게 논의하지 않고, 개괄적으로 모두 심청전이라고 단일화 한다.

3) Pault, Rebecca M. "Beauty and the Beast" : from fable to film, Literature—Flim quartely V.17 no.2, 1989. P.84—9에서 그녀는 『Beauty and the Beast』라는 텍스트 가 어떻게 생성되어 왔는가를 밝히고 있다. 그녀에 따르면 위 텍스트는 설화에서 시 작되어 여러 가지 양상으로 적층되어 오다가, Madame Gabrielle—Suzanne Barbot de Gallon de Villeneneuve에 의해서 정착되었다고 한다. 그러나 지금의 작품은 Mme Jeanne—Marie le Prince de Beaumont에 의해서 만들어진 것으로 알려지고 있으며, 그러므로 여러 가지 판본 중에서 서사구조나 그 텍스트적 층위에서 그녀의 것을 선 본으로 꼽는 것이 일반적인 평가이다. 앞으로의 논의 역시 Beaumont의 텍스트와 함 께 Disney의 시나리오와의 비교를 주로 하여 이루어질 것이다.

두 텍스트는 첫째, 그 화소에 있어서 공통의 설화 요소들을 공유하고 있다.[4] 둘째 이야기의 서사구조 역시 비슷하며, 그로 인해 서사의 의미의 결국인 주제의 유사성이 높다. 물론 이는 보다 심도 깊은 연구가 요구되어지지만 이러한 이유만으로도 이 둘의 비교 연구는 가능하며, 더욱이 본고에서 말하고자 하는 우리 소설의 인물들의 문화콘텐츠로서의 한 캐릭터의 입상화라는 측면에서는 보다 가능성이 높아진다 할 수 있다.

예술의 개념이란 언제나 시대와 사회적 상황에 따라 변해 왔다. 영원불변한 예술의 개념이나 범주는 없다는 것은 이미 알려진 사실이다 (W. 타타르키비치). 그러므로 예술은 언제나 그 개념의 범주와 존재 이유를 사회적 현상과 연결시켜 자생시켜 왔다. 영화가 예술의 한 장르로 편입된 것은 최근의 일이며, 만화와 게임이 오락의 기능에서 벗어나 예술의 범주 속으로 틈입하려는 것도 그러한 연속선상에서 이해할 수가 있으며, 충분히 가능한 일이다. 이러한 것은 소위 디지털시대에 이르러서 그 영역을 보다 넓히고 있다. 그러한 현상을 이해하기 위해, 미학만으로는 해결할 수 없는 부분에 대하여, 최근에는 문화철학이라는 학문이 대두되어 이러한 것을 포괄적으로 다루려는 찰나에 있다. 우리는 지금 변환의 가장 극점에 서 있다 해도 과언이 아니다.[5]

본고는 먼저 『심청전』과 『미녀와 야수』두 텍스트를 문학의 원—텍스트로서의 서사 구조를 분석비교하며, 다음으로 현재의 디즈니 애니

---

4) S. 톰슨이 번역한 Aarne Thomson의 『the types of the folktales』의 분류표에 따르면 『미녀와 야수』의 분류는 425번의 계열에 속한다. 425번은 그 각각의 차이점에 따라 A—E까지 변이양상을 지니고 있고, 우리의 텍스트는 425C의 계열에 포함된다.

5) 박일호, 「에른스트 캇시러의 상징형식으로서 예술에 관한 연구」, 미학, 1994. 필자는 예술이 철학이 될 수 있는 여러 전제 중에서 그것이 상징적 형식을 지니고 있다는 점에서 철학적이라고 본다. 이런 측면에서, 예술의 류개념으로서 문화 역시 철학의 범주에 속한다고 본다.

메이션 텍스트,『미녀와 야수』를 통한 우리『심청전』의 비교를 통해 세계적 문화적 캐릭터로서의 심청의 장르적 개작 현황과 그것의 의미를 찾아봄으로써, 새로운 심청의 성공적 전략을 제시하고자 한다. 그러므로 본 논문은 사실 문학적 논문이라기보다는 문화콘텐츠로서의『심청전』의 가능성에 대한 시론적 연구라는 것을 밝혀둔다.

2. 본론

『沈淸傳』은 그 주제와 내용 때문에 우리 고전문학의 매우 중요한 작품으로 인식되고 있다. 그것은 고전 문학연구 관련의 논문 목록이나 저서 등에서 시작하여, 문학연구나 민속 연구 전반에 걸쳐 심청전이나 심청가의 연구는 다른 어느 고전작품에 비하여 그 양과 질에서 결코 뒤지지 않은 것으로도 알 수 있다. 이렇듯 한 작품에 대한 학문적 연구의 성과가 많다는 것은 그 작품의 가치가 높다는 반증일 것이며, 이는 Ur—text의 확정과 관련 없이 오늘날에도 계속되고 있는 효녀 沈淸이라는 캐릭터가 갖는 인류 보편적 가치 기준에 의한 것이라 보여진다.

孝烈은 전 세계 어느 나라에서나 보여지는 기본적 윤리지침이며 이는 다시 말할 나위가 없다. 일별만 해도『미녀와 야수』역시 효열에 의해 이야기가 전개되어 나아가는 것을 알 수 있다.6) 또 동서양을 막론하고 여성의 사회적 가정적 위치 매김에는 동일하게 막강한 가부장적 권

---

6) Mme Beaumont는『미녀와 야수』를 자신의 학생들에게 가르칠 교육적 목적으로 Mme Villeneuve의 작품을 개작했으며, 이는 여성성을 강조하여 보다 교양있고, 순종적인 여성으로 교화하기 위함이며, 또 부권과 남편에게 대하여 가져야할 태도를 가르치기 위한 일종의 교재라고 본다. 여기에 대해서는 Woodward Servanne (Definitions of Humanity for Young Ladies by Mme Le Prince de Beaumont, Romance Language Annual V. 4 (1992)) 역시 일치하고 있다.

력들이 작동하고 있다는 것은 인류문화사의 보편적 현상이다.

이미 언급했듯이 텍스트 『미녀와 야수』의 개작 양상에서도 이런 것은 살펴 볼 수 있다. 텍스트의 溯源은 일반적으로 <Cupid and Psyche>로 알려져 있고, 이는 Gianfranceso Straparola가 편집한 설화집에는, 아버지는 왕이며, 야수는 뱀으로 등장한다. 역시 Perrault, Charles의 편집으로 만들어진 <Mother Goose>에서도 비슷하게 나타나, 여러 판본으로 적층, 변개되다가, 17 세기까지에 이른다. Mme Villeneuve의 개작에 이르러서도 12 명의 공주 중의 하나이며, 친부는 죽고 아버지는 의부로, 어머니는 요정으로, 야수는 괴물의 형태를 지닌 존재로 나타난다. 오늘날과 비슷한 판본은 Mme Beaumont에 의해서 비로소 형성된다.

또 다른 측면에서 비교분석을 위하여 우리가 고려해야 할 것은 Aarne Thomson의 분류이다. 그녀는 요정담이나 설화를 그 주제의 유사함에 따라 분류하고 있다. 그런데 텍스트 『미녀와 야수』는 분류 425번, '마법에 걸린 남편(아내)'에 해당되며, <잠자는 숲속의 미녀>가 410번으로 같은 계열로 편재되어 있는 반면에, 우리가 잘 아는 <신델레라>는 501번으로 '구박받는 여주인공'으로 분류되어 있다는 점이다. 이는 우리의 텍스트가 분명히 로맨스가 아니라 가정과 관련된 데에 그 무게 중심이 쏠려 있다는 것이며, <신델레라>는 들어온 여인들과 그 가족에게서 받는 虐待談에 초점을 맞추고 있다는 점이다. 이는 텍스트를 다루는 데에 매우 주요한 전제조건으로 『미녀와 야수』를 남녀의 '로맨스담'으로 편재하려는 데에 일종의 가름대가 되어 줄 것이다. 7)

---

7) Kristina Price, 「Beauty is in the Eye of the Gazer: Jane Eyre and its Relationship to Beauty and the Beast」가 그 대표적이라고 할 수 있다. 이는 고딕 로맨스인 Jane Eyre 와 텍스트의 사사적 구조의 동일성과 상황의 동일성을 비교 논의하면서 이 두 텍스트가 매우 밀접한 애정담으로 간주한다.

두 번째, 우리는 두 텍스트에 공통적으로 나타나는 변신의 양상이다. 『심청전』의 심현과 『미녀와 야수』의 야수는 변신을 한다. 심현이 眼盲하는 것과 왕자가 야수가 되는 것을 동일한 층위임에 분명하다. 갈등의 축인 두 인물은, 정상인 → 비정상인 → 정상인으로의 회귀를 보여준다는 데에서 유사하며, 이것이 플롯을 역동적으로 추진시키며, 감동을 만들어가는 중요한 사건 그 자체이다. 이러한 것이 없다면 두 텍스트는 존재할 수 없는 본질적 결핍요소이며, 이야기는 결핍된 불안정을 충족된, 적어도 충족으로 향하는 결미를 보여주는 것이 그 구조이다.[8]

위와 같이 두 텍스트는 그 상사성이 많다는 것을 알 수 있다. 특히 그 서사의 추동적 인물들이 모두 남자라는 것이라든지, 해결의 실마리 역시 결혼의 성취라는 여성영웅담의 기본적 골격을 지녔다는 점, 그것을 이루기 위하여 두 주인물들은 생명을 건 선택을 요구받는다는 점, 시련을 겪고 난 후 진정한 자신을 회복하고 복록을 누린다는 행복한 결말을 지닌 고전 작품이라는 점 등을 통하여 우리는 두 텍스트의 지향성이 인류의 삶의 보편성과 이상적 존재들이 지녀야 할 규범적 세계를 제시하고 있는 것으로 확신할 수 있다.

1) 『심청전』과 『미녀와 야수』 서사구조양상

고전 텍스트의 대부분이 그렇듯이 『심청전』과 『미녀와 야수』역시 판본이 많다는 것은 일반적 현상이다. 앞에서도 밝혔듯이 본 장에서는 비교적 서사의 체계가 분명하고 논리적 전개나 성리학적 세계관을 지

---

8) 이재선, 『한국문학 주제론』, 서강대출판부, 1989. pp.42 —46. 변신이야말로 문학의 근원적 정신은 상상력에서 기인한 것으로 보고, 그것들의 문학 주제의 변주를 다루고 있다.

닌 경판 『심청전』을 중심으로 하며, 『미녀와 야수』의 경우는 Mme Beaumont 판본을 중심으로 한다.9) 이는 비교적 고전 소설로서 손색이 없으며, 그에 따라 연구 텍스트에 삼기에 타당하다는 필자의 주관 역시 작용했지만, 다음 장에서 논구될 심청전의 개작이나 각색, 판본의 변환 등등의 저본이 되고 있다는 측면에서 공정하다고 보았다.

첫째, 서사구조에 있어서 두 텍스트는 다음과 같다.

『심청전』의 경우, 적강으로 인한 부녀의 맺어짐 → 심현의 안맹 → 심청의 탄생 → 곽씨 부인의 죽음 → 심현의 고행과 심청의 성장 → 심현의 구출과 공양미 약속 → 심청의 인단소 투신 → 용궁에서 친부로부터 전생과 현생의 신후사를 들음 →인간 세상으로 환생 → 송 천자의 황후가 됨 → 천상으로 회귀

『미녀와 야수』의 경우, 아버지의 파산 → 가족을 위한 Belle의 희생 → 재기를 위한 아버지의 출장 → 좌절한 아버지가 눈보라로 인해 야수의 성으로 감 → 장미를 꺾다가 야수에게 딸 중 하나든 자신이던 3개월 안으로 죽음이라는 약속으로 풀려남 → Belle이 아버지 대신으로 야수의 성의 감 → 야수와의 생활 → 아버지가 자신 때문에 병환에 든 것을 보고 집으로 가기를 청함 → 일주일의 말미를 주고 돌아아기로 약속함 → 사악한 언니들의 꾐에 빠져 10일을 보냄 → 꿈 속에서 야수가 죽어 가는 것을 봄 → 잘못을 뉘우치고 야수의 성으로 돌아 왔으나 야수는 죽어감 → 그와의 결혼을 원함 →마술이 풀려 왕자가 된 야수와 결혼 → 언니들의 징벌.

---

9) The Young Misses Magazine, Containing Dialogues between a Governess and Several Young Ladies of quality Her Scholars, by Mme Prince de Beaumont. 4th. ed. V.1(London: C.Nourse, 1783) pp. 45 —67. 영어본을 텍스트로 사용했다.

서사적 전개로 보면 두 작품은 모두 아버지 대신으로 자신의 목숨을 건 희생으로 인하여, 즉 효행의 성취를 위한 시련의 극복 이후 얻어지는 행운을 그리고 있다. 문제는 그러한 어려운 일이 자신의 것이 아니고 부모라는 점이며, 그 부모의 고통을 이해하고, 그것을 해결하는 데에 있어서 보다 적극적이며, 억지가 아닌 자신의 선의지로 말미암아 희생을 선택하는 자식이라는 데에서 공통적이다. 이는 동서양을 막론하고 가족의 사랑의 실천적 행위에 있어서 자식이라는 층위에서 보다 더 적극적인 것이 옳다는 보편적 생각이 깔려 있다고 보인다. 그럼으로, 이를 실천한 사람은 복을 받게 되어 있다. 인단소를 향해 뛰어드는 천출효녀 심청의 인신공회를 통한 어버이에의 보답과 아버지의 만류에도 불구하고 야수의 성에 머물기로 하는 Belle의 희생적 선택은 동일한 층위라고 여겨지며, 두 텍스트 동일하게 미래의 받을 복을 예언을 듣는다는 것 역시 두 텍스트가 동일한 주제를 위한 것이란 작가들의 공통인식이라고 추정할 수 있을 것이다.[10]

여기에서 다른 점은 『심청전』은 천상계 →지상계 ─천상계를 공간배경으로 하고 과거 → 현재 → 미래라는 시간배경을 중심으로 순환론적 우주관의 숙명적 존재로서의 인간의 행위규범의 인과응보라는 점에 초점을 맞추어 있다면, 변신담이라는 환상적 요소를 끌어들여 현실에서의 인간들의 과오는 현생에서의 징벌의 실행이 정당하다는 점에서 『미녀와 야수』와 다르다. 현실계 → 환상계 → 현실계 → 환상계로의 로정을 보인다. 이는 동서양의 우주에 대한 관념의 차이에서 기인할

---

10) Beauty dreamed, a fine lady came, and said to her, " I am content, Beauty, with your good will, this good action of yours in giving up your own life to save your father's shall not go unrewarded" 요정으로 보이는 여인이 나타나 Belle에게 약속하는 것은 완판 『심청전』의 경우에는 옥진부인의 등장이나, 경판의 경우 친부인 아버지에게 듣는 신후사와 같다고 보는 편이 설득력 있다.

뿐 인간적 차원에서는 같다는 의미를 지닌다.

두 번째로 두 텍스트의 인물론의 층위에서 논의해보자.

두 텍스트의 차이점이 현격하게 차이를 드러내는 것은 등장인물들에게서다. 『심청전』은 소위 악인형 인물의 등장으로 말미암은 '반대에 의한 발전'이라는 우리 소설의 거의 공식화된 인물과 소설적 전개를 무화시키고 있다. 특히 경판 『심청전』의 경우에는 '악인형 인물'이 없어서 '반대에 의한 발전'이 없는 독특한 면모를 지닌다. 완판의 경우 역시 '뺑덕어미"나 "황봉사" 등의 인물들이 등장하지만 그들을 악인이라고 볼 수 없고, 악인형의 너른 범주적 존재이지만 그들로 인하여 반대에 의한 소설적 전개 양상은 보이지 않는다.

심청의 주위에는 모두 좋은 사람뿐이다. 귀덕어미, 장승상 부인, 화주승 등 그들은 모두 심청의 협조자이다. 심지어 남경상인들 역시 자신들의 인신매매 행위를 통렬하게 비판하고 있으며, 심청에게 차마 인단소에 뛰어들라는 말은 못하며, 그녀가 몸을 던질 때 모두 목불인견으로 그녀의 후신사를 빌 뿐이다. 하물며 무남독녀로 심청을 설정한 것 역시, 주어진 운명을 오직 수임할 존재가 그녀뿐이며, 그래서 가족구성원들 간의 갈등으로 인하여 부모에의 효도에 대한 절대적 권위를 부여한다. 우리의 인식틀에서 좋은 일에 앞서는 갈등은 몹시 볼온한 것으로 간주되는 공통적 인식의 반영이라 보여진다.

그러나 『미녀와 야수』의 경우는 그렇지 않다. 이는 이항대립적 인물들이 등장하고 그들이 갈등을 만들고, 갈등으로 인하여 서사는 전개된다. 수많은 요정담은 모두 그렇게 이원적 성격을 지닌 인물들로 인하여 증오나 복수의 플롯을 추동시켜 나아간다는 점에서 이는 서양의 민담이나 동화, 설화 등의 일반적 성격으로 보여진다.[11] 본 텍스트에서는 특히 자매가 그러한 역할을 한다. 부모와 달리 형제(Sibling)간의 문제는 특히 설화에서 매우 빈번하게 등장하는 대립적 인물들이다.

『미녀와 야수』의 경우에도 그렇다. 두 자매와 Belle와는 그 기질이나 성격상 틀리다. 파산하자 아버지는 시골로 옮길 것을 주장하나, 언니들은 반대하며, 가사를 돕는 대신 동생인 Beauty를 학대한다. 게으르고, 사치스럽고, 속되게 드러나는 그녀들의 처녀시절과 달리 결혼 후 자매들은 이제 더욱 사악하여, 자신들 보다 더 낮게 보이는 동생을 파멸로 몰고 가려 계략을 꾸민다. 물론 혹자에 따라서는 심현의 경박함과 불우함이 없었다면 과연 심청이 살신성인적 효행이 가능했을까, 하는 의문을 제기하고 있지만, 이는 좀 더 다른 측면에서 논의해야 할 것이다.

"Right, sister." answered the other, "therefore we must show her
as much kindness as possible."
After they had taken this resolution, they went up, and behaved so
affectionately to their sister, that poor Beauty wept for joy. When the
week was expired, they cried and tore their hair, and seemed so sorry
to part with her, that she promised to stay a week longer.

이와 같은 자매의 속임수로 Belle은 약속을 파괴하고, 그녀의 약속 파괴는 Beast의 목숨을 위태롭게 만들어, 이야기의 클라이막스로 서사를 진행시키는 중요한 동기로 작용한다. 이뿐 아니다. 두 자매의 남편의 결혼 후의 행동이야말로 Beauty로 하여금 결혼의 진정한 의미와 Beast와의 결혼을 작정하게 하는 동인이 된다.

---

11) 황규완, 「영어 아동문학에서의 등장인물의 유형과 의미」, 『현대영어영문학』제 48권 1호(2004.4) p.161.

"Am I not very wicked," said she, "to act so unkindly to Beast, that has studied so much, to please me in everything? Is it his fault if he is so ugly, and has so little sense? He is kind and good, and that is sufficient. Why did I refuse to marry him? I should be happier with the monster than my sisters are with their husbands; it is neither wit, nor a fine person, in a husband, that makes a woman happy, but virtue, sweetness of temper, and complaisance, and Beast has all these valuable qualifications. It is true, I do not feel the tenderness of affection for him, but I find I have the highest gratitude, esteem, and friendship; I will not make him miserable, were I to be so ungrateful I should never forgive myself."

이와 같이 두 텍스트는 선량한 사람들의 효행과 사악한 사람들 중에서 살신성인적 효행이라는 두 가지 색체를 보여주고 있다. 여기에서 동양과 서양은 그 설화적 전통을 달리하고 있음을 알 수 있다. 이는 비교적 자지일촌의 씨족사회였던 우리에게 이웃이 곧 우리라는 진단적 가문의식이 크게 작용하고 있었으며, 비교적 개인주의적인 서구에서는 인간의 개적 성격이 이러한 것으로 발전된 것으로 여겨진다. 그리고 이것이 바로 『미녀와 야수』와 우리 『심청전』의 분기점이라고 봐도 무방할 것이다. 이는 다른 말로 하자면 문화적 차이에서 비롯된 것이다.

2) 『미녀와 야수』, 소설과 영화의 서사적 변주양상

Jean Cocteau에 의해서 만들어진 영화 『미녀와 야수』는 그렇게 큰 호평을 받지 못한 것으로 알려져 있다. 비록 그가 문화적 장르를 확대시킨 점은 인정된다고 할찌라도 그의 영화는 아직 세계 사람들의 이목을 집중하기에 무리가 있었다. [12] 주지하다시피, 시인이며, 소설가이고,

영화가인 말하자면 예술적 능력이 월등히 높은 꼭도의 영화는 실패했던 것을 디즈니 영화사는 성공할 수가 있었을까? 그리고 그 이유는 무엇이며 두 작품의 차이는 무엇이었을까는 본고에서 상세하게 언급하지 않을 것이다. 그러나 본고의 내용을 흐름상 때때로 언급됨을 미리밝힌다. 『미녀와 야수』가 성공적 문화상품이 되고, 그 관련한 다양한문화적 산업이 세계적으로 인기를 얻게 된 것은 미국의 디즈니판『미녀와 야수』에서부터라 단언해도 무방하다. 13)

이런 결과를 실사영화와 애니메이션의 차이, 즉 영화적 기법으로만간주하지 않는다. 본고는 그러한 차이를 두 텍스트의 이야기의 전개나주제적 측면에서 밝히겠지만, 그것도 두 본의 底本이된 Mme Beaumont의 작품이기에 단순 비교는 오히려 논지를 흐릴 수 있기 때문이다. 우리는 Mme Beaumont의 텍스트와 디즈니 연화『미녀와 야수』의 개작된 형황을 살핌으로써 우리의 목적을 달성하고자 한다. 그것이보다 원론적이며 본고의 성격에 맞기 때문이다.

텍스트의 전개는 이야기의 전개이며 그것은 소위 서사의 전부이다.서사는 이야기의 전개양상뿐 아니라 이야기에 관한 모든 것을 다 아우르는 것이다. 그러므로 두 작품을 비교하는 것은 서사구조는 물론 등장인물 및 이야기의 지향성까지 텍스트의 모든 것을 고려해야하는 것이일반적이다. 그래서 본고에서는 서사단락을 나누어 플롯양상을 살피

---

12) 『미녀와 야수』의 영화화는 Jean Cocteau에 의해서 1946년 만들어졌다. 이는 실사영화로서 그것이 지닌 환상적 세계의 영화적 재현의 불비함으로 반향은 있었으나성공을 거두지 못했다. 그러므로 문화적 산업으로까지 발전하지 못했다.

13) 김용석, 『애니메이션 장면 사이를 거닐며, 미녀와 야수, 그리고 인간』, 푸른숲,2000. 서울. pp.22−24. 소위 '디즈니의 르네쌍스시대'라고 일컬어지는 1989년부터 1994년까지를 획기적 성공을 가져다주었고, 그들에게 천문학적 수입은 물론 새로운 제작정신을 가져다주었다.

고, 다음으로 가장 변개가 큰 등장인물 순으로 논구하려고 한다. 그리고 사실상 두 부분만으로 우리의 목적의 달성은 충분하다 본다.

첫 번째로, Mme Beaumont의 원작은 위에서 살펴본 바와 같다. 아버지의 파산 → 가족을 위한 Belle의 희생 → 재기를 위한 아버지의 출장 → 좌절한 아버지가 눈보라로 인해 야수의 성으로 감 → 장미를 꺾다가 야수에게 딸 중 하나든 자신이던 3개월 안으로 죽음이라는 약속으로 풀려남 → Belle이 아버지 대신으로 야수의 성의 감 → 야수와의 생활 → 아버지가 자신 때문에 병환에 든 것을 보고 집으로 가기를 청함 → 일주일의 말미를 주고 돌아오기로 약속함 → 사악한 언니들의 꾐에 빠져 10을 보냄 → 꿈속에서 야수가 죽어가는 것을 봄 → 잘못을 뉘우치고 야수의 성으로 돌아 왔으나 야수는 죽어감 → 그와의 결혼을 원함 →마술이 풀려 왕자가 된 야수와 결혼 → 언니들의 징벌로 내용단락을 나눌 수 있다.

디즈니의 대본은 야수로 변한 이유 → Belle의 성격과 마을 사람 → Gaston의 용맹함과 Belle을 좋아함 → 아버지 모리스가 "자동장작패기" 기계로 발명대회 참석하려 집을 떠남 → 길을 잃고 늑대에게 쫓기다 야수의 성으로 갔다가 수감됨 → Gaston의 강제 청혼의 거절에 따른 분노 → 집을 찾아 돌아 온 말을 타고 아버지를 찾으려 야수의 성으로 감 → 아버지 대신 자신을 수감해달라고 강청하여 아버지를 살려 보냄 → 아버지가 마을에 가서 Belle을 구해달라고 하지만 미친 사람으로 취급받음 → Belle가 야수가 사사건건 다툼 → 금기를 어겨 야수와 다투다가 Belle 약속을 파기하고 성을 나오다가 늑대의 습격을 생명을 걸고 야수가 구해줌 → 둘은 서로에게 호감을 느끼기 시작함 → 딸을 찾아 길을 나선 모리스의 위기를 마술거울을 통해 울부짖는 Belle에게 성을 떠나게하는 야수 → 결혼 해주지 않으면 아버지를 정신병원에 감금하겠다고 Gaston의 협박으로 마술거울을 통해 야수의 존재를 밝히는 Belle → 야수를 처치하려 가는 Gaston과 마을 사람 → 야수를 찾아 떠나는 Belle → 싸움에 이겼지만 Gaston의 비겁한 행위로 죽어가는 야수에게 사랑을 고백하는 Belle → 왕자로 변하는 야수와 성 안의 모든 것으로 서사가 전개되어지고 있다.

디즈니의 대본을 보면 저본으로 삼은 Mme Beaumont의 작품을 얼마나 많이 고쳤는가를 알 수 있다. 우선 분량의 확대이다. 원작이 아버지와 딸의 관계, 즉 효도의 의무와 아내의 도리, 그리고 가족 간의 화목으로 이야기를 구조화시키고 있는 것과 달리 디즈니 대본은 두 남녀의 로맨스에 맞춰 있다. 이는 서사의 대부분이 Belle과 Beast의 사랑 만들기와 그것을 반대하는 Gaston의 비겁한 행위로 채워져 있어, 아버지와 딸의 문제, 즉 효의 의미가 매우 후퇴된 것을 들 수 있다. 또 이는 아내의 도리와 자매간의 화목이라는 부면에서도 마찬가지이다. 여기에서는 사랑이 중요하지 결혼은 크게 중요시 되지 않고 있음으로서 디즈니의 대본이 완벽한 남녀의 로맨스담인 것을 알 수 있다. 그러기 위해서 원작의 현실계 →환상계 →현실계라는 서사구조를 과감히 물리치고, 환상계→ 현실계→ 환상계 →환상적 현실계라는 변증법적 발전으로 그 서사구조를 선택하는 특징을 보인다.

물론 이는 충실한 '가족오락'으로서의 애니메이션을 표방하는 디즈니에 있어서 가족 간의 상호 갈등이 그들의 철학에 맞지 않기 때문이고도 할 것이다. 그들은 나름대로의 방식으로 본래 있었던 텍스트들을 패로디, 변형하여 디즈니의 작품으로 승화시켜 본 텍스트들과 차별성을 지니게 하는 독특한 성격 때문에 디즈니 애니메이션이 우리에게 어필할 수 있는 가장 큰 매력이라는 것은 이미 알려진 사실이다. 즉 디즈니 애니메이션은 자신들의 철학적 주제들로 가득 차 있다. 바로 그 점이『미녀와 야수』를 세계적 문화상품으로 만들고 있는 것이 명백하다.

각색이란 근본적으로 원작의 파괴를 전제로 이뤄지는 진다.[14] 그러므로 각색이란 원―텍스트의 서사구조뿐 아니라 인물이나 내용, 심지어 주제까지도 바꾸는 것이 일반적이며, 근본적인 그 속성이다. 그리고 그것은 철저한 계산 아래 행해지기 때문에 우리는 각색하는 것을 (to adopt) 제 2의 창작 행위라고 하는 것이다. 그러므로 이러한 서사구조로 만든 것은 디즈니 애니메이션의 특징의 하나로 특정한 플롯으로 맞추기 위함이다.

디즈니 플롯의 대표적인 것이 모험의 플롯이며 다른 하나는 납치―추적―구출의 플롯이다.[15] 이는 아동들의 심리에 주목하고, 아동들의 상상력을 극대화시키면서 한편으로 도덕적이며 교훈적인 내용을 담을 수 있다는 이점에서 모험이, 또 구출의 플롯에서는 서스펜스를 이용한 흥미의 유발과 동시에 인물과 동일시를 잘 하는 아동관객들에게 보다 역동적인 참여자로서 판단을 요구하는 한편으로, 불행한 자/ 위협하는 자 / 구출자의 세 인물들이 각자 주인물, 반동인물, 동정받는 인물들로 확실한 역할분담을 통하여 선악을 대비시키며, 동시에 디즈니 식의 용기를 배양시키기 위한 전략이라고 볼 수 있다.

아동들이나 교육을 위하여 표나게 내세웠던 孝烈이 물러간 자리에 대신 할 수 있는 가장 강력한 것은 남녀의 사랑이다. 사실 우리의 <근

---

14) 사이드 필드,『시나리오란 무엇인가』, 유지나 역, 민음사, 170~173쪽.
15) 노시훈,「디즈니 애니메이션 스토리의 기본원칙과 성공전략: 극장용 장편 애니메이션을 중심으로」,『만화애니메이션연구』, 통권 7호, 2003년. 68~72쪽

대>의 인덱스에서 가장 중시되어 다루어지는 정체성이나 個我性 역시 개인의 문제이며 이의 외현적 표현은 '자유결혼'이었다는 것은 이광수의 경우만 살펴도 충분하다.16) 효열이야말로 전근대에서 우리를 지배했던 가장 강력한 지배 이데올로기 중 하나였다.17) 이것을 전면에 내세우는 것은 전혀 디즈니적인 애니메이션이라고 할 수 없다. 그것을 피해가기 위해서 디즈니 영화는 그들의 전형적 플롯을 동원시켜 원작과는 매우 다른 또다른 텍스트를 만들어 냈으며, 다음 장에서 살펴보겠지만 그러한 전략은 성공적으로 보인다. 즉 『미녀와 야수』는 여러 사람이 주장하듯이 독특한 디즈니의 영화라는 것이며, 그것이 바로 이 『미녀와 야수』를 다양한 장르로 제작하여 세계적 문화상품이 되게 했다고 본다.

이렇듯이 『미녀와 야수』의 서사구조를 면밀히 관찰하여 보면 두 개의 전형적 플롯이 톱니처럼 공교하게 짜여있다. 즉, 본 텍스트는 모험이나 구출의 플롯, 어느 것 하나가 아니라 두 개의 플롯을 교묘하게 배치함으로써 흥미는 물론 도덕적 훈육까지 유도하고 있음을 알 수 있을 것이다. 이러한 서사의 변환으로 인해 효열담 위주였던 『미녀와 야수』는 매우 역동적이고 훌륭한 서사성을 지니게 되었으며, 동시에 달콤한 로맨스적 요소가 은닉되어 모든 가족이 즐길 수 있는 현대판 『미녀와 야수』라는 로맨스 텍스트로 만들어질 수 있었다.

---

16) 그의 에세이 「情育論」에서 왜 정으로의 교육이 필요한 가를 역설할 때의 그 정의 의미와 과 소설 『무정』의 주제가 자유연애라는 것을 부인할 수는 없다.

17) 김용석, 전게서, 23~4쪽. 필자는 디즈니의 표방된 철학 <가족오락>이라는 것에서 디즈니 르네상스 시대에 만들어진 작품들이 근대산업사회의 가치관과 이념을 내세우고 있다고 말하며, 그것들은 바로 " 개인성의 부상", "여성상의 변화", "사회정의의 문제", "정체성의 문제"라고 꼽고 있다. 이 중에서 본고에서는 여성상의 변화를 매우 중요한 것으로 여겨 다음 장에서 논구할 것이다.

두 번째 인물에 있어서의 변화는 더욱 심대하다. 사실 Mme Beaumont 의 텍스트에서 제시되는 갈등의 요인은 단순하다. 누가 아버지를 대신 하여 야수의 성에 갈 것이냐와 언니들의 꾐에 빠져 야수와의 약속을 어 기는 Belle의 행동 때문이다. 본 텍스트의 주요 인물들은 Belle와 Beast, 그리고 아버지와 언니, 그리고 마법을 건 여신일 것이다. 물론 Mme Beaumont의 판본에서도 Belle의 오빠들은 특별한 역할을 하지 않는 장 식적 존재이지만, 일종의 정황을 만들어내는 정도의 기능을 하지만 디 즈니 판본에서는 아예 존재하지 않은 것으로 되어 있다. 오빠들에 대해 서는 그들의 작품 내에서의 기능의 역화 때문에 소거되어도 특별한 의 미를 갖지 못함으로 큰 문제는 없다.

일반적으로 설화에서 마법에 걸리는 인물은 공주나 왕비 등 여성이 다. 그러나 본 텍스트에서는 남성인 왕자가 마법에 걸린다. 더구나 마 녀나 마왕의 기분이나 분노에 의해서 저주를 내리는 것이 아니라 왕자 의 사람됨이 '이기적이며', '사랑이 없기 때문'이다. 또 그 마법의 저주 에서 풀려나는 방법 자체가 이미 비극의 덫에 걸려 있기 때문이다. 누 가 야수를 사랑해 줄 것인가? <백설공주>나 <잠자는 숲 속의 미녀> 같은 미모도 없는 흉측한 야수를 말이다.18)

그러나 언니들의 존재는 결코 소홀히 다를 수 없다. 첫째 갈등에 있어 서 그들은 Belle의 자비심과 희생정신, 즉 효행의 가치를 상대적으로 높 이는 정태적 역할을 하지만, 두 번째 갈등에 있어서는 그들이야말로 바 로 서사를 추동시키는 주동적 존재이며, 그러므로 매우 중요한 등장인물 이다. 그러나 디즈니판본에서는 형제는 물론 자매들까지도 언급되어 있 지 않다. Mme Beaumont의 텍스트의 전반부에서 자매들은 일반적으로

---

18) 김용석, 전게서, 33~35쪽.

동화나 설화에서 반대적 인물이 지닌 여러 가지 속성들을 다 갖추고 있다. 즉 인물의 외형과 인격에 있어서 주인물 Belle과 대척점에 서 있으면서 제 기능을 다한다. 다시 말해 그들은 Belle의 인격과 인품의 돋보임을 위해서 존재된 인물이며, 그러한 성격 때문에 동생을 사지로 몰아넣는 사악한 행위로 인해, 인과응보라는 매우 고전적 행위판단에서 "죄값을 치루는" 인물로 도덕성의 고양을 위한 효용을 지닌 인물이기 때문이다.[19]

야수의 생명의 끝남의 고통이 서사를 추동하는 기재이다. 또 그것을 유도하는 인물들은 매우 능동적인 문제적인 개인이며, 반동적 인물이었다. 그러므로 상대적으로 매우 중요한 기능을 갖는 행위자 Actant이다. 그들이 존재하지 않으면 야수는 죽음에 이르지 않았을 것이며, 절정을 위한 가파로운 서사의 전개를 가져 오지 못했고, 그에 따라 결말의 비극적 변환을 통한 행복 획득이라는 설화 및 동화의 일반적 공식구 바로 앞에 오는 희미한 "카타르시스"를 주지 못했을 것이며, 그로 인해, 본 텍스트의 교훈적 가치의 내면화 역시 성공적으로 이루어지지 않았을 것이다.

이러한 기능을 한 두 언니의 존재를 아예 언급조차 하지 않은 디즈니 대본의 이유는 무엇일까? 물론 일차적으로 『미녀와 야수』에 드러낼 주제를 위하여 텍스트 내부의 모든 것을 초점화하여 한 방향으로 몰아가야 하는 서사전략에 그 목적이 있을 것이다. 그것은 디즈니 판본은 Mme Beaumont 텍스트가 갖는 지향성과는 다른 데에 이 텍스트의 주제를 두었다는 데에 있다. 대신 디즈니 판본은 다양한 인물들을 나타낸다. 그리고 그들은 매우 고심하여 만들어진 인물이다. 그들은 전편을

---

19) 김정란, 「민담에서 동화까지의 속성 변형에 대한 연구」, 한국 프랑스학논문집, V. 49집, 2005. 260쪽.

통하여, 그들은 디즈니적인 철학적 주제를 충분히 전달할 수 있을 수준에서 자신들의 기능을 충실히 행한다.

여기서 우리가 주목하여야 할 점은 그들 성격들이 갖는 대칭적 만들어졌다는 것이다. 로맨스담에 걸맞게, 주인물 Belle를 중심으로 야수와 Gaston, 성안의 마법에 걸린 모든 사람들과 마을 사람들, 아버지 모리스와 가스통의 부하인 르푸 등으로, 이원적 대립 구조를 갖는다. 아버지를 제외하고 모두 Mme Beaumont 판본에는 없었던 인물이다.

이분법적 사고는 서구의 전통적인 사고 양식으로, 인간과 우주, 선과 악 등으로 세계 전부를 양분화하는 태도이다. 특히 도덕적 세계에 대한 의무감을 지닌 동화나 교화를 위한 수신의 교재에서는 이러한 이원화가 텍스트의 성격을 명료화시켜 분명하게 주제를 드러나게 하기 때문에 매우 유용하게 사용되어졌으며, 지금도 역시 그렇다.

사랑을 배우며, 비로소 사랑하는 마음을 갖게 되는 야수와 인간이지만 야수보다 더 비열한 Gaston과 따스하고 감성적인 루미에와 빈틈없고 이성적인 콕스워스, 집단적 이기심만 가진 마을사람들과 왕자를 위해 최선을 다하는 성안의 사물들, 엉뚱하지만 딸을 사랑하고 진실한 아버지와 권력에 기생하기 위하여 온갖 부도덕한 일을 하는 르푸 등이 디즈니 『미녀와 야수』가 얼마나 차별성을 갖는가를 설명하고 있다. Mme Beaumont의 판본에서 보여준 Belle의 결혼 결정과 다르게 본 판본은 징정한 사랑이 깊은 신뢰와 자기 희생 위에 놓여 있다는 일반적인 고딕 소설의 전범을 보여주고 있다. 그러기 위해 한쪽은 야수와 Belle의 사랑을 성취시키기 위해 노력하고, 다른 한편은 폭력이라는 남성적 권력, Gaston에 기대어 호가호위하는 사람들로 분류하여 누가 옳은가를 묻고 있다.

여기서 우리는 왜 디즈니 애니메이션에서 등장인물을 만들거나 없앴는가에 대한 애니메이션 캐릭터라는 측면에서 고찰해보면 그것의 의미를 보다 정확하게 알 수 있다.[20] 일반적으로 캐릭터의 성공여부는 디자인성이라는 도형적 요소를 제외하고는, 친밀성, 스토리, 시대성, 역사성, 사회성은 모두 서사에 의해 구현되는 것이라고 본다. 결국 캐릭터의 실패와 성공은 그 서사의 가치 여부에 의해서 좌우되는 것이다. 또 캐릭터를 아우라가 있는 복제라고 했을 때, 그 아우라를 창조하는 것은 디자인과 캐릭터의 정체성인데, 캐릭터의 정체성은 서사를 통해 구현되는 것이다.

Mme Beaumont의 판본과 서사를 달리한 것은 위와 같이 시대적 상황이나 사회적 상황의 변화나 역사적 변화 과정에서 현대에 가장 훌륭한 『미녀와 야수』의 의미를 형상화하기 위하여 그들의 철학에 맞추어 서사를 만들었다. 그리고 디즈니의 '가족오락'이라는 원칙에 입각해서, 새로운 등장인물들을 서사의 성공을 위하여 현실성을 고려해서 만들었다는 것이 가장 타당한 해석으로 여겨진다.

3. 결론

이토록 전적인 개작에도 불구하고 왜 디즈니는 기존의 스토리를 토대로 한 애니메이션을 제작할까? [21] 사실 그들의 오리지널 각본은 매우 드물고 그것의 첫 성공작은 『라이온 킹』이다. 먼저 스토리 층위에서 보면, 그 첫째 이유로는 오래된 이야기는 적층되고 변개되어 오는 가운데 그 재미와 감동력을 갖는다. 수 백년 넘게 이어오면서 이미 검증된

---

20) 박기수, 「한국 캐릭터 서사의 활성화 방안 연구」, 한국언어문화. V. 23. 195쪽.
21) 노시훈, 전게제, 61쪽.

이야기이므로 그것의 보증력 역시 검증되었기 때문이다. 두 번째로, 오늘날 가장 예민한 문제는 저작권의 문제에서 완벽하게 해방될 수 있다는 경제적 이익 때문이며, 셋째, 관객의 참여를 요구할 수 있다는 점이다. 새로운 예술작품의 각색에는 그러므로 새로운 해석과 평가를 관심을 갖게 되고, 그것은 독자와 관객의 참여를 최대한 이끌어 낼 수 있는 이점 때문이다. 다음으로 각색의 측면에서 첫째, 그들은 철저하게 한 작품에 대한 주관객층을 겨냥하여 각색을 한다. 여기에서 고려되는 점은, 아동에게는 적은 성인이, 성인에게는 많은 아동이 있다는 것이다. 두 번째 철저한 우화화이다. 동물의 의인화가 비록 그 대표적이기는 하지만, 우리의 텍스트 『미녀와 야수』에서는 변신의 원망을 그대로 표출되게 하거나, 사물마저도 의인화하는 전반적인 우화화와 반대로 인간 속성의 동물성을 표출하여 냉소적으로 보이게까지 한다. 셋째, 그들이 즐겨 사용하는 모험의 플롯이나 구출의 플롯으로 모든 이야기를 각색하여, 서스펜스나 공포, 또 해결의 카타르시스를 준다. 이와 같이 디즈니는 그들의 철저한 경영작전으로 흥행을 이끌어 내게 위해 그들은 서사를 근본적으로 바꾸며, 인물 역시 그것에 맞추어 저본과 관계없이 없애며 만들어 내는 것이다.

수잔에 의하면 『미녀와 야수』의 성공은 고딕드라마인 저본을 디즈니적으로 각색된 서사에 있었으며, 그것의 성공으로 브로드웨이의 뮤지컬이나 다른 장르로의 전이를 성취시킨다.[22] 이는 디지털시대의 문화생산의 특성적 양식인 OSMU(One Source Multi Use)의 전범적 형태를 보여준다. osmu는 원천 재료는 하나인데 그것의 활용은 수없이 많

---

22) Swan, Susan Z, Gothic drama in Disney's Beauty and the Beast, Critical Studies in Mass communication 16. no. 3, 1999. PP. 350−369. 이승연 역. 만화애니메이션연구 통권 4호, 2000.

다는 것을 의미하는 신조어이다. 이를테면, <대동여지도>를 제작한 김정호 경우, 그의 이야기는, 드라마, 뮤지컬, 광고, 게임, 모바일, 캐릭터, 애니메이션, 영화, 연극 등으로 얼마든지 활용할 수 있고, 활용되는 것을 말한다.

그래서 문화콘텐츠 산업은 복합산업이며 동시에 종합예술을 가능케 하기 위한 것이다. 지나치게 세분화된 예술이나 문화적 분야를 학제적으로 묶어 보려는 시도이며, 이는 문화콘텐츠에서는 매우 당연하고, 그러한 것이 전제되지 않으면 사실 가능할 수도 없는 것이라 볼 수 있다.

1) 문화콘텐츠로서의 디즈니 애니메이션의 특징

다시 본론으로 돌아가서, 본고에서 특히 『미녀와 야수』를 주목하는 것은 지금까지의 디즈니가 만들어온 많은 여성 인물의 애니메이션, <백설공주>, <신델레라>, <잠자는 숲 속의 미녀>들과는 매우 다른 차이를 보여주고 있기 때문이다. 그리고 이러한 점은 우리의 고전『심청전』이, 성공적 문화콘텐츠가 될 수 있다는 전망을 보여주기에 썩 적합한 텍스트라는 점에서 중요하다.

20세기에서 맞부딪치는 『미녀와 야수』는 옛날의 그것이라면 과연 오늘날의 성공이 가능했을까? 물어보나마나 대답은 부정적이다. 텍스트는 시대와 사회적 변화에 따라 그 색깔과 구도를 바꿔야만 한다. 문제는 어떻게 바뀔 것인가이다. 저본이 가진 주제를 깨뜨려야만 하는가, 아니면 그 가치지향을 유지하는 게 더 나은 것인가에 날카로운 판단이 요구된다. 이러한 것의 모범을 이제 『미녀와 야수』에서 찾아보고, 그것을 우리의 텍스트 『심청전』에 대입시켜 오늘날 새로운 캐릭터로서 <심청>을 부감시킬 수 있는가에 대한 제언을 하겠다.

지금까지 살펴본 바와 같이 『미녀와 야수』는 Mme Beaumont의 판본을 저본으로 하여 효열의 가치를 약화시키고, 동시에 남녀의 사랑의 의미에 초점을 맞추고 있었다는 것을 알 수 있었고, 대외적으로, 이원론적 존재들을 대립시켜 두 대립된 세계의 갈등을 로정함으로써 선과 악에서 선의 성공으로 악행은 반드시 벌을 받는다는 매우 낮지만, 인류의 근본이 되는 도덕적 가치를 확고하게 세워 교훈적 이상적 인간관계를 완성했다.

또 Mme Beaumont 판본에서 중요하다고 생각해서 만들어 놓은 자매들 사이의 악의적 갈등이란 오늘날 핵가족 시대에 어울리지 않기 때문에 다르게 갈등화시켰다. 즉 오늘날의 시대에 아동들이 이해하기 어려운 대가족 형태나, 많은 가족들 사이에 벌어지는 남매나 형제의 갈등이란 수용하기 어려운 측면이므로 생략했다. 그래서 디즈니판본은 자매가 없는 상황으로 만들었고, Gaston이라는 부정적 존재를 내세웠다. 오늘날의 보편적 미국 가정 형태는 부모를 중심으로 한, 남매, 또는 2~3명의 자식들로 이뤄져 있다.[23] 그러므로 그들 사이의 갈등이란 보다 예각적일 수 있으므로 "가족오락"을 추종하는 디즈니의 철학으로서는 매우 불안하고 위험한 요소였기 때문에 두 자매는 생략했고, 그것을 집단적 투쟁으로 몰아갔다. 즉 성 안 사람들과 마을 사람들과의 안전을 위한 투쟁이 그것이다. 이는 오늘날 지나친 님비현상으로 인한 집단공동체의 모순적 현상을 보여주고 있다는 점에서 디즈니가 얼마나 공교하게 그들의 대본을 개작하는가를 보여주는 중요한 증거이다.

마지막으로, 가장 중요한 개작의 철학적 초점은 페미니즘적 요소를 과감하게 차용했다는 점이다.[24] 페미니즘은 80년대에 미국에서 매우

---

23) 김지홍, 「디즈니 애니메이션에 나타난 가족 형태에 관한 연구」 35~6쪽.
24) Showater, Elain. "Disney meets feminism in a liberated love story for the '90s,"

격렬한 반응을 불러일으키며, 팽창적으로 퍼져가 미국의 이른바 당대의 중요 코드였다. 이러한 사회적 이슈를 놓아둘 디즈니는 아니었다. 그들은 늘 그렇게 사회적 현실에 민감하게 반응하고 그것을 영화화 하는데 타의 추종을 불허하기 때문이다. 그리고 이러한 요소를 차용한 것이 바로 디즈니 판『미녀와 야수』가 성공한 가장 큰 요인이다.

디즈니 애니메이션의 모든 여성 주인공들이 놓은 환경은 분명 좋지 못하다. 그들은 매우 수동적이며, 누군가의 도움으로만이 그들의 환경을 개선할 수 있게 배치되어 있다. 그러므로 관객들은 많은 여성 주인공들에게 도움을 주는 남성과의 관계가 성숙하여져서, 마침내 사랑하게 되고, 그 사랑의 결과로 행복한 결혼으로까지 이어져, 마침내 가정을 이루는 데에 이르기를 은연중으로 바라게 되며, 그렇게 만드는 것이 디즈니의 공식이었다.[25]

그러나 디즈니판『미녀와 야수』는 다르다. 이 작품은 철저하게 로맨스에 초점되어 있다. 로맨스담의 전통의 연원은 고딕 로맨스에 닿아 있다. 이는 두 가지로 나뉘어지는데 바로 남성 고딕소설과 여성고딕소설이 그것이다. 남성고딕소설은 오늘날 공포 이야기의 토대가 되었고, 여성 고딕소설은 오늘날 로맨스의 이야기가 되었다고 본다. 그런데 고딕 로맨스담의 특징은 첫째, 어두운 분위기를 가진 성이나 맨션, 비밀을 가진 사람, 특히 여인, 셋째 사랑하는 방법을 배워야 하는 로맨틱한 주인공, 넷째, 결국에는 악마로 들어나는 적대인물, 마지막으로는 잃었던 것을 다시 찾음으로써 맺어지는 행복한 결말이다.[26]

Premiere: The movie magazine, 통권 71. 2호, 1997. p.63. 그녀는 텍스트를 가리켜, "디즈니의 첫 번째 페미니즘 영화, 90년대의 자유로운 사랑이야기"라고 평가했다.
25) Swan, Susan Z. 전계제. 340쪽
26) 전계제, 341쪽.

오늘날의 헐리퀸 로맨스나 인터넷 소설의 대부분을 차지하는 소설 내용 역시 이러한 이야기구조를 가졌다는 것은 얼마나 로맨스가 우리, 특히 여성들의 인식에 깊이 뿌리를 내렸는가를 보여주는 좋은 증거이며, 그러므로 그것은 절반의 흥행 성공을 보장 받고 있다고 보는 것은 결코 억지가 아니다. 여기에 현대의 페미니즘적 요소가 가미되었다면 그것은 보통의 디즈니 애니메이션과는 차별적이며, 또 그만큼 관심을 유도할 수 있고, 또 문제적 작품이될것이다.

『미녀와 야수』는 이러한 요소를 모두 가지고 있다. 비밀을 가진 야수의 어두운 과거, 화려하지만 사라이 살지 않은 성, 사랑하는 것을 모르기 때문에 야수가 되어, 사랑을 배워야만 마법이 풀리는 야수, 그에게 사랑을 가르치는 여성과 그녀를 차지하기 위해 야수를 죽이려는 Gaston의 더 야수 같은 행위[27], 마침내 마법이 풀리고 인간이 되는 왕자와의 사랑의 성취는 고딕 로맨스소설의 전통에서 한발자국도 틀리지 않다.

단 하나 틀린 것이 있다면 바로 Belle의 캐릭터이다. 외적 존재와 내적 성격에서 그녀는 여타의 디즈니적 여성과는 판이하게 다르다. 그녀는 신분에서도 귀한 자녀는 아니다. 공주도, 귀족도 아니라는 점에서 다르다. 둘째로 성격면에서 그녀는 수동적인 여성이 아니다. 소위 금기된 일을 하는 아버지와 마찬가지로 마을 사람들에게 금기시 된 일을 한다. 심지어 그녀에게 호의적인 남자 Gaston 역시 매우 무식하게 그려진 반면 Belle은 그렇지 않다. <Gaston : How can you read this? There is

---

27) 전계서, 345~6. 고딕소설의 특징 중 하나는 인간과 동물의 본성을 동등하게 보는 것이다. 이런 양립성은 모든 『미녀와 야수』판본에서, 이야기의 중심은 야수가 왕자로 변신하는 데 맞춰진다. 다시 인간이 되려면 그는 특정조건을 만족시켜야한다. 사실 이러한 것은 매우 상징적인 것이다. 인간이 된다는 것은, 텍스트 표층에서의 의미며, 이는 사회화 과정을 거치는 인간에게도, 미숙한 인격의 완성이라는 측면에서도 충분히 해석가능한 것이기 때문이다.

no pictures! // Belle : Well, some people use their imaginations.>. 또 모든 여성이 선망하는 미남에 최고의 사냥꾼이며, 최대의 멋쟁이인 Gaston의 청혼을 일거에 거절하는, 그들이 보기에는 이상한 여성이다. 그것은 여성성이라기 보다는 인간성에 있어서 그녀는 적극적이며, 모험적이며, 자기 주관이 강한 여인이다. Gaston의 청혼을 거절한 후 그녀가 부르는 노래에도 그녀의 성격을 분명하게 드러난다. <I want adventure in the great wide somewhere / I want it more than I can tell>즉 그녀는 중세적 질서가 요구하는 여인이 아니라, 매우 이지적이며 적극적인 현대적 여인상을 지녔다. [28]

지금까지 살펴본 바와 같이 디즈니는 Mme Beaumont의 저본에 대한 철저한 이데올로기와 철학 아래서 대폭적 개작을 통해 설화 속에 잠들어 있던 동화였던, 『미녀와 야수』를 세계적 문화콘텐츠로 만들어냈던 것이다. 이는 매우 정치한 작품 분석과 그것의 현대적 변용을 위한 심도 있는 해석, 그리고 변함없는 "가족오락"을 위한 서사구조, 그리고 현재가 원하는 의미지향성 등을 모두를 고려했기 때문에 가능했다고 보여 진다.

2) 성공적인 『심청전』의 개작 방향과 그 제언

우리는 이쯤에서 <심청>의 국제적 문화콘텐츠로서의 가능성의 단초를 찾을 수 있다.[29] 그리고 그러한 전격적 인식의 전환이 전제되어야

---

28) 이는 심청의 경우에도 마찬가지이다. 심청은 타의에 의해서가 아니라 자의에 의해서 인단소행을 택한다. 부모의 개안을 위한 인신공양으로 속죄를 위한 개인의 고행이지만, 현실맥락에서 그녀가 남경상인에게 자신을 팔아달라고 귀덕어미에게 청을 놓는 대목을 볼 때, 이는 매우 적극적인 행동이며, 결코 그녀가 운명대로 이끌리지 않고, 스스로 운명을 만들어가는 여성이라는 것을 확신케 한다.
29) 소위 OSMU라고 불리우는 문화콘텐츠의 가능성은 기실 인식의 코페르니쿠스적인 전환이 없이는 이뤄지지 않는다는 것이 일반적인 지적이다.

할 것이다. 이는 단순히 장르를 달리하는 것으로는 안 된다. 이미 우리 나라의 심청 캐릭터의 다양화는 영화, 연극, 오페라, 애니메이션, 창극, 여성국극이나 만화, 심지어 굿에 이르기까지 모든 예술적 · 민속의 장르에 걸쳐서 원용되고 있다. 그리『심청전』고 앞으로 더욱 더 그러한 것은 계속될 것이다.30) 이는 말할 것도 없이 심청이야기가 우리에게 있어 매우 귀중한 인류사상과 결부되어 있고, 또 흥미면에서나, 그 환상적 내용 전개면에서 우리의 궁극적 원망의 지평을 열어줄 수 있는 요소들을 함유하고 있기 때문이다. 이를 우리는 <심청>의 본래적 의미 지향이라고 보며, 그것은 모든 예술적 장르 및 디지털미디어들에 열려 있어 활용성이 넓기 때문이라고 확신할 수 있다.31)

그렇다면 이러한 입각점에서『심청전』은 어떻게 개작하면 좋을 것인가를 논의해보자. 논의가 길어질 수 있으므로 우리는 위에서 얻은 결론에 맞춰 역으로 접근하는 것이 효율적이라고 생각한다. 그러므로 반드시 개작되어서 안 되는 몇 가지를 논한다면, 가야할 방향들이 스스로 정리될 수 있을 것이라고 본다. 이를테면 조동일의 錮面의 개념을 찾아보면 非錮面은 자연스럽게 변이될 수 있고, 그것이 개작되어야 할 부분일 것이다.

우선 무엇보다 고수해야할 것은 孝烈이다. 아직도 우리에게 있어서 사랑 보다, 아니 그것과 비견될 수 있는 덕목이라는 것이며, 디즈니가 결코 포기하지 않는 "가족오락"이라는 것처럼 우리는 효열을 놓쳐서는 안 된다는 것이다. 더욱 貞烈의 개념과 범주는 시대에 따라 큰 폭으로 변모하고, 지금도 변하고 있지만, 아직도 효는 굳건하게 우리의 전통 및 생활규

---

30) 김나영,「장르별 심청이야기가 지니는 의미지향」,판소리연구 V.19. 215쪽.
31) 김용범,「국가 문화브랜드로서 창극의 새로운 가치에 대한 연구」, 필자는 창극 심청가의 두 판본의 서사구조에 대한 개작양상을 더듬, 사설의 변모, 무대와 장치 등을 살피면서, 이러한 시도가 하나의 작품뿐 아니라 우리나라의 전체적인 이미지를 바꿀 수 있고, 그럼으로써 국가의 브랜드를 높힐 수 있다고 주장한다.

범의 확고한 바탕이 된다는 것이다. 그러므로 『심청전』개작에서 가장 염두에 두어야 할 것은 효행의 철학은 그대로 유지해야 한다는 것이다. 이는 동양의 가족주의가 아직도 미덕으로 여겨진다는 것을 함의한다.

그러므로 <심청>과 <심봉사>는 반드시 존재해야 할 등장인물이며, 그것도 부녀 사이로 그대로 유지하는 것이 효과적일 것이다. 또 역시 어머니 곽씨 부인은 텍스트에 나타나지 않은 것이 현대적 독자들의 특징적 성질인 이야기의 경쾌 단순함을 위해서 효과적이라고 여겨진다. 디즈니의 여주인공들 역시 편부나 편모슬하에 놓인 것이 보편적이다. 이는 결실된 가정이라는 오늘의 현상에 대한 사전포석적 출발이므로 효과적이다.

소경으로서의 심봉사 역시 그대로 유지되는 것이 옳다. <심청>의 효행이 현대적으로 드러난다고 하더라도, 고전 작품이므로, 중세적 현재가 그 배경으로 삼아야하기 때문이다. 즉 以顯父母라는 효도의 종국을 보여주어야만 하다. 그러지 않고서는 인단소에 빠져 목숨을 바쳐 부모에게 효도하는 효녀 심청의 비극적 상황을 드러낼 수 없기 때문이다. 왜냐하면 이현부모는 말그대로 효성이 지극하면 그 부모까지 영화를 누린다는 孝經의 사상이 그대로 투영되어있기 때문이다. 또, 그것은 생사의 선택에서 얻은 당연한 축복을 예약하는 것이기 때문이다. 즉 인단소는 <야수의 성>에 해당되기 때문이다.[32]

Belle이 현실적 공간에서 환상적 공간으로 이동해서 인생의 전환기를 맞이하듯이, 심청 역시 살신성인적 인신공양이라는 극단적 효행을 통하여 자신의 정체성을 획득하며, 그로 말미암아, 여성으로서의 삶과 애정을 획득하고, 궁극으로 아버지를 눈을 뜨게하는 것이다. 그러므로

---

32) 이성희, 「심청전의 환상성과 그 지향」, 한국문화연구 8집, 84쪽.

용궁이야말로 환상의 공간이며, 모든 어려움이 극복되는 해결의 공간이며, 보통 사람 심청을 문화적 영웅으로 만드는 장소이기 때문이다. 이 공간에서 필요한 것은 우의화일 것이다. 용궁의 모든 것을 <인어공주>와는 다른 동양적 캐릭터와 색체로 밝고, 온화한 공간으로 만드는 것이 애니메이션의 개그적 요소를 극대화시키고, 인신공양의 끔찍한 행위를 희석시킬 수 있다고 본다.

이런 측면에서 적강화소를 이용하는 것도 좋다. 적강화소는 우리 고전 소설의 대부분이 갖고 있을 정도로 우리에게 낯익은 소재이다. 그러므로 그만큼 보편성을 지니고 있으며, 그것은 삼생의 우주론적 환원과 이승의 의미, 또 내생에서의 삶의 문제와 연관되어 있다는 점에서 의미를 갖게되며, 애니메이션의 측면에서도 그러한 공간이야말로 환상적이며, 한국적 환타지를 영화의 예술적 기법, 즉 미장센의 효과를 극대화시킬 수 있다고 보기 때문이다.

<심청>을 황후로 만드는 것은 매우 긴요하다. 그러나 이 부분에 바로 로맨스의 요소를 끌어들이는 방법이 고안되어야 한다. 그 방법에 대해서는 보다 동양적이고, 현대적 요소가 가미되어야 할 것이다. 꽃 속에 들어 있어서 궁궐까지 들어온 심청이 눈을 피해 밤에만 돌아다니는 경판본의 부분을 좀더 몽환적으로 그리던지, 신하들의 반대라는 요소들 역시 차용할만한 기법이라고 판단된다.

맹인잔치 역시 반드시 있어야할 부분이다. 맹인잔치는 심현을 위한 것일 뿐 아니라 서사의 종국, 작품의 클라이막스가 이루어지기 때문이다. 그러므로 보다 역동적인 장면의 구성이 필요하며, 서사적 긴장감을 주는 것이 옳다. 아마, 심봉사가 황성오는 길에 겪는 모험과 교차 서술하는 것도 하나의 방법일 것이다. 또 대승적 차원에서 화엄열반을 꿈꾸

는 듯이 심현뿐 아니라 모든 맹인들이 눈을 뜨는 완판본적 만화경의 세계도 이 부분에서는 필요하다.[33] 특히 음향에 있어서 우리 소리, 판소리의 효과적 배치가 중요하다. 우리의 고유의 예술인 판소리가 적절하게 사용되는 경우, 심청의 비극성도 고조될 수 있고, 혈육의 정을 그리워 하는 부분에서 (특히 秋月滿庭 같은), 한국적 음향의 극치를 보여 줄 수 있으리라고 본다.

이처럼 서사구조 중에서 비교적 중요한 의미를 갖는 것을 중심으로 하여, 개작하는 가운데 여러 가지 에피소드나 "가족오락"으로서 부적당한 대목들은 생략하거나 바꾸어 가면 될 것이다. 이러한 것 중 하나는, 인신매매일 것이다. 이러한 요소들을 보다 현대적 어려움으로 바꾸고, 좀 더 코믹성을 강조하는 방향으로 개작하는 것이 바람직하다.

---

33) 경판 24 장본, 한남본에서는 심현 혼자 눈을 뜨는 것으로 되어있다. 이는 주자학적 질서에 의하면 심청의 효행의 대상이 아버지 심현이기에 매우 타당하게 여겨지지만, 이기적 개인주의가 횡행하는 우리의 현실을 감안하면, 보다 큰 차원에서 공동체적 행복이 개인의 행복일 수 있다는 교육적 효과를 위해서도 그렇다고 본다.

『淑香傳』과『翹傳』의 비교연구

─ 플롯 양상을 중심으로 ─

1. 들어가는 말

본고는 쯔놈(喃字)[34]소설의 최고봉이라고 일컬어지는 베트남 고전
소설『翹傳』과 우리 소설『淑香傳』의 비교연구이다.『翹傳』은 비단 쯔
놈소설에서만 아니라 베트남 문학사를 대표할만한 고전소설이라는 것
은 많은 연구에 의해서 밝혀져 왔다. 우리나라에서도『翹傳』의 연구 논
문이 적지 않는 것으로 파악되어, 이 작품이 차지하는 문학적 가치와
의의를 짐작할 수 있다. 근원설화를 중심으로 한 연구, 한중일 변화양
상에 관한 연구, 심지어 우리 소설『濁流』와의 비교를 통해 연구해보자
는 권유도 있다.[35]

---

34) 전혜경, 「베트남의 한문학」, 『동남아연구』 13권 2004. pp.1~6 등.
　　쯔놈(喃字)은 이두나 향찰과 같은 한자의 음과 뜻을 차자표기한 베트남문자이다.
　　물론 이두처럼 지금은 사용되지 않는다.
35) 최귀묵, 『베트남 문학의 이해』, 창비, 2010. pp.498~499. 저자는 여러 가지 방면에

『淑香傳』36) 역시 우리 고전 소설 중 백미 중의 하나이며, 춘향전이나 심청전 등, 심지어 판소리 사설에서 조차 인용될 정도로 널리 읽혀져 온 소설이며, 그에 대한 연구 역시 상당한 양과 질적 성취를 획득해 온 작품이다.37)

본고는 이와 같은 두 나라에서 적잖은 문학사적 가치가 있는 『淑香傳』38)과 『翹傳』39)에 드러난 두 텍스트의 양식적 차이를 살펴 본 다음, 화소들 사이 가운데 공통점과 차이점을 분류할 것이다. 그리고 특히 소설 속의 시간, 플롯을 중심으로 그 문학적 의미를 찾아 보려한다.

전통적으로 비교문학연구는 시간적 층위가 다른 작품군이 갖는 특성이나 공간적으로 다른 나라의 작품들과의 비교를 통해 그 유사성과 영향관계를 살펴, 그 수용과 변형, 그리고 재창조 등을 연구내용으로 삼는다. 그러나 오늘날 확대된 비교문학의 영역은, 그 유사성과 영향관계를 텍스트 내부에 존재하지만, 텍스트 외부까지 넓혀져 있다는 것을 확인하는 데에까지 이르고 있다. 즉, 두 텍스트의 영향의 상관관계, 함의하는 시학적

서 『翹傳』연구를 하고 있다.

배양수, 「문학작품을 통해 본 베트남」, 『황해문화』. 2002. 가을호. p60.

「키에우전과 춘향전의 비교」, 하노이대학교 박사학위논문. 2001.

36) 성현경, 「淑香傳연구」, 『동아연구』 27집. pp.237~239.

37) 성현경, 전게재

이상구, 「淑香傳의 文獻的 系譜와 형식적 성격」, 고려대학교 대학원. 1994

정종진, 「淑香傳 서사구조의 양식적 특성과 세계관」. 『한국고전연구』 7집. 등을 비롯하여, 조용호, 서연희, 차충환 등의 연구가 특히 주목을 끈다.

38) 『淑香傳』은 비교적 최선본이라고 알려진 梨大本을 저본으로 삼는다.

39) 『翹傳』은 본인의 능력상 원어의 해독이 불가능하므로, 몇 몇 다른 번역도 있지만, 안경환 번역본을 저본으로 삼는다. 『翹傳』, 응웬 주 작, 안경환 역, 문화저널 서울. 2004년. 번역은 원본 텍스트(original text)를 '다시 쓴 것'으로 번역가의 의도가 무엇이든지 간에 사회에서 허용된 방법으로 어떤 이념과 시학적인 것을 반영한 새로운 개념이나 장르 등을 도출할 수 있으므로, 번역의 역사는 비교문학과 마찬가지로 한 문화 속에 다른 문화를 형성하는 역사로 볼 수 있기 때문에 번역학도 '문학전통'에 따라 정리될 수 있다는 주장도 있다.

의미, 나아가서 문화적 의미까지 아울러야만 완성되는 것이라 보고 있다.

이런 조망을 바탕으로 우리는 비교문학의 연구를, '사상적 영향'과 '예술적 영향'으로까지 확연하여 범주화할 수 있다. 사상적 영향이란, 작가들의 의식구조와 세계관에 대한 유사성과 이질성을 묻는 것이며, 예술적 영향이란 동일한 題材를 다룬 각각의 텍스트에서 구현되는 작가들의 개성적 특질로 볼 수 있을 것이다. 결국, 비교문학연구는 문학에서 시작하여 문화연구까지로 학제적으로 확장되는 것이 학계의 오늘의 현상인 듯하다.[40] 심지어 "비교문학은 문화를 통한 텍스트 연구를 포함한 학제적인 학문으로서, 문학에 나타난 시간과 공간 두 가지 관계 양식 pattern들에 관심을 갖는다"고까지 강조한 버스넷에 이르면 앞으로 비교문학 연구는 보다 더 넓게 확연되고 깊게 확장될 것이라 본다.[41]

표1)[42]

구분 작품명	時代 배경	空間 배경	根源 思想	재능/ 품성	身分	試鍊 原因	敍事 時間	婚姻 形態
숙향전	宋國	남양 冥司界 天上界	儒佛仙 孝,貞烈	針線 飮食 善良 書畵	名士 累代 士族 貧困	天上 得罪 謫降 男女 私通	태몽~ 승천 <70수>	不告 之罪
교전	明國 嘉靖	구체적 불명시 臨淄,無錫 錢塘江 등	儒佛仙 孝,艶情	詩書 畵音 犧牲 忍苦	生員 中流	謀陷 自取	笄禮 ~혼인 15세~30 세	不告自 取夫

40) 울리히 바이스슈타인/ 이유영 역,『비교문학론』, 홍성사, 1986. pp.18~21. 유사성 자체만으로 비교문학일 수 없다는 견해를 수용하면서도 그렇다고 배제할 수 없다고 밝히고 있다. 그러므로 비교문학의 연구는, 비교문학사, 비교문학비평, 비교문학이론의 세 측면 모두에서 살펴질 수 있다고 정의한다.

41) Susan Bassnet, Comparative Literature: A critical introduction. 1993. Blackwell Pub. pp, 12—14

42) 위 항목 이외에도, 지물(持物), 조력자 등 몇 개의 유사점들이 있으나 본고의 연구에 우선적 기여할 수 있는 index를 선정하면 위와 같게 나타났다.

비교문학연구에 있어서 가장 기본적인 연구는 무엇보다 비교 대상 텍스트들의 상사점 찾기에 있을 것이다. 그리고 일차적 과제는 두 텍스트에 나타난 공통 화소를 찾아 분류하는 것이다. 본고 역시『淑香傳』과 『翹傳』의 공통적인 화소와 변이적 화소를 찾는 것으로 시작하려 한다. 그러나 화소를 구분하는 기준이나 관점이 각각의 연구자에 따라 다양할 것이다.

필자가 분류한 몇 개의 index는 위의 표와 같다. 이 분류표 역시 본 연구의 편의에 따라 구별된 것이다.

먼저,『淑香傳』과 『翹傳』의 가장 두드러진 차이는 서술체의 형식에 있다.『淑香傳』은 산문체이며『翹傳』은 율문체이다.[43] 쯔놈 문자가 한자어에서 차자한 사실을 염두에 둔다면, 우리 향찰의 그것과 같이 율문체에 보다 더 잘 호응했을 것임을 미루어 짐작할 수 있을 것이다.

두 번째는, 서사 전체구조에서의 차이다.『翹傳』에서는 끼에우의 인생 역정이 서사 전체의 내용 전부이다. 특히 남성 인물 중 중요인물이라고 할 만큼 서사적 비중이 큰 인물이 없고, 그 활동도 크지 않다— 낌쫑金重, 뜨하이徐海의 역할은 결정적이기는 하지만, 소설 전편을 살폈을 때, 주인물이라고 할 정도로그들의 역할은 크다고 할 수 없다—.[44] 그와 반대로,『淑香傳』은 전체 구조상 소설을 두 부분으로 나뉘어도 될 만큼 후반부는 남성 주인물 <李仙>의 서사적 역할에 있어서나 서사적 분량에서 크다.[45]

그와 반대로, 제목에서부터 알 수 있듯이, 두 작품의 유사점은 여러

---

43) 쯔놈소설은 베트남의 독특한 정형시 형태인 68구체, 또는 쌍절68구체로 되어있다.
44) 낌쫑 역시 끼에우를 찾아 어려운 여행을 한다. 그러나 그 과정이 소설 전체에서 분량은 비교적 적고, 더욱이 그 고난의 내용 역시『숙향전』의 이선에 비해서 사소하다할 수가 있다,
45) 이에 대한 연구는 다음 연구로 넘긴다.

가지에서 폭넓고 다양하게 나타났다. 그 가장 두드러진 점은, 이 두 텍스트가 형태적으로 傳記的 양식을 갖고 있다는 것이다. 일반적으로 전기는 경험적 서술 형식을 지니며, 그 때문에 전기는 역사적 충동이—특히 이는 작가의 입장에서— 지배적이다.[46] 이런 이유로 여러 나라의 소설의 초창기에는 傳記形 소설이 많이 보인다. 아마도 특정한 인물의 전기적 허구 서사를 통해 작가인식을 투영시키는 데에 편리했기 때문에 우리 고전소설 대부분도 그렇다.

두 번째, 두 작품은 모두 여행기 양상, 즉 여로형 소설이라는 점이다. 모두 떠돌아야하는 운명을 통하여 발전적 자기를 찾는 방법은 고전소설의 전형적 기법이다. 결국 두 작품의 전체적 내용과 구조는—특히 여성인물에 초점을 맞춘다면— 원치 않은 여행의 시작과 고난의 극복으로 자신에게로 돌아옴이다. 이처럼 두 작품의 서사구조는 동일한 궤적을 보여준다고 말해도 지나치지 않다.[47] 여행기 소설, 혹은 여로형 소설에서는 시간과 공간이 특별한 의미를 갖는다. 특히 두 텍스트에서 여정은 그녀들의 시련의 과정을 보여주는 것이기에 더욱 그렇다.[48]

소설에서 시간과 공간은 단순히 소설에 핍진성을 주기 위해 묘사되는 것은 아니다. 소설의 시공간은 소설 전체의 요소들과 밀접한 관계가 있다. 인간은 본질적으로 시간에 의해 유한되고, 공간에 의해서 규정된다. 시공이란 인간의 현존을 가장 극명하게 보여주는 두 축이다.[49] 그

---

46) Elizabeth Dipple / 문우상 역,『플롯』, 서울대학교 출판부. 1984. p.43
47) 시모어 채트먼 / 김경수 옮김,『이야기와 담화, 영화와 소설의 서사구조』. 민음사. 1987. 서사구조는 정상적인 일대일의 표시관계 속에서, 그렇지 않았으면 의미가 없을 ur—text(원본)에 사건다움, 인물다움, 그리고 배경다움을 부여할 수 있는, 아마 유일한 것이다. 그러므로 사건은 구조와 분리될 수 없다.
48) 현기영,「한국소설의 플롯 연구」,『현대소설연구』9호. 1998. p.4
49) 박희병,「한국·중국·베트남 전기소설의 미적 특질 연구」,『대동문화연구』제36집, 1998. p.39

러므로 소설은 시간의 흐름 위에 진행되고, 공간에 의해 전개되면서 완성되는 것이 숙명이다.[50]

이런 입각점에서 본고의 논점을 두 텍스트에 나타난 시간에 맞췄다. 모든 서사는 시간 위에 놓여있다 말해도 지나치지 않다. 소설은 시간예술이다. 그리고 허구서사체에서의 시간은 곧 플롯과 마주친다. 본고에서는 첫째, '시련과 성숙의 플롯'이라는 서사구조를 통한 두 인물들의 고난과 위험을 대처하는 행위의 의미론을 찾아보고자 한다. 두 번째, 여로형 플롯에서의 시간의 기법활용에 대한 두 작가들의 세계관을 찾아보고자 한다.

2. 『淑香傳』과 『翹傳』의 플롯 양상

소설이 하나의 담론 구조물이라면, 담지하고 있던 이야기(들)를 서사적 장치를 통해서 독자들에게 전달해야하는 필연성을 가져야 하는데, 그것이 효과적이 아닐 때에는, 소설의 가치는 약화된다. 그러므로 모든 작가들은 자신들의 담론이 가장 명료하게 독자들에게 이해되기를 바란다. 담론인 이상 그것은 지시적 의미를 가져야하고, 의미를 담는 내용의 효과적이며 독특한 전달법이 있어야한다. 내용의 올바른 이해야말로 작가에 의하여 형성된 주제에 접근할 수 있는 통로이고 작가의 창작의 원인이기 때문이다. 이러한 목적을 달성하기 위하여 작가들은 소설의 서사구조를 효과적으로 변형시킨다.[51]

---

50) 최시한, 『소설, 어떻게 읽을 것인가』. 문학과 지성사. 2010. 필자는, 특히 시간은 인물의 행동과 그 행동이 얽혀 진행되는 사건을 구체화하고 조직화하는 원리라는 점을 들어, 소설에서 시간의 중요성을 강조한다.
51) Elizabeth Dipple, 문우상 역, 전게서 p.41~2.

그래서 모든 허구서사물은 보다 정교하게 구조화되고, 그럼으로써 비로소 하나의 예술적 텍스트가 되는 것이다. 이러한 행위의 과정을 우리는 plot이라고 지칭한다. 그래서, "소설 역시 작가의 기획과 독자의 해석의 역학 속에서 그 존재 가치를 구현하는 장르인 까닭이다. 특히 위와 같이 작가의 기획과 독자의 해석이 긴장 관계를 이루는 가운데 텍스트의 의미가 생산되는 동적인 영역을 우리는 소설에서 플롯의 영역으로 이해할 수 있다."고 주장하기도 한다.[52] 그러므로 소설의 구조는 plot과 불가분하게 관련되는데, 사실상 큰 맥락에서 소설 텍스트의 구조와 플롯은 동일한 층위로 보는 것도 틀리지 않다.[53] 플롯은 어떠한 경우에도 시간이라는 요소 위에서 작동되고 있다는 점을 생각한다면, 소설에서의 시간은 절대적 요소일 것이다.

1) 시련과 성장 플롯과 그 의미

시련의 플롯이란 프리드만의 성격의 플롯의 하위 분류 중 하나이다. 여기에서 인물들은 주어진 운명을 거부할 경우, 비극적 상황에 처하는 텍스트들이 사용하는 플롯을 지칭한다. 마찬가지로, 성장의 플롯 역시 인물들의 내적 성장이 이뤄져가는 과정을 통해 새로운 인식을 갖는 다른 발전적 존재로 태어나는 인물들의 플롯을 지칭하는 것과 같은 맥락으로 이해하면 될 것이다.[54]

<텍스트의> 각종 어휘가 어떻게 배열되든 관심의 주제는 기대하는 효과를 낳게 하는 구조, 즉 형태를 부여하는 소설 속의 사상과 의미의 움직임을 논하는 방법이며, 또한 서술의 목소리를 통하여 그 움직임이 성취되는 수단이라는 것이다.
52) 장소진, 『현대소설의 플롯론』, 보고사, 서울, p.7
53) Robert L. Caserio, plot, story, and the novel, Pinceton univ. press, Princeton, new Jersey the phrase "the sense of plot" means any complex of attitudes or responses towards plot and story in whoever hears, reads, or tells a narrative of either fact or fiction.

작중인물 숙향과 끼에우 모두는 시련을 통하여 비로소 자기 존재를 입증하고, 인정을 획득하게 되는 시련을 통한 성장을 보여주고 있다. 문제는 이 두 인물들은, 이 세상에서 자신들의 문제 때문에 험난한 고통의 시련을 겪는 것이 아니라는 점이다. 숙향은, 기억에도 없는 천상의 죄로 인하여 지상에서 고행을 받아야하고, 끼에우는 비록, 斷腸會에 오른 운명이었지만─그녀 역시, 거기에 왜 오르게 됐는지 크게 자각하지 못하고 있다는 점에서 숙향의 천상득죄와 동일한 맥락으로 이해될 수 있을 것이다. 어떻든 두 인물의 시련을 통한 성장 완성을 위한 서사 구조는 아래 표와 같다.

표2)[55]

	시련 1	시련 2	시련 3	시련 4	시련 5
淑香傳	부모이별 액	명사계 액	표진 자살 액	노전의 화액	낙양 옥중액
翹傳	단장회, 낌쫑이별	부모이별	기생 신분	첩으로 전락	전당강 자살

위 표에서 보듯이 두 인물의 시련의 과정은 매우 傳記的이며, 또 상당히 닮아 있다. 숙향이 주어진 시련인 5 가지 액을 다 마치고 남성배우자와 結緣에 이르는 과정을 입사식Initiation 과정으로 간주될 수 있다. 주어진 시련을 극복하고 실지를 회복한다는 점에서 두 인물 모두 여성 영웅에 해당된다.[56] 그러나 이런 입사과정은 숙향 보다 끼에우에 있어

---

54) Norman Friedman, "Forms of the Plot," in forms and Meaning in fiction ─ The Univ. of Goregia Press 1975, ch.5, p. 86

55) 두 작품의 시련의 구조는 종류에서 다르다. 본 연구의 편의상 『淑香傳』의 고행이 서사분절상 더 명료하기 때문에 그것에 맞춘다.

56) 서연희, 「숙향전의 서사구조와 그 의미」, 『서강어문』, 5집. 1986. 숙향이 순서대

훨씬 분명해 보인다. 천상득죄로 주어진 고난으로 말미암은 숙향과는 달리 끼에우는 본인의 의지에 따라서 운명을 선택했기 때문이다. 더 말할 나위 없이 영웅의 입사과정은 주어진 것이기 보다는 스스로 택하는 것이기 때문이다. 이런 관점에서 끼에우란 작중인물이야말로 문화적 영웅으로 상정할 수 있다. 그녀는 자신의 고난의 삶을 타인을 위해 선택했기 때문이다.

아래 인용문은 그들의 시련의 이유와 두 인물의 시련의 과정을 인지하며, 수용하는 모습을 찾아볼 수 있다. 그 각각은 매우 다르게 나타나고 있음을 알 수 있을 것이다. 숙향은 이미 정해진 것을 이겨낼 수 없다는 숙명론을, 벗어날 수는 있지만 부모에게 효도하는 것이 중요하니, 내가 희생하겠다는 의지에서 비롯된 조명론적 세계관을 보여준다.

> 숙향이 놀라 왈, 인간 고생을 생각하면 하루가 십년 같사오니 차라리
> 자취하여 죽고저 하나이다. 부인 왈, 선녀 아무리 죽고자 하여도 천상에서
> 죄를 중히 얻어계시매 인간의 나려와 다섯 번 죽을 액을 지난 후에야 천상
> 죄를 면하고 좋은 시절을 보내실 것이니 그리 아옵소서. 숙향이 탄 왈
> 하늘이 그리 하였으니 무엇으로 비길 건가
>
> <숙향전, 19면>

> 남녀간의 인연과 부모님이 키워준 덕을 생각하면,
> 한쪽은 사랑이요, 한쪽은 효도니 어느 것이 더 중할꼬?
> 산과 바다를 두고 한 굳은 맹세를 접어 두고,
> 자식된 도리로, 낳고 키워 주신 은혜부터 갚아야하리.
> 마음을 정하자, 끼에우 비로소 의연한 뜻을 말하는데;

로 맞이하는 5 가지 扼은 신화적 영웅의 입사과정과 동일한 것으로 보인다.

"소첩의 몸을 팔아 부친의 죄를 대속하리라!"

<교전, 54면>

프리드만에 따르면 시련이란[57] 인물의 의지적 선택에 의한 것이지, 숙향처럼 그렇게 하기로 예정되어진 것을 행하는 것은 결코 의지적 선택이라 볼 수 없다고 했다. 그와 반면에 끼에우는 상황에서 스스로 선택을 자취하는 데에 있어 프리드만의 시련에 상응하는 인물로서 여성 문화영웅으로 입상화되기 충분하다.

그렇지만, 두 인물이 절대적으로 숙명적이냐 조명적이냐하는 문제는 그렇게 정확하게 살펴지지 않는다. 5가지 액을 겪으면서 보여주는 숙향의 태도에는 순전히 숙명론적 세계에 부응하지 않겠다는 의식들이 강화되고 있으며, 반대로 삶에 지친 끼에우 역시 조명론적 태도에서 숙명론적 자포자기로 기울어지는 모습들이 보이기 때문이다. 특히 호완(宦)부인의 간계에 빠진 이후의 끼에우의 격정적인 심정 토로는 이전까지와 또 결말 부분에서 보여주는 성격과는 극단적으로 다르게 나타난다.

분 바르고 몸 팔던 비참한 시절, 벗어난 것에 자족하더라.
부처님의 가피로 지난날 고통과 근심을 덮어버리고,
낮에는 불경 필사, 밤에는 예불을 올리리라.
관음보살의 버드나무 가지 성수 덕택에,

---

57) Norman Friedman, 전게서. p. 86 필자는, 시련의 플롯에 대하여 다음과 같이 말한다. "공감적이고 힘이 있고 과단성이 있는 주인공이 어떤 식으로든 자신의 높은 목적과 수단을 양보하고 포기하도록 압력을 받는다는 점이다. 그것에 순복하던지 아니면 고집을 세워 그것에 따른 결과를 감수한다는 점이다. 택한 것에 따라서 불운과 위험이, 의지를 굽히면 유혹으로 인한 물질적 향상이 있다. 그럴 경우 독자의 관심과 존경심은 사라진다."

이 풍진 세상과 인연 끊고 마음의 불 잠재우는구나.

<교전 173면>

"빌어먹을, 화도수(花桃數) 운명이라더니,
겨우 벗어났는가 싶더니 또 다시 운명의 장난에 휩쓸리다니!
"신세를 생각하면 할수록 지겨운 인생이로구나!

<교전 191면>

연속되는 좌절에 지쳐버린 끼에우는 종교를 덧입어 현재에서 벗어나려고 하고, 그나마도 실패하자 이제 체념적으로 화도수로서 자신의 삶을 보내려고 한다. 이는 시련의 시작에서 보여준 자의식과는 달라졌음을 알 수 있다.

반면에 숙명론적 숙향은 소설의 후반에 갈수록 의지적 여성으로 태어나려는 준동을 시작한다. 이는 특히 이계―천상계, 명사계 등―에 있을 때에 강하게 나타냄으로써, 초월적 공간의 의미를 부각시키는 데에도 있겠지만, 수동적인 숙향에서 능동적인 월궁 선녀로서, 정체감 있는 인물로서의 부감시키려는 데에 있다고 봐야 한다. 시련의 시간, 5가지 액을 겪으면서, 일종의 사회화를 성취하며, 그것이 진정한 한 인간의 자격을 성취하는 의지를 보여주려는 데에 있다고 봐야 할 것이다.

장승상 부인이 나의 애매한 줄을 알아계시면 반드시 나를
생각하고 슬퍼하실지니라. 이제 다시 나를 그 곳에 가 앞에
오는 두 액을 면코저 하노라.

<숙향전 43면>

낭자 그 새를 보고 손가락을 깨물어 피를 내어 깁적삼 소매에
원통한 사정으로 글을 지어 그 새 다리에 메고 경계 왈, 나는

비명에 이 옥중에서 죽게되었으니, 죽기는 슬프지 아않거니와
부모 얼굴과 낭군과 할미를 다시 못보고 죽으니 지하에 가도
눈을 감지 못할지니, 귀신이 되고 비명에 죽는 연유를 이랑에게
고하니, 네 유신께 전하라하고....

<숙향전, 113면>

특히 이러한 현상은 표진물에서 자살을 했다가, 다시 살아나 이계로
갔을 때에 분명해진다. 부활한 숙향은 이제 자신을 원래의 자신의 삶으
로 돌려놓으려하며, 내가 앞으로 다가올 두 가지 액을 면하겠다는, 수
용에서 거부가 아닌 개조를 원한다. 또 이승상이 아들의 불고지죄를 숙
향에게 뒤집어 씌어 낙양의 옥에 갇히게 되었을 때, 새를 통해서라도
자신의 상태와 구명의 방법을 강구하기 위해, 혈서를 쓰는 운명에 맞선
모습의 형상화를 통해 숙명론적 존재가 아님을 알게 해준다. 액 하나의
극복은 더 분명한 자아의식을 갖게 한다. 즉 숙향은 시련의 과정을 통
해 성장하는 전형적인 모습을 보여주고 있다.

숙향의 시련의 플롯의 진정한 의미는 정죄된 5가지의 액을 다 경험
하도록 짜여지며, 그러한 과정을 통해 성장하여, 진정한 자기 모습을
획득하는 과정을 독자로 하여금 경험토록 하는 데에 있다.

또 한 번 모래에 파묻히고, 파도에 휩쓸리게 될 내 팔자여
부모님 은혜는 갚을 길 없고, 총명이 넘쳤던 시절은 다 갔구나!
하늘가, 넓은 바다, 떠돌고 있으니 / 죽으면 내 뼈 어디에 묻힐꼬?
인연이란 무엇이며, 홍사는 누가 끊은 것인가
업보란 무엇이며, 도대체 누가 만드는 것일까?
어찌하여 신세, 이 지경까지 되었단 말인가?

(교전, 232면)

뜨하이의 죽음이 자신의 판단 착오에서 발생한 것을 알고 끼에우는 죽기를 결심하면서 외친다. 운명과 맞서며 살아왔던 인물이, 소설의 마지막 부분, 시련의 극단에 이르러 그 죽음의 당위성을 인연, 업보 등을 강조하며, 숙명론적 인물로 전위되는 모습을 보여주고 있다.

> 그래 단장의 인생 끝낼 곳이 바로 여기로구나!
> 땀 띠엔, 무슨 이유가 있겠지?
> 약속했으니, 이 물 속에서 기다렸다가 나를 반겨주시구려.
> <교전 233면>

그러나 끼에우의 시련의 숙명적 패배에 대한 것은 오래 가지 않는다. 그녀는 죽음이란 방법을 이용해 자신의 삶을 버리는 것이 아니다. 오히려 그녀는 목숨을 건 최후의 일전을 선택한다. 생명을 건 이 선택이야말로 모든 문화적 영웅들이 자신들을 영웅으로 입증시키는 가장 극명한 행위이다. 생명이 걸린 사명 또는 소명을 극복하는 것이 영웅의 표징이다. 이런 점에서, 끼에우의 여성영웅으로서 면모가 가장 분명하게 드러나는 것은 위 인용부분이다.

그녀에게 주어진 모든 시련은 낌쯩과의 사랑의 시작에서이며, 그 순간 그녀는 단장회에 기명됐기 때문이다. 지금까지는 단장(斷腸)을 하지 않으려고 버티어 왔다. 즉 비참한 생명을 유지하기 위하여 죽음과 맞서지 못했다. 이제 그녀는 죽음과 맞서려고 한다. 그저 던져버리는 생명이 아니라, 그녀에게 내려진 숙명적 책무와의 투쟁을 위한 도전인 것이다. 그래서 나를 반겨주시라는 어떤 보증도 없는 죽음의 도정에 오른다. 이러한 행위는 분명한 성장인식을 보여준다.

일반 여성에서, 기생으로, 첩으로, 심지어 전쟁 중인 군대의 악사에 이르기까지 더 내려 갈 곳 없이 전락했던 시련을 끝내기 위하여 그녀는 가장 힘든 도전에 응전해야 할 정도로 성숙한 것이다. 죽음과의 맞섬이란 보통 사람들에게는 두려움의 극대화이다. 그 두려움을 초극하고자 거기에 맞서는 것은 숙명론적 인물에게는 불가능하다. 그 불가능성을 향해 운명을 걸어보는 의지는 분명. 끼에우가 조명론적 존재임을 확인시키는 것이며, 이는 성장의 플롯이 지닌 보편적 양상이다.

지금까지 살펴본 것처럼,『淑香傳』에서 <숙향>이 5 가지 액운을 거치면서 보여주는, 당대 세파와 위험을 대처하는 인식과 극복 행위는 작가뿐 아니라 당대 민중의 삶의 보편적 세계관을 상징적으로 드러내며, 『翹傳』의 <끼에우>의 험난한 고난의 역정 속에서 보여주는 그녀의 선한 의지와 책임의식은 당대의 베트남의 민중적 무의식의 결정체임을 주목해야 할 것이다.[58] 궁극적으로 그들의 인식의 변화를 통하여 개아의식을 쟁취하는 데에 이르게 하려는 작가의식이 밑받침되었다는 것을 알아야 할 것이다. 그리고 바로 이러한 점을 규명해내는 것이 비교문학연구의 임무일 것이라 본다.

2) 여로형 플롯과 그 의미

『淑香傳』과『翹傳』두 텍스트는 인물들을 보다 더 큰 시련에 직면시키기 위해 여행이라는 구조를 택한다.[59] 여행이란 단순히 공간과 공간

---

58) Fredric Jameson, the Political Unconscious, Methuen, The Unite Kingdom, 1981. pp.38-9 제임슨은 모든 텍스트는 어느 시대에나 공통된 현실의 기반에서 만들어진 것이며, 작가들은 텍스트에서 자신들의 정치적 무의식을 반영하므로, 특히 소설 텍스트는 그 시대의 한 정화라고 한다.

59) 김천혜,『소설 구조의 이론』, 문학과지성사, 1990. p.124. 필자는 " 우리는 소설을 이루고 있는 모든 요소와 그 요소들의 관계를 구조라고 정의하는 것이 타당하리라 생각"할 것을 주장한다.

을 이동하는 시간을 의미하지 않는다. 여행기의 존재양상 속에는 작가의 가치의식과 내면의식이 가장 분명하게 투영되어 있다. 특히 여로형 플롯은 "고향(집)을 떠남과 돌아옴의 플롯"[60]을 통하여, 인물의 진정한 자아발견과 자기 각성의 과정을 드러내려는 데에 그 의미가 있다. 적강한 숙향은 험한 세상을 유리하면서 주어진 5가지 액을 극복하며, 역시 단장회의 숙명적 고난을 극복하는 끼에우에게 자꾸 다른 공간으로 이주케하는, 여로형 플롯은 그들의 고난을 매우 효과적으로 부감시키고 있다. 이는 두 작가의 여로형 플롯에 대한 의식이 동일한 것을 추론하게 한다.

고전 소설의 여성인물들에게 성취해야하는 가장 큰 수행은 역시, 사랑일 것이다. 더 분명히 말해, 사랑으로 말미암은 혼사의 성취가 그 대표적인 것이다. 그리고 갈등의 대부분은 그 혼사에 대한 장애로 인하여서이다. 혼사장애담은 우리는 물론 베트남문학에서도 비슷한 양상이 보인다.[61] 끼에우 역시 사랑에 빠져서 장래를 약속하는 불고자취부(不告自取夫)를 행했던 이유로 단장회에 오르게 된다. 그런 면에서 『교전』은 애정성취담이라고 볼 수 있다. 그래서 대단원은 잉처제를 통한 혼사의 성취로 귀결된다.

그러나 앞 장의 표2. 에서 보이듯이 숙향에게 내려진 다섯 가지 액 중에서 혼사로 말미암은 액은 한 가지에 그친다. 위 표에서 보이듯이 숙향의 마지막이고 가장 위협적이었던 시련인, 낙양에서 친아버지에 의해 죽음 직전까지 간 것도, 이선의 요구에 따른 不告而娶에 순종한 것이기는 하지만, 이것으로『숙향전』을 애정소설이라고 보기에는 부족하다. 그래서 숙향의 결말 양상은 '혼사 성취'가 아니므로, 혼사로 끝나

---

60) 현기영, 전게제. p.1
61) 응우엔 당 나, 「베트남의 전기소설」, 『고소설연구』 제 21집, 2006년. pp.65-6

지 않는다는 점에서 두 텍스트는 다른 양상과 다른 세계관을 갖는다.

여행은 시간을 거슬러 오갈 수 없다. 여행이 시작하면 목적지까지 갈 수밖에 없는 것이 시간이란 차원에 갇힌 인간의 숙명이기 때문이다. 그리고 『교전』은 그 시간의 흐름을 정확하게 따라서 흐른다. 서사에서 여담을 제외하고는 어느 것도 끼에우의 여로를 멈추게 하지 못한다. 이는 숙향도 마찬가지다. 그러나 숙향의 서사는 시간을 거스른다. 두 인물의 여행서사가 극명하게 달리하는 것은 텍스트의 시간 활용에 있다.

『교전』은 전기적 직진형 소설이다. 비록 회고 장면의 변환 등 몇 군데 시간 역행이 보이지만, 서사를 교란시킬 만큼은 아니다. 주지하다시피, 직진형 소설은 사건 중심으로 역동적 서사를 보여주기 때문에 바다로 흐르는 강물과 같이 힘차고 일관성 있다. 모든 것이 끼에우를 중심축으로 하여 연대기적으로 흘러간다. 그러므로 이야기는 매우 순차적으로 논리적이어서 독자들의 이해가 쉽고, 미래에 대한 전망을 선술 prolepsis하지 않음으로 다음 장면에 대한 기대감이 커지며, 작중 인물과 감정적 동일화를 용이하게 함으로써, 이야기와 초점인물에 대한 공감을 확대시킨다. 그럼에도 불구하고 정서적 긴장감이 풍성한 것은 『교전』이 율문체이기 때문이다.

이러한 서술적 특징으로 인하여, 그 이야기의 전체 시간은 15년이다. 15세 계례를 올릴 성년의 나이, 현재에 『교전』은 시작되고 있다. 단장회 명부에 자신이 기명된 것을 알고, 운명의 횡포에 휩쓸려 나락의 길을 걷다가, 그 명부에서 그녀가 해방되는 날까지, 모든 간난신고가 종지부를 찍는 30세, 그 날 낌쫑을 만날 때까지, 끼에우를 중심으로 하여 소설의 모든 요소는 일사불란하게 작동된다.

끼에우의 우아한 자태는,
계례(笄禮)를 올릴 나이가 되었구나

(교전, 3면)

연줄기 겨우 싹트고, 복숭아 나무 아직 어릴 때부터,
십오 년이나 흘러, 이제야 겨우 오늘에 이르렀구나!

(교전, 276면)

이처럼『교전』은 여성이 되어 사랑을 알게 되고, 그 사랑으로 말미암은 모든 장애를 극복하고 마침내 사랑을 성취하는 애정소설이다. 단 그 애정을 성취함에 있어서 장애가 된 이유가 효의 실천으로 인한다는 것은 작가의 세계인식을 로정시키고 있다.[62] 잉처제 역시 동생에게 자신을 대신하여 사랑해도 좋다는 자신의 언약 때문이라는 것도 그러한 '자연스러움'의 증거일 것이다.

요컨대 끼에우의 서사는 성인 여성임을 자각한 현재에서 시작된다. 끼에우는 인간의 삶에서 사랑의 의미가 무엇이며, 얼마나 가치 있는 것을 안다. 가치 있는 것, 정말 원하는 욕망의 좌절들이, 부모와 형제라는 공동체를 보존하기 위한 대승적 희생으로부터 시작됨을 상기시키면서, 그녀의 상황에 대한 비극성은 독자들에게 에피파니를 느끼게 한다. 그 슬픈 사랑이 다시 기쁨의 사랑으로 바뀌는 과정이『교전』의 전부이다. 소설 밖의 시간과 같이 흘러가는 서사시간은 이 작품이 당대의 현장의 베트남의 현실을 아주 객관적으로 그리겠다는 작가의식의 결과라고 추정되는 것이 이러한 점에서이다.

---

62) 최귀묵, 「호춘향의 생애와 작품의 여성형상」,『외국문학연구』33호, 2009. P.298 필자는 쯔놈문학에 나타난 여성형을 3가지로 나누면서, 끼에우의 경우 세 번째인 "여성성을 지키고 인내하며 기다리는 것이 남녀관계를 자연스럽게 하는 여성의 실천적 덕목"으로 본다.

『숙향전』은 태생 전부터 이미 5가지 액을 갖고 있다. 그것에 부응하기 위한 서사구조는 필연적으로 전생에까지 이어져야하고, 그런 이유로 그 서사된 시간은 숙향의 죽음인 70년 뿐 아니라, 아버지 김전의 미혼 때에까지 거슬러 올라간다.

지면 관계상 한 가지만 예를 들자면, 숙향의 액 3)의 표진에서 자살하는 숙향의 구명을 위한 소설적 장치가 김전의 젊은 시절 거북이의 구명이라는 삽화를 들 수 있다.

김전이 가져갔던 重價를 주고 바꾸어 물에 놓으니, 그 거북 날듯이 들어가며 김전을 자주 돌아보더라.
<숙향전, 2 면>

홍상을 부여잡고 방황하다 강물에 뛰어드니……
잠기지 아니하고 검은 판자 같은 것을 타고 섰으되…
용녀는 어디로서부터 와 구하신가. 용녀 답왈…
어부에게 잡혀 죽게 되었더니 마침 김상서 구함을 입어
<숙향전 38~39면>

이처럼 『숙향전』에서는 선대의 선행의 후대의 보은이라는 인과라는 서사 라인들로 여러번 교차 진술된다. 이러한 장면은 비단 숙향의 서사라인뿐 아니라, 이선의 서사에까지 소설 전편에 걸쳐 여러 차례 반복되는 서사의 특징을 가지고 있다. 지금 현재 우리 삶의 인과관계는 현세에만 아니라 훨씬 소급되어져 있으니, 지금 여기 여러분의 행위가 후손들의 흥망에 영향을 줄 수 있다는 것을 강조하려는 데에 있다는 작가의 세계관에 그 연유가 있을 것이다. 이러한 작가인식이, 숙향의 전체 서사가 逆轉 플롯과 서사행위자의 전환과, 교차 서술되어야 하는 이유이

다. 그 중 하나인 숙향의 여행의 마침은 이선과의 혼사 성취에 있지 않음을 나타내고 있다.

『숙향전』의 숙향 서사의 궁극은 첫 번째 액의 해결이다. 이선과의 혼사가 아니라 아버지 김전과의 재결합에 있다. 그래서 5가지 주어진 액을 벗어났을 때, 이선 부인 숙향이 아니라 김전의 딸 숙향의 신분을 회복됨으로 숙향의 여행서사는 완성된다. 그래서 혼인을 성취하고도 숙향의 여로는 계속된다. 장승상 댁을 거쳐 형주로, 다시 양양으로 그녀의 여로의 귀착점은 바로 숙향에서 김숙향이란 본래 자기의 회복—가문의 회복을 통한 김전의 딸로서—에 있도록 구성되어있다.

이처럼 동일한 여로형 플롯이라고 하지만, 『숙향전』은 부모 잃음 액 1) → 액2) → 액3) → 액4) →액5) 결혼— 부모찾기의 구조를 지녔고, 『교전』은, 사랑 시작 → 사랑 상실(부모 잃음) → 시련의 과정 (변형된 에로스) → 사랑 맺기(부모 찾기)의 구조를 지니고 있다.

소설의 결말, 서사의 결말구조는, 텍스트가 완성되는 곳이며, 주제와 연결되기 때문에 의미가 크다는 것은 이제 상식이 되었다. 서사가 어떠한 상태로 종결되느냐는, 이야기만의 종결이 아니라, 작품 전체의 의미를 결정하는 것이며, 그것은 작가의 인식과 결부되어 주제가 확정되는 중요한 부분이다. 『교전』은 한 남자와 두 자매의 결연인 잉처제로서 행복한 결말을 맺는다. 비록 고전 소설이라고 할지라도, 한국의 독자에게는 다소 황당한 결말일 수 있다. 그러나 이 부분에서 우리는 『교전』의 문화적 의미를 되새김해야 한다.

왜냐하면, 이 부분에서 대다수 고전소설의 독자들은 여성이 지녀야할 덕목 중 그 으뜸이 무엇일까에 봉착하기 때문이다. 그런 의미에서 『교전』

은 우리에게 낯설다. 우리 고전소설의 경우 대부분의 작품들이 여성의 烈의 문제를 가장 중요하게 내세워 왔고, 우리는 그것이 옳다고 이미 원형적 무의식 속에 고정시켜 놓았기 때문이다. 그런데 『교전』의 경우는 貞烈의 문제가 아닌 것으로 드러나며, 그 의미에 대하여 결론에서 밝히려한다.

반면에 5세에 버려진 여아가, 시련의 소녀기를 거쳐, 여성이 되는 숙향의 서사구조에서 드러난 '여성되기'는 사랑 찾기가 아니다. 그래서 홍사성취를 끝으로 마무리되는 것이 아니다. 숙향의 서사가 끝이 나는 부분은 '아비찾기를 통한 失地의 회복'이다.

이것으로 우리는 두 텍스트가 여로형 플롯이라는 형식적 특징을 지니지만, 그것의 양상은 다름을 알 수 있었다. 그리고 이 지점에서 『숙향전』과 『교전』의 다름이 존재한다. 비교문학적 연구는 이 지점의 개별적 의미를 묻는 것이라고 믿는다.

3. 맺는 말

지금까지 본고는 한국과 베트남의 고전소설 『숙향전』과 『교전』을 두 텍스트의 상사성을 찾고, 특히 각 작가들이 그들의 세계관과 인간관을 주조시키기 위해 플롯을 통하여 시간활용에 대하여 살펴보았다. 그러나 비교연구에서 더욱 강조되어야 할 점은 그것의 문학적 의미이며, 문화적 의미이다.

이런 관점에서, 『교전』은 여성의 작가에서 에로스적 사랑으로 시작했다가, 효를 위한 자기 희생에 의한 시련을 거친 다음, 사랑을 맺는 것으로 귀결되는 것을 통해 베트남 사람들의 이성에 대한 사랑의 관념을 알아낼 수 있었다. 사랑의 고백에서도 天定配匹이 아니라, 두 남녀의 에로스적 감정의 교환으로 서로를 택하게 되는, 성적으로 매우 전향적임을 보여준다.

더욱 고려해야할 것은 烈에 관한 끼에우의 의식이다. 처녀성의 상실을 목숨과 치환하는 데에까지 이르는 우리나라의 열과는 다르다. 순결은 육체적인 문제가 아니라는 것이 분명하다. 비록 화도수에 떨어져 치욕적으로 삶을 영위했을지라도, 진정한 사랑의 닻이 어디에 내려졌느냐가 중요하다. 누구든지 전락하게된 원인이 정당하고, 인간의 한계상황에서 어쩔 수 없었다는 당위가 있다면 문제될 것이 없다는 베트남 사람들의 매우 현실적이고, 합리적인 인식을 살피게 해준다. 이로 짐작컨대, 베트남 사람들은 매우 현세주의적이다. 이에 대한 이유는 아마도 베트남의 역사문화적 측면에서 접근해야할 것이다.

『숙향전』에서는 남녀의 힘들고 어려운 혼사장애는, 남성의 애정과 여성의 열로서 극복할 수 있다는 점과 이성에의 사랑보다는 가문을 제자리에 정치하는 것이 인생의 근본 과업이라는 것을 보여주고 있다. 그래서 우리의 결혼은 가문과 가문의 결혼이라는 의식의 형성이 투영된 것임을 쉽게 알 수 있다. 남녀의 에로스적 사랑은 지상에서 유한한 것으로 그려지고, 천상에서도 지켜져야 하는 것이 혈연적 가족 질서의 지속이라고 본 것이다. 문화론적 차원에서 말하자면, 우리의 가족주의로의 경사와 함께, 내세중심주의 한 예일 것이다.

結緣의 變移로 본 古代小說의 世界觀

—『淑香傳』과『張景傳』을 중심으로 —

1. 序論

하나의 자족체로서 문학텍스트는 그 작가의 삶과 세계에 대한 개별적인 인식력과 그 인식력을 바탕으로 존재되는 가치의 位階에 의한 구축물이다. 이렇게 정의하면 소설이란 한 자아의 세계에 대한 개별적 세계관을[63] 담지하고 있다고 볼 수 있다.

그렇지만 이러한 작가의 의식 내지 세계관은 그 자체로는 작품속에 들어가지는 못한다. 만약 융화되지 못한 의식이 들어간다면 그것은 문학이라고 부를 수 없을 것이다는 것은 지극히 자명한 일이다. 원론적인 입장에서 소설이란 타인의 눈(작중인물 또는 내포작가)을 통해서 인간

---

63) 세계관이란 세계를 어떻게 보느냐하는 관점을 일컫는다. 즉 세계라는 전체적인 의미를 통일적으로 이해하고 체험하려는 한 個我의 세계를 보는 一聯의 태도를 지칭한다. 또 골드만에 의하면 세계관이란 한 집단의 구성원들을 결합시키고 그들을 다른 집단들과 대립시켜 주는 憧憬이나 感情, 또는 思想들의 總體라고 본다. Goldman, Lucien, Le Dieu Cache(송기영 정과리 역,『숨은 神』, 인동출판사, 1979, 24-5쪽)

의 특성과 행동을 글로써 드러내는 것이다.64) 그러므로 소설이란 타인의 눈을 통해서 드러내는 개인의 고유한 세계관의 예술적 표출이라고 좀 범박한 定義를 내릴 수 있을 것이다.

지금까지 우리 고전소설65)의 세계관은 주로 儒·佛·仙으로 속단해서 살피는 경우가 현저했고 조금 넓혀진 것이 거기에다 巫覡을 부가해서 보는 것이 고작이었다. 따라서 연구가들에 의해서 살펴진 고전소설의 세계관은 위 네 개(儒·佛·仙·巫) 내지 세개 세계관들의 습합된 양상으로, 또는 그들 중 둘이 혼효된 양상으로 나타나기도 하고, 아니면 하나만이 두드러지는 양상을 갖는 것으로도 나타난 것이 상례였다.66) 그러나 이상택교수의 진지한 논의67) 가 개진된 난 후 다양한 방법들에 의한 소설의 세계관의 논구들이 현현되고 있다.68) 그중 가장 활발하게 진행된 연구방향은 문학사회학의 입장에서 살펴보고자 하는 노력이라고 널리 인정되고 있다.

또 한편, 세계관은 곧 작가의식의 집약체이며 그럼으로 주제 의식과

---

64) 여기서의 行爲(action)란 정적인 것과 동적인 것의 통합된 모든 것을 아우르는 것으로 존재에 의해서 발생되는 심리적 물리적인 행동 樣相을 의미하는 넓은 의미, 즉 아리스토틀에 의한 행위적 개념에 근거를 두고 있다.

65) 古典小說이라는 용어는 古代小說이란 용어와 동일한 의미로 사용함을 밝힌다. 학자들에 따라서 그것들이 달라지는 양상을 보이지만 그 내포적 개념에서의 미세한 차이를 보일런지 모르지만 그 외연적 개념에서는 굳이 분리해서 사용할 것이 없다는 필자의 개인적 판단에 의해서다.

66) 이러한 것은 朴晟義『한국고대소설사』의 논의가 대표적이고, 김기동『이조시대소설론』의 많은 연구자들이 대부분 이런 태도를 지니고 있었다.

67) 그는 일련의 두 논문을 발표한다. 「古典小說의 世俗化 過程」「古典小說의 社會와 人間」이라는 논문들이다. 그는 지금까지 忠·孝·烈의 고착적이었던 고전소설의 세계를 사회변동이라는 점에서 사회사적 흐름에 따라서 살피고 있다.

68) 그중에 성현경 교수의『한국소설의 구조와 실상』은 독특하다고 볼 수 있다. 그는 謫降소설을 논하는 자리에서 三才思想의 날줄에 삼세(過去,現在,未來)의식의 씨줄을 먹여 짜낸 서사작품을 추론하면서 고전 소설의 세계관을 심화 확대시키고 있다.

불가분의 관계가 있다고 볼 수 있다.[69] 그렇다고 텍스트의 주관적이고 내재적인 문제를 소홀히 한 채 지나친 문학외적 사실의 작품에의 적용은 적지 않은 문제를 야기시킬 수 있다. 소설에 대하여 설명하는 것은 소설뿐이라는 언술을 최소한의 진리라고 보았을 때, 모든 문제는 작품 내에 드러난 實相에 의하여 설명되어져야 하는데도 그것을 사회사의 한 支流쯤으로 생각하고 텍스트를 역사나 사회학적 발전과정으로 재단하려는 시도는 주의해야 한다. 본고는 작품 내재적 입장에서 쓰여지고 있지만 주된 관점은 문학사회학의 方法論 위에 서 있다.

본고에서는 우선 대상 작품 내에서 드러나는 結緣의 樣相이라는 점에 초점을 맞추고 거기에 나타난 우리 고전의 세계관을 살펴보려고 한다. 男女의 結緣이란 우리 고전소설의 주요한 遡原的 담론을 이루고 있다. 이른바 艶情型 소설이니, 애정형 소설이니 몽자류 소설이니 등등이 모두 남녀의 결연에 그 주된 서사의 구조를 두고 있는 소설 유형들로 볼 수 있다. 이들의 공통적 양상은 두 男女의 分離에 의한 婚事 障碍談이거나 相逢으로 인한 婚事 成就 談이라는 이원적인 구조적 동일성을 지니고 있다는 것이다. 즉, 만남→이별→다시 만남이라는 유사한 현상이 공통적으로 나타나고 있다. 이들의 '행복한 결말'은 모두 비슷하게 소설의 말미에서 이루어짐으로써 이러한 구조에 더 유의해야 한다.

본고의 대상 작품 역시 그 유형적 성격상 어쩔 수 없는 특징으로 결연의 양상적 특징이, 결말에 이르러서야 반전되며 성취되고 있다. 특히 본고가 텍스트로 삼은 경판 26장본 『張景傳』은 그 구조상의 특징으로 보통

---

69) Bersani, Leo, A Future for Astyanax, Mation Boyars, 1976, London.PP.ix—x.
  이럴 때 버사니가 주장하는 "작품이란 작가 자아의 패로디(parody)이다."라는 말은 그 개연성을 충분히 획득하고 있다고 보여진다. 즉 작가와 작중인물은 불가분의 관계이며 작가의 세계관은 人物의 세계관의 變異를 통해서 작품에 투영(投影)된다는 것을 의미한다.

의 고전소설의 특징으로 보통의 고전소설의 시작과 결말 구조와는 달리 결말에 이르러서야 주인공의 고행의 원인이 밝혀지고 있고, 『淑香傳』[70] 역시 우리 고전소설의 (결말)구조와는 조금 다른 양태를 보여주고 있기 때문이다.[71] 이러한 양상은 일종의 변이된 종류임으로 그 변화에 좀 더 주의 깊은 성찰이 요구되어지고 본고 역시 그러한 입장에서 쓰여진다.

소설에서 결말은 매우 중요한 역할을 한다.[72] 이 부분은 작품을 끝낸다는 단순한 종말 결구가 아니라 작품에 유기적 질서를 부여함으로써 작가의 핵심적 가치를 주입하는 곳이기 때문이다. 그러므로 story를 따라 오던 독자들은 비로소 결말 부분에 와서야 작가가 의도한 서사 전략을 알아차리게 되며, 그의 작품내의 모든 요소들이나, 사건들, 작중인물들에 대한 태도(가치관)를 확인 내지 검증할 수 있는 것이다.[73] 또 그

---

70) 숙향전은 주인공들의 고행이라는 점에서 그 고행이 동시적으로 이루어진 다음 행복한 결말이라는 우리 정형과는 조금 다르게 여성 인물 숙향의 고행이 끝나고 순차적으로 남성 인물 李 仙의 고행이 시작되고 있다는 의미에서 그렇게 보았다.

71) 『숙향전』은 梨大本으로, 『張景傳』은 경판 26장본을 대상으로 삼는다. 물론 그 서사의 길이로 살펴보면 완판본이 그 군담적 요소의 장황함으로 더 길고 다양하지만 본고의 방향이 결연 양상에 주목되어 있으므로 두 판본에서 공통적으로 나타나는 양상이 있다는 점에서, 완판의 縮約本임이 분명한 경판으로도 연구가 가능하기 때문이며, 숙향전의 경우 그 많은 이본중에서 약간의 차이가 있을 뿐 다른 판본과의 상관관계에서 비교적 기준이 되는 본이라고 볼 수 있음으로 (더 이상의 異本考는 「숙향전의 문헌적 계보와 현실적 성격」, 이상구, 고려대 대학원 박사논문, 1994,참조 바람)이대본을 텍스트로 삼았다.(즉, 숙향을 중심으로 한 결연담이 성취된 이후에도, 첩 설중매와의 결연을 위해 化藥探求 라는 남성인물 이선의 재결연담이 나타나고 있다.)

72) Kermode, Frank.『The Sense of Ending—studies in the theory of fiction』, Oxford Univ.Press, 1966. 참조. 그는 소설의 구조적 특성이라는 점에서 소설의 결말 구조에 착안하여 소설의 유형적 특징을 나누고 있다.
롤랑 부르뇌프/레알 윌레공저, (김화영 역, 『현대소설론』, 문학사상사, 1986.73—4쪽), 한 소설의 끝에서, 소설가는 흔히 독자인 우리들에게 자기가 구축한 세계의 열쇠를 건네준다고 했다. 또 그는 소설의 冒頭와 끝의 상응은 이야기의 구성에 일관성을 증거해주고, 동시에 소설가에게 있어서는 자기의 생각, 나아가서는 자기의 세계관을 표현하기에 아주 좋은 수단이 된다고 결말 구조의 중요성을 강조했다.

러한 검증을 통해서 우리는 그 소설의 本質的 가치를 추론할 수 있는
근거를 확보하게 된다.

2. 本論

1) 小說 속의 結緣의 意味

우리 인간들은 태어나서 죽어 가는 과정을 누구나 없이 겪는다. 그
과정 속에서 우리들 중 누구 하나 冠婚喪祭의 어느 것에도 자유로울 수
없는 존재이다. 이러한 관혼상제의 기원이나 의미에 대하여는 일찍이
부터 인류학이나 민속학 쪽에서 수준 높은 연구 성과를 얻어왔다고 보
여진다. 그 결과로써 민속학자나 인류학자들은 이러한 것들을 인류의
보편적인 생활양식에서 싹튼 祭衣的인 것으로 간주해 버리는 일반화
경향을 보이고 있다.74) 그와같은 맥락에서 결국 모든 인간은 이런 通過
祭衣를 겪는 것으로 보았다. 그 중에서도 결혼이란 매우 중요한 것임은
반 게넵의 저서에서 찾아 볼 수 있다.75) 무엇보다 결혼이란 남녀의 사

---

73) 이를테면 채만식의 『痴叔』의 경우 우리가 흔히 價値의 顚倒라고 부르는 아이러니
   가 일어나는 부분이 이 결말의 부분이다. 왜 전도가 되느냐하는 것은 이렇게 마지
   막의 작가의 세계와 인물에 대한 태도에 의해서다. 이러한 예의 고전적 양상은 김
   열규(『한국민속과 문학연구』, 일조각, 1971, 40~1쪽)가 말 한 바와 같이 "反對에
   의한 發展"이란 점에서 찾아볼 수 있다. 프로타고니스트에 대한 반대가 끝이 나는
   시점에서 작품은 더 이상의 발전을 갖지 못하는 것이다.
74) Eliade, Mircea, "The Scared and the Profane, The Nature of Religion", Hartcourt,
   Brace & World, New York. (이동하 역, 『성과 속』, 학민사, 1983, 140쪽)
75) Arnord Van Gennep, "The Rites of Passage", (전경수 역, 『通過儀禮』, 을유문화사
   1985, 170~202쪽)
   그는 결혼을 사회적 행위인 통과의례로써 특정 개인이 가지는 사회적 지위나 조건
   의 변화를 나타내는 아주 중요한 행위임을 밝히고 있다.

회적 존재로서의 성적인 관계만이 아니라 後嗣로 인한 유기체의 항구적 보존이라는 측면에서 명료하게 입론화 될 수 있다.

주지하다시피 여성에게는 결혼이란 입사식의 중요한 단계이기도 하지만, 그 淵源에 있어서 결연이란 위치의 변동, 즉 자격의 상실과 새로운 자격의 획득이라는 역동적 현상에서 자아정체성의 확인과 동시에 장래의 그들의 운명의 전환을 상징하고 있기 때문이다. 그래서 고대 염정소설류의 대부분은 바로 결연을 둘러 싼 인물들의 갖가지의 갈등과 반목으로 빚어지고 있는 것이며, 사실 그 전통적 遡原은 신화에까지 미치고 있는 것을 우리는 잘 알 수 있다.76) 더구나 우리소설의 태동기에 있었던 조선시대의 결혼이란 엄격히 말해서 개인과 개인의 결연이 아니라 가문과 가문, 한 사회와 다른 사회의 관계 맺기였다. 이러한 배경이 전제되어 있기 때문에 그것의 사회적 의미 역시 보다 더 증폭되어지던 시대였다. 그러므로 혼인의 양상이란 개인사뿐 아니라 사회사의 매우 중요한 징표로 단적으로 제시된다.77)

더구나 문학이 결핍된 인간의 願望的 상태의 상상적 해결이라는 점에서 이성의 자유로운 관계가 폐쇄되었던 사회에서의 결연담의 중요성은 우리의 생각을 초월하고도 남음이 있을 것이다. 그러므로 결연을 통한 고전소설의 의미를 살피는 일은 충분히 개연적이며, 타당하다고 생각된다. 또 한편으로 조선후기의 고전소설이 영웅군담류의 강한 인기성향에도 불구하고 이러한 애정담이 그 밑바닥에 꾸준하게 깔려 있었다는 사실에서도 결연 양상을 통해서 살펴보는 고전소설의 세계는 자못 의미가 있으리라고 생각된다.

---

76) 김열규, (전게서, 142~6쪽)

77) 우리 근대소설에 나타난 주 인물들의 前代와의 갈등의 대부분은 '자유연애'와 '신학문'으로 패러다임(paradigm)화 된다. 왜 그토록 자유연애가 중요한 사회적 잇슈가 되었느냐는 여러 가지 추론이 가능하지만 본고에서처럼 婚事의 중요성을 반증하고 있다.

2)『淑香傳』과『張景傳』의 相異性

『淑香傳』에 관한 연구는 그 수준과 양에 있어서 어느 고전소설의 그 것에 못지않게 활발하게 진행되어 왔다. 김태준에 의해서 언급된 이후 많은 논자들에 의해서 다각적으로 논의되었다.[78] 이와 같은 연구의 성과에 의하면, 이 작품은 변화된 영웅소설(조동일 외), 신성소설(이상택 등), 謫降型 염정소설(정종대, 박일용 등)으로 다양하게 나뉘어 살펴지고 있음을 볼 수 있다. 그러나 이러한 분류 역시 정확하게 틀렸다거나 또 완벽하게 맞아 들어가고 있다고는 할 수 없는 형편이다. 이러한 점은 이 작품의 성격이 매우 포괄적이며 다양하다는 점을 분명하게 나타내주는 명확한 증거가 된다. 즉『淑香傳』은 매우 다양한 특성을 지닌 소설이라고 보여 진다.

『淑香傳』의 창작연대는『象胥記聞』에 언급된 것으로 미루어서 예측할 수 있는 바로는 그것이 순조 시대의 작품이기 때문에 거의 영정조 시대에까지 소급되어질 수 있고, 거기에다 柳振漢의『晚華本 春香傳』의[79] 창작시기를(김동욱 교수에 의해서 1754년으로 확인됨) 기준으로

---

78) 김태준,『增補 조선소설사』, 학예사, 1939. 214~218쪽. (夢幻的 비현실적 부분을 제외한다면 아무것도 나머지가 없을 것)이라고 논한 것을 위시로 해서 다음과 같은 논의가 있다. 본고에서는 지면 관계상 3종류로 나누어 필자만 밝히겠다.

이주웅, 구충회, 나도창, 이상구등의 異本考

김응환, 장홍재, 정종대, 조용호 등의 의미와 거북등의 소설적 요소들의 연구 서연희, 양혜란, 임갑랑등의 서사구조와 기법등의 연구로 나뉠 수 있다.

79) 김동욱,『增補 春香傳硏究』, 165면. "二仙瑤地淑香是"도 이뿐 아니라 趙秀三의『秋齊集』, "傳奇嫂 嫂居東門外 口誦諺課神說 如淑香蘇大成沈淸薛仁貴等 傳記也" 또『배비장전』에서도 그가 "에고 숙향이 불쌍하다"등등으로 미루어 그 소설의 유포 상황을 알려준다.

가장 최근의 연구인 이상구(전게재)에 의하면 그는 玉所 權變의『南行日錄』을 살피는 가운데 숙향전이『古文眞寶』와 함께 있다는 기록을 발견하고 1731년 전에는 분명히 존재한 작품으로 보고 있다.

살펴보아 아무래도 18세기 중엽에는 이미 출간되어 있었던 작품으로 그 시기를 좁혀 잡을 수 있다. 이런 견지에서 늦어도 우리 고전 소설의 출생연도를 『구운몽』과 『홍길동전』으로 한정하더라도 분명 초기 소설의 범주에 든 것으로 상정할 수 있다.[80] 이런 측면과 아울러서 우리 고전소설이 그 발전적 과정에 있어서 단순에서 복잡, 神聖에서 世俗으로 흘러 간다고 보았을 때 그러한 변별적인 특징들이 텍스트내에서 분명하게 나타나야 한다면 숙향전은 초기 소설로서 '신성성'과 '단순성'을 보유하고 있어야 한다. 그리고 이러한 점은 본고가 후기의 작품인 『張景傳』과의 비교연구라는 점에서 매우 중요하다.

그러나 본고에서는 『淑香傳』의 결연 양상에 초점을 두고 있고, 또 그것의 『張景傳』과의 차이에서 나타나는 작가의식 또는 享受者의 願望 意識의 습합으로 나타나는 세계관을 살피려고 하기 때문에 무엇보다 우선 두 작품의 결연의 과정과 양상에 중점을 두기로 한다. 고전소설의 비교 연구에 있어서 무엇보다 중요한 前提는 우리 古典小說은 거의 모두 일종의 公式句(Formula)갖는다는 사실이다. 이럴 경우 그 비교에 있어서 수많은 공통점을 모두 언급하기란 무리이고 또 본고의 방향에도 맞지 않다고 본다. 그래서 상기한 두 가지 결연의 과정(여기에는 결연의 受容태도나 결연 狀況이 해당된다)과 결연의 결과로 나타나는 가족의 위계관계, 처첩들의 결연되는 관계 양상을 살피고 그것의 의미를 찾아보려고 한다.

---

80) 본고는 비교적 초기소설인 숙향전과 후기 소설의 면모가 확실하게 보이는 장경전의 비교 연구라는 점에서 숙향전의 창작 시기를 확실해야 할 필요가 있기 때문에 그것을 길게 살폈다. 또 이렇게 보았을 경우 『숙향전』과 『장경전』의 창작시기는 거의 100년에서 130년 정도의 격차가 있음을 알 수 있기 때문에 두 작품의 의식상의 차이를 충분하게 잡아낼 수 있을 것이다.

(1) 두 作品의 構造的 同一性

『淑香傳』과 『張景傳』이라는 텍스트에서 등장인물 모두에 공통된 주
인물들이 한결같이 변란을 만나서 피난 가던 중에 그들의 부모가 자식
을 버리고 가는 棄兒 모티프에 의해 시작된다. 『淑香傳』의 김전 부부는
같이 가다가 아이를 바위 틈에 숨기고 가는 것으로 (梨大本 10쪽)[81] 『
張景傳』에서는 아버지는 이미 포로가 되어 적군의 군사로 징발되고 어
머니가 잠자는 그를 놓아두고 가는 것만이 (구활자본 4쪽)[82] 약간 다른
양상을 보이고 있다. 두 텍스트의 경우 그들의 父나 母가 아이들의 옷
고름에 신물(信物)들을 채워놓고 가는 것은 동일하다. 그리고 그것들은
나중에 부모를 찾는 데에 있어서 요긴한 기능을 하게 되는 것도 같다.

그러나 이들의 고난의 양상은 무척 다르다. 숙향은 적강한 죄인으로
다섯 가지 厄을 다 치루고 나서 이승상의 며느리가 되어 행복을 얻는
데[83] 반하여 장경은 문면에 적강한 존재로 나타나지 만은 구체적인 액
은 부모를 잃게 된다는 것 밖에는 전혀 나타나지 않고 있다. 또 이들의
혼인도 前生의 액을 다하기 전에 이루어진 것은 같으나, 육례를 갖춘
혼사(『淑香傳』)와 그렇지 않은 혼사(『張景傳』), 또 그것으로 인하여 죄
를 받는 것과 (숙향은 淫蕩 至奔) 으로 인하여 이상서에게 죽을 경우에
이르고, 이선의 경우 그는 不告而妻 죄로 경사의 태학으로 쫓겨간다)
그렇지 않은 것으로 그 양상이 상당히 달라지고 있다. [84]

---

81) 이후 쪽수로만 표시함.
82) 인천대학교 민족문화연구소 편, 구활자본 고소설전집 12권. 이후 쪽수만 표시함.
83) 이 다섯가지 액이 바로 숙향전 전반부의 이야기 전부이다. 이는 그녀가 謫降을 할
    때 예언된 고난으로, 첫째부모와 이별하고 도적에게 죽을 액, 둘째, 명사계에 다녀
    가는 액, 셋째가 표진물에 빠져 죽을 액이며, 넷째가 蘆田에서 불에 타 죽을 액, 그
    리고 이상서에게 죽을 액이다. 그녀는 이 다섯가지 액을 다 치루어야 부모를 만날
    수 있는 천정의 숙명을 지닌 것이다.
84) 물론 이러한 양상은 다름 아닌 장경과 초운의 신분에서 설명될 수 있다. 장경과 초

또 혼인 이후 부모를 상봉하는 과정에 있어서 장경은 우연하게, 또 일사천리식으로 바늘귀에 실을 꿰듯이 만나고 있으나 숙향은 이미 그들 부모가 누구인지를 천상계의 도움으로 알고서 신물과 시험을 통해서 확인이란 의도적인 정차를 거친 이후 만나고 있는, (神聖 家族의 가족 찾기 Motif로 좀 다른 양상을 보이고 있다. 취처 이후후실을 맞아드리는 것도 장경은 가볍게 은혜를 갚기 위해서 맞아들이고 있으나 이 선은 양왕의 혼사를 거절했다는 이유로 仙藥 深求라는 고행을 치루고 그과정에서 설중매와의 전생 연분을 알고 그녀를 맞아드리고 있는 양상도 특이한 점이나 이는 다음 장에서 살펴보기로 한다.

지금까지 살펴본 결과에 의하면 그 巨視構造(Macro-structure)에 있어서 이 두 작품은 비슷하지만 그것들의 개별적 성취라는 微視的(Microism)관점에서는 상치되고 있다는 것을 알 수 있다. 즉 거시적 구조에 있어서 적강으로 인한 「탄생→부모 이별→고난의 극복→혼인(障碍를 內包한)→사회적 성공(과거 급제등)→부모 상봉→ 昇天」이라는 동궤적 양상을 보이고 있다. 그러나 그러한 것들의 세세한 부분에 있어서 이들은 이질적 요소들의 삽입으로 상당 부분 달라지고 있는 현상을 알 수 있다.

두 번째는 두 소설의 기초를 둔 認識, 여기서는 두말할 나위 없이 유교적 認識이 되겠는데, 그것 중에서 우리 고전소설의 中核을 이루는 忠이라는 측면에서의 변화 양상이다. 儒敎란 일원론에 입각한 현실적 행동의 윤리의식에 강한 대응력을 지닌다. 그것이 一元論的이기에 그것의 세계는 단순논리적이고 일방적이다. 그 일방적인 것의 외현적 양상 하나가

운은 官奴이며 妓生이기 때문이다. 이러한 下層계급의 사람들에게는 당대 이데올로기의 적용이 어려웠다고 보여진다. 이들의 야합적 행위는 바로 신분적인 이유에서 통용될 수 있다는 것을 보여주는 데 이러한 사실이 『淑香傳』과 『張景傳』의 다른 세계관을 보여주고 있다. (박일용, 「영웅소설의 유형변이와 그 소설사적 의의」, 『서울대 구문학연구집』, 62집, 1983을 비롯 서대석, 박경란의 논문들이 장경전의 연구 결과를 이러한 하층 체험의 강화, 춘향전류의 상업적 모방으로 살피고 있다).

獷大家族主義라 볼 수 있다. 즉 天=君=父의 동일 개념이다. 孝와 忠을 그리고 烈을 동일한 가치로 보고 있다는 것은 다시 말하자면 이 중의 어떤 것 하나를 버린다는 것은 다른 모든 것을 버리는 것이라는 의미로 환치될 수 있다. 물론 그 중에 효가 그 근본이라는 것에는 좀 더 큰 가치를 주었지만 근본적으로 이 세 덕목은 동가치적 성격을 유지하고 있다.

두 작품에 나타난 忠의 양상은 동일하게 大義를 위하여 개인의 헌신이라는 점에서 같게 보인다. 그러나 왕권이 인물들에게 불합리한 처우를 하게 될 때는 그 반응이 다르게 나타나고 있다. 즉, 先代로 보이는『淑香傳』에서는 이선의 求藥 苦行은 당연한 것으로 수용되고 있는데에 반하여『張景傳』에서는 왕권이 잘못되었을 때 신하가 그것을 바로잡는다는 것은 지극히 당연하다는, 즉 王權의 절대 신성불가침에 대해서, 그것의 흐트림은 백성을 위하여는(爲民) 바로 잡아야 한다는 현실적 개혁의지 논리가 엿보이고 있다. 이는 봉건왕건의 약화현상을 단적으로 나타내고 있다고 볼 수 있다.

이선이 쥬왈 신니 몸을 나라의 허흐여 스오니 엇지 슈화를 피흐오릿가만은 쳔되산
봉늬산은 흐날 동남의 잇습고 셔회난 회쥼 슈부라 이 셋곳을 단여오 즈흐오면 일월
이 부족할가 흐오나이다 인흐여 흐빕 지빅흐고 집의 도라오니
(『淑香傳』190면)

쇼공이 탄식 왈 너의 등이 知人之感이 업서 한갓 근본만 싱각흐 왕후쟝상이 엇지
씨 이스리오 이후 씩다룸이 이스리라 흐더라
(『張景傳』10면)

권력 Ideology를 보는 인식의 이러한 이질적 양상은 그것이 바로 초기 소설과 후기 소설의 사회적 변화를 그 내부에 담지하고 있다는 것을 보여주는 단서가 된다. 물론 좌복야 부인이 '황제도 정궁을 폐하시고' 하는 언급이 『淑香傳』에서도 보이나 이는 어디까지나 이선의 혼인을 성취하고자 하는 좌복야 부인의 분노에 찬 협박적인 언술뿐이고 그녀 역시 그러한 권력구조에 기대어 있기 때문에 (145쪽) 왕은 여전히 특이한 능력을 구비하고 있는 신성한 존재로 나타난다.

> 황제 왈 그 딕의 관딕를 보니 비단은 은하슈 물결을 응ᄒ였고 흉빅
> 난 쪽일은 학의
> 형승이싀 뭇노라 숭셔 딕경ᄒ여 다시 복지 쥬왈 황숭은 진실노 일
> 월 정긔를 가졌
> 도소이다

(114면)

비록 충과 열이라는 이데올로기가 전편에 나타나기는 하지만 『張景傳』의 경우는 장경이 왕위를 찬탈한 황제의 숙부를 베어 죽이기 까지 한다(건성을 ᄒ도의 안치ᄒ여 주려 죽게 ᄒ고). 심지어 이런 일을 전혀 왕의 허락이 없이 그 혼자 임으로 하고 있음을 문면을 통해서 알 수 있다. 이런 양상은 임병 양란 이후 민중들의 왕권을 보는 시선으로 간주할 수 있다.[85]이로써 유추할 수 있는 것은 『淑香傳』은 『張景傳』보다 그 왕권의 수호와 강화 현상을 훨씬 많이 갖고 있다는 것이다. 그것의 의미는 두말할 나위 없이 『숙향전』의 작가가 『장경전』의 작가보다 그 세계관이 집단주의이며, 결국 個我的 사고의 분화과정이 결여되어 있다는 것이다.

---

85) 서대석, 『군담소설의 구조와 배경』(이화여대출판부, 1985, 120쪽)

(2) 結緣의 過程과 樣相

다음으로 살펴볼 것은 바로 결연의 과정과 양상이다. 이들은 매우 독특하게 나타나고 있다. 더구나 그러한 양상들의 의미가 결말에 이르러서 비로서 밝혀진다는 점에서 작가가 의도적으로 그 효과를 노리고 창작한 것을 살펴진다. 왜냐하면 작가는 그들의 논리대로 작품을 이끌어가면서 우리들을 목적지에 도착하는데 가장 많이 시간이 걸리는 아라베스크적인 우회로를 걷게하고 그런 아라베스크의 끝점에서 자신의 의도를 내보이면서 작품을 충격적인 결말이나 또는 폐쇄·개방적인 자신의 인식태도를 표층화시키는 方法을 주로 사용하기 때문이다.

먼저 두 텍스트의 결연 양상을 작품 별로 살펴보자.『淑香傳』을 살펴보면 텍스트 층위에 나타난 天上界와 地上界를 통틀어 보여지는 전체적인 結緣 樣相이라는 스펙트럼으로 비춰진『淑香傳』의 구조는 다음과 같다.

天上界에서의 結緣 樣相

李 仙(太乙星)……小兒(숙향, 私通(사통))
설중매(正室)

地上界에서 結緣 樣相

李 仙……매향(설중매 후실)
淑 香(小兒正室)

위의 그림처럼 천상계에서의 결연 양상은 뒤바꿔져 나타난다. 이는 우리 고전 소설에서는 매우 특이한 현상인데 특히 설중매는 적강이 아니라 하강으로 나타나고 있음에도 그녀를 정실로 하지 않고 숙향을 정실로 삼는 이유에 대해서는 우리가 충분히 고구를 해야한다고 본다. 더구나 숙향의 지상의 아버지 김전은 천상에서는 능이선이라는 신선으로 바로 설중매의 아버지였으나 꿀 진상이 늦었다는 죄로 적강하여 숙향의 아버지가 되어 간장을 썩히다가(211쪽) 상봉하게 하는 점이라든지, 소아를 원망하던 설중매가 은하수에 자진하여 하강하여 다시 양왕의 딸로 태어나 귀히 크게 되는 점등은 모두 중요한 작가의식의 드러냄이라고 볼 수 있다.

　초현실적 세계인 천상계와 경험적인 공간인 지상계의 이원적인 세계관은『숙향전』에서는 동일시되기도 하며, 또는 분리되며 다양하게 나타나고 있다. 이러한 세계관은 숙향의 고행을 통해서 동일한 기능으로 나타나고 있다. 즉, 가)숙향의 현실적 고난→천상계의 陰助로 벗어남→다시 고난에 빠짐→초현실적 공간의 이동, 나)지상계의 고난→천상세계의 참여→고난의 해결 등으로 인하여 벗어나는 형태로 반복 발전되고 있기 때문에 이러한 양상에 유의한 사람들에 의해서 숙향은 투명인간(천상계의 논리에 따라서 사는 숙명적이며 기계적인, 자의식이나 자기 의지를 상실한 인간 존재)로 나타나는 것이다. 이런 점에서『淑香傳』은 숙명론에 입각한 일원론적 의식의 이원적 세계내의 존재이다. 즉 자의식은 없고, 오로지 천상의 정해진 운명의 길을 걸어가나 그것을 지탱 유지해주는 실제적 원인은 바로 천상계의 초월적인 능력에 의지하는 것이라고 볼 수 있다. 이러한 견해는 이상택이나 김일렬, 정종대, 조동일에 의해서 공통점으로 지적되고 있다.
　이제『張景傳』의 결연 양상을 살펴보자.『張景傳』은 가)→나)→가)의 양상을 보이고 있다. 즉, 천상계의 원 양상→지상계의 顚倒된 樣相→지상계의 천상적 양상으로 반복해서 바뀌고 있다.

天上界 樣相		지상계 양상		地上界에서 天上 樣相
	소씨 ↓		초운 ↓	소씨 ↓
장경(태을성)——— 초 운		장 경——— 소씨		장 경——— 소 운———

위와 같은 결연양상은 앞의『淑香傳』의 양상과는 두 가지 점에서 이질적 현상을 보이고 있다. 첫째.『淑香傳』은 천상계의 정실인 매향과 私通을 했던 소아(숙향)의 관계가 지상계에서 도치되어져서 천수를 누리고 昇天할 때에 여전히 이선과 숙향만이 먼저 가는 데86)『張景傳』에서는 그렇지 않다.『張景傳』에서는 처첩의 관계가 잠시 도치되었다가 다시 지상계에서 천상계로의 환원이라는 현상을 보이고 있다. 즉 가)→나)→가)의 변화를 보이면서 천상계의 양상과 같이 변화하고 있음을 보여주고 있다. 이러한 점은 가)→나)의 현상으로 한번에 끝나는『淑香傳』과는 매우 다른 양상이다. 신성 소설인『淑香傳』과 달리 다른 모든 부분에서 현실적 공간의 확대를 지녀온 이 작품이 결연의 양상에서는 천상계에의 질서를 다시 고집하는 것이 바로 문제의 핵심이다.

이와같은 목표를 달성하기 위해서 먼저『淑香傳』의 양상을 살피고 넘어가야 한다. 왜『淑香傳』에서는 숙향이 정처가 되고 매향이 후처가 되어 승천도 같이 하지 못하게 되었는가 하는 것이다. 이는 거듭말할 이유가 없이 바로 초월적 존재로서의 하늘이 내려준 고행의 길을 다 걸었던 자에게 내리는 복록의 강조하기 위함이다.

이러한 의식은 우리 민족의 고유한 정서의 표출이라는 점에서 살필 수 있다. 積善之家必有餘慶이라는 인과응보의 정신적 인식 양상의 발로라는 데에서 찾아 볼 수 있다. 나아가 사필귀정이니, 苦盡甘來요 興盡悲來라는 근원적 세계관과 그 맥을 같이한다고 볼 수 있다.

이는 문면에서도 밝혔듯이 숙향은 비록 謫降을 했지만 그 고난의 성공적 성취를 통하여 마땅히 복록을 얻어야 한다는 보응의식에서 나온 것이다. 숙향의 고난은 모두 죽음과 결부되었다. 그녀는 비극의 전형적

---

86) 물론 정문연본등 다른 본에는 셋이 함께 가기도 하고 능이선과 모두 같이 가는 것도 보인다.

인 존재이기 때문에 그러한 고통이 다 지나간 후에는 이제 마땅하게 복록을 얻어야하는 것이다는 의식의 투영으로 볼 수 있다.

그러나 매향의 경우 그녀 역시 천상계에서 소아에게 질투를 느꼈고, 비록 이선의 적강의 슬픔으로 자진했지만 그녀는 현실에서 부유하고 귀족인 王爺의 귀한 딸이었다. 경험적 현실 공간에서 그녀는 고전소설의 작가나 향수층의 인물등과는 다른 인생의 행로를 살아왔던 것이다. 이런 점에서 그녀는 천상에서는 물론이고 지상에서 이미 자신의 복록을 누렸기 때문에 그녀의 행복은 그 정도에서 멈춰도 좋은 것으로 나타나고 있다. 또 숙향은 고아가 되고 궁핍의 체험에서 남에게 모함을 받는 지경에 이르기 까지 당시 민중의 질곡의 삶의 고통을 체험한 존재이기 때문에 이제 그 고생이 지나가면 복이 온다는 순환론적 사고에 입각한 현실적 요구에 의해서 그녀는 고행을 끝에 낙을 찾는 것이다.

숙향의 고난의 극대화는 이제 반전되어 행복한 결말에 이르는 설화적 구조를 가지고 있다는 데에서 우리는 반대에 의한 발전의 전형적인 인물을 보게 된다. 그녀는 아버지에 의해서 죽을 지경에 이르는 제의적 존재로서 그녀가 그곳에서 신이한 능력으로 살아나자=즉 제의적 죽음이 끝나자—그녀의 인생은 이제 반대로 행복한 삶으로의 도정에 들어선 것으로 보인다. 87) 더구나 그녀가 天定 運命의 순환을 저항없이 받아들이고 잇다는 것으로, 그리고 긔에서 살핀바와 같이 효열충의 모든 이데올로기에 극히 순종적이라는 것과 매향이 칠거지악의 하나인 질트를 했다는 점이다.

---

87) 이는 심청전에서 쉽게 그 예를 볼 수 있다. 심청이 인단소에 몸을 던지는 것으로 구녀의 적강의 죄는 淨化되고 그녀는 왕비에 오르게 되는 것이다. 즉 하계에로늬 이행, 그 밑바닥에서 왕비로서의 등극으로 되는 입사식 다름아니다. (이는 성현경의 「성년식 소설로서의 심청전」, 서강어문3집, 1983년, 참고)

한걸음 더 나아가 살펴보면 죄의 종류에 따라 변별적으로 그 처벌이 달라지고 있음을 알 수 있다. 숙향의 죄는 男女象戱로 말미암았다는 것이다.[88] 남녀상희죄란 말하자면 자우 연애와 같은 것이다. 그것으로 말미암아 적강한 죄이기에 그들은 지상계에서 반드시 만나기로 이미 예정되어 있는 것이다. 그것만이 옥황상제가 그들에게 내려준 벌 중에서 유일하게 그들의 죄를 씻을 수 있는 방법이었다. 죄를 씻고 청정한 상태에서의 결합된 부부가 되기 위해서 주인공들은 주어진 고행을 겪어야만 했다. 고생 끝에 낙이란 아주 보편적인 세계관이 스며들어 있고, 또 한편 작가들에의해서 그러한 자유연애야 말로 인간사에서 가장 중여한 일임을 밝혀주고 있는 것이다. 더구나 숙향이 먼저 이선을 유혹했고, 그렇기에 그녀는 더 많은 벌을 받게 되어 있었고, 그녀가 다섯가지 액을 겪어야 했던 이유인 것이다.

이는 『張景傳』에서도 마찬가지다. 초운의 고행이 바로 질투로 인한 적강에서 시작된 것으로 살필 수 있다. 천상계에서 초운은 장경의 부인이었으나 그가 소씨와의 정분을 질투함으로써 적강한 것으로 나타난다. 그녀는 그래서 현실적 경험세계에서 소씨의 모험을 받고 죽을 고비를 넘기게 되는 것이다. 여러 부인 중에서 오직 소씨가 그녀를 미워하게 되는 것은 그녀에 대한 장경의 애정에 관한 질투뿐이다.[89] 그리고

---

88) 그제야 월궁 소아로 ᄒ대 압히 근시ᄒ다가 틱을선관과 서로 글지어 화답ᄒ고 옥뎨의 월련단을 도젹ᄒ여 쥰 조로 인간의 젹ᄒ하여 고승 ᄒ는 일과(41쪽)
89) 이 작품은 초월적 세계의 엄격한 통제가 있어서 모든 것이 경험적 논리적인 인식에서 해결되어지고 있다는 점에서 숙향전과는 전혀 이질적인 면모를 갖는다. 장경의 고난의 해결도 매우 사실적이고 경험적이다. 그가 공부를 한 것은 그의 노력에 의한 것이지 신이한 능력이 있어서가 아니다. 물론 이러한 급격하고 논리를 초월한 신분의 상승은 충분히 춘향전 아류에 이 작품이 속하고 있다는 증거가 된다. 천기가 왕후에까지 이르는 것은 정경부인보다 한층 득난의 일임에도 작가는 그렇게 만

그 질투는 다름 아닌, 전생의 그녀가 초운에게 당한 보복이다.[90]

이로 보건대 초기 소설로 보이는『淑香傳』은 기존 질서의 수호와 천상 인연의 지상에서의 실현이라는 점에서 하늘의 뜻을 강력하게 신뢰하고 있었다고 보여진다. 즉 숙명론에 입각한 생을 숙종하며 살아 온 인간들은 반드시 복을 받는다는 것을 주장하고 있으며, 易天者는 그렇지 못하다는 것을 말한다. 바로 이러한 의식구조가 숙향전을 조명론에 입각한『張景傳』과는 다른 이유에 해당될 것이다.

造命論은 인간이 자긴의 운명을 스스로를 개척한다는 입장이다. 바로 장정처럼 그는 스스로 공부하고 깨우쳐서 知人之感의 사람들에게는 그의 능력이 나타나게 하고 있으며 그 결과로 그는 장원 급제하고 입신양명을 함으로써 자신의 지위를 상승시키는 것이다. 그래서 결연의 양상 또한 원래대로 돌아갈 수 밖에 없다. 왜냐하면 영웅 군담형의 성격상 그는 더 큰 세계로 나아가야 하는데 이 세계의 이데올로기에 얽매어 있을 경우 그가 갈 수 있는 길은 재상에 국한되기 때문이다. 그것을 초월하기 위한 서사적 장치로서 건승의 왕위찬탈의 話素를 마련하고, 건승의 모략으로 그가 황토섬으로 정배를 떠나게 된다. 그리고 그것을 계기로 그가 역적 건승을 침으로써 연왕에까지 신분상승할 수 있는 빌미가 되었고, 초운 역시 그것을 기점으로 소씨녀에게 배척을 받았으나, 전화위복으로 오히려 장경의 아들을 낳음으로써 모든 정실들을 물리

들고 있다. 이는 작가의 세계관의 확대와 당시 왕권의 허약해진 왕권의 경계를 보여준다. 또 초운의 행복도 장경의 싸움이 이겨서지 신적 초월적 세계의 도움이나, 천상계의 지상계의 간섭에서가 아니다는 점에 유의해야 한다.

90) 소씨 초운의 직모와이즘흠을 쉬긔허야 싁이양 히코져 ᄒ더니 맛춤 승상이 업는 떤를 타셔 계교를(36-7쪽)에서 모면 애증함과 才貌에 대한 투기로 나온다. 이는 바로 그녀가 천상에서 초운에게 당한 바로 그것의 앙갚음일 수도 있다는 것을 말해준다.

치고 천상계의 원래의 위치인 정실 왕비가 될 수 있었다.[91]

보통 正室이냐 副室이냐 하는 것은 결연의 순서와는 아무런 관계가 없다. 그것은 본질적으로 가문의 귀천에따라 달라지는 것이다.[92] 그러므로『張景傳』에서 반드시 왕씨가 왕비가 되어야 했음에도 불구하고 초운이 그렇게 된 것은 작가의 세계관, 또는 향수층인 독자들의 세계관이 그렇게 요구하고 있는 것으로 추리할 수 있다. 그러나『숙향전』에서는 그 위치가 전혀 변하지 않고 있다. 숙향이 출신의 신분서열로 보아 양왕의 딸보다 낮은 신분임으로 매향이 正室이 되어야 하나 작가의 숙명론적이며 인과응보적 사상의 표출이라는 그의 의도를 확인할 수 있을 것이다. 이제는 두 번째인 결연의 과정을 통해 남녀의 사랑의 성취를 알아 볼 수 있는 길을 찾자. 장경은 소년 시적에 기생 초운의 사랑으로 이미 정분을 통한 사이다. (쵸운이 비록 쟝경과 셩친ᄒᆡᆫ비 업스나 쥬야 동슉ᄒ다가 홍연이 리별을 당ᄒ니 쟝경의 소식을 잡고 슬피 유체왈 너 비록 창기나 몸인즉 빙옥 ᄀᆞᆺ튼지라 평ᄉᆡᆼ을 슈ᄌᆞ의게 의탁고져 ᄒ더니(7쪽)처럼[93] 이미 성례는 없었으나 합방을 한 것은 오래된 것처럼 보이고 이는 오로지 초운의 장경에 대한 知人知感으로 말미암아서 그녀의 부모는 걱정할 뿐이었다.[94]

91) 장경전을 지성소설의 틀거리에 감성소설의 서사구조를 부었다고 주장한 설성경 교수의 논의는 바로 이러한 것에 대한 질문일 수 있다.(설성경,『고전소설연구』,「古小說의 敍事構造」, 화경고전문학연구회, 일지사, 1993)

92) 이런 관계는『九雲夢』과 落城飛龍에서도 잘 나타난다. 양소유가 인연을 맺는 순서와는 관계없이 황실과의 관계에 위해서 서열이 달라지고 있다.

93) 정종대, 전게재. 이러한 점에서 장경전은 춘향전의 영향이 크다는 것으로 보고 있다. 사실 이 작품은 춘향전루의 소설로 보이는 것은 그 군담적 약화와 (완판에는 조금 다르다. 거기에는 군담의 내용이 상세하게 나타나기 때문에 염정의 성격이 약화되어 있다) 이렇듯이 애정의 갈등이 많이 나타나기 때문에 이상택, 서대석, 조동일 역시 이 작품을 춘향전의 동일유형으로 보고 있다.

94) 져마다 천금을 드려 구ᄒ되 쵸운이 허치아니ᄒ고 쟝경만 잇지 못ᄒ야 ᄒ거다 졔

이들의 동거는 부모들의 묵계속에 이루어진 아무런 禮도 없는 일종의 야합적인 행의이다. 결국 장경과 초운의 애정은 보다 더 직접적이고 육체적이며 자유롭다는 점에서 『숙향전』에 비해 하층민적인 양상을 띤다. 그것은 장경의 다른 여인과의 관계에서도 쉽게 드러나는 데 장경은 어떤 여인에게도 고사하는 면이 보이지 않는다. 조선시대에 있어서 여인의 貞烈은 무엇보다 귀중한 여인들이 가치였다. 여자들의 修身書인 『內訓』등이 최우선으로 주장하는 여성의 덕목 중 가장 중요한 것은 바로 여인들의 정조를 지키는 것이었다. 그럼으로 約婚이란 오늘날의 그것과 비교도 될 수 없을 만큼 강력한 가치 기준이었다. 그런데도 초운은 아무런 약속도 없이 오로지 지인지감으로 그를 택했고, 예도 올리지 않고 그와 동거를 했을 정도로 여성의 정조면에서는 약해지고 있다.

이는 『淑香傳』과 사뭇 다른 것이다. 숙향은 六禮를 갖추지 않으면 결코 혼인을 할 수 없다는 것에서 잘 나타난다(할미 왈 그 아히 날 다려 이르되 늬 비록 부모 업고 의지업시 단니며 비러먹난 병인니라도 혼인 일흠을 정할 진디 례로서 아니ᄒ오면 죽을지언정 가부야이 이몸을 허치 아니려 ᄒ더이다. 103쪽). 즉 애정보다는 명분이 더욱 앞서는 것으로 나타나고 있다.

남녀간의 혼사에 있어서 애정이 무엇보다 중요한 것이라는 强辯은 사실상 개아적 의식의 자각으로부터 시작된다. 각성된 남녀의 사랑이란 그 시대의 이데올로기를 넘어설 수 있는 강력한 것인데도 六禮를 갖추지 않은 혼인을 하지 않겠다는 언급은 『이대본』에서는 반복되어 나

부뫼 ᄭᅮ지져 왈 우리 너를 나하 곱게 길너 잘셩ᄒ거든 천만금을 어더 부모를 효양ᄒ려든 져 의지 업 걸인 장경을 싸로려 ᄂ다. 쵸운 왈 늬 비록 아녀진나 천금을 귀히 녁이지 아니ᄒᄂ니 장경이 비록 이곳에서 고 힘을 격거 걸인 ᄀᆞ치 되엿스나 오린지 아냐 디장군 인수를 찰거시니 이런 스룸은 구지 부득이싀 복원 부모는 쇼녀 의 ᄯᆞᆺ을 어긔지 마르쇼셔 ᄒ거늘(6쪽)

타난다. 즉 숙향에게 결혼이란 단순한 성적인 것이나, 애정의 성취가 아니라 자의식의 획득 또는 자아 정체서의 新入式으로 나타나고 있다는 것을 의미한다. 물론 그녀가 부모를 잃은 고아였다는 현실이 그녀로 하여금 그렇게 당대의 기층 사회에로의 정신적인 入社를 요구하게 되었는지 모르지만 그녀는 당대의 이데올로기인 충효열 이 세 가지를 모두 강력하게 견지하는 여인으로 나타나고 있다.[95] 더구나 이런 의식은 이선이 양왕의 딸인 설중매와의 혼약을 끈질기게 거절하는 데에서 잘 나타난다. 원래 조선시대의 남성들은 성에서는 조금 해방을 받은 존재들이었다. 더더구나 '너의 벼슬로는 두 처도 허물할 바가 아니'라는 좌복야 부인의 말이 빈번하게 나오는 데에도 이선은 오직 숙향 혼자만의 사랑을 주장한다. 그것의 가장 큰 이유는 바로 天定配匹이라는 것 때문이다. 즉 숙향과 이선은 둘 다 천상계를 보다 더 가치 있다고 보는 신성적 성격이 강한 인물들이며 이러한 증거는 바로 그들이 당대의 보편적 이데올로기에 충실하고자 했던 데에서 찾을 수 있다.

일반적으로 조선조 소설에서 혼인 전에 가약을 맺은 후에 그 인물들이 평생 한 사람만 사랑하게 되는 전형적인 길을 가는 데에 반하여, 『張景傳』에서는 도무지 그러한 것이 보이지 않는다.[96] 또 숙향이 당하는 다섯 번째 마지막 액은 바로 남녀의 자유로운 결혼으로 인한 것이다.

---

95) 충에 대해서는 옹의 패초에도 불구하고 양왕의 혼사를 거부하기 위해서 이선이 입궐하지 않자 숙향은 신하된 도리로 남편에게 입궐할 것을 권하며, 나아가 이선이 仙藥 探索에 적극적이다. (중부 세승의 쳐흥 쇠 부모 섬길 날은 져고 임군 섬길 날은 만타 흐오니 이제 딕스를 경영흐여 가시며 실히흔믄 무 일이 잇가, 191쪽) 효에 대해서는 그녀의 삶이 전부 부모 찾기에 결부되어 있고, 열에 대해서는 위에서 살핀바와 같다. 결국 그녀의 당시의 이데올로기에 충실한 인물로 그려지고 잇다는 것을 알 수 있다.

96) 『춘향전』, 『채봉감별곡』, 『운영전』등에 공통적으로 보이는 이러한 현상은 조선조 시대 소설의 일종의 정식화된 소설문법이라고 볼 수 있다.

즉 이상서는 가문이 한미한 여자를 부모께 알리지도 않고 取妻한 이선의 잘못을 여자인 숙향이 沈惑케 했다는 죄로 인해서다. 그녀는 거기서 당당히 맞서는 자신은 육례를 정식으로 올렸다고 주장한다.

또 한편 장경이 일처 삼첩을 두는 데 반하여 이선은 이처를 두고 평생을 보내게 되는 과정에서 발생한다. 장경이 황승상의 딸과 결혼하는 것은 정식적인 단계를 거치는 것이고 소씨와의 결혼은 그가 은혜를 입음에 대한 감사의 표시가 더 강하게 작용한다. 이런 것은 진어사의 딸을 맞을 때에도 살필 수 있다. 이들과의 혼사는 일사천리로—속전속결의 형태로 이루어진다.

그러나 이선과 설중매와의 가약은 그렇지 않다. 구약 탐색 중에 그와 그녀의 관계가 드러나고 그것이 성공적으로 이루어지자 숙향의 허락을 얻어서 그들의 혼인이 가능하게 된다. 즉 혼인이란 매우 소중한 약속이며 인륜의 대사라는 의식이 더 강하게 작용하고 있다는 것을 보여준다.

3. 結論과 補論

위에서 살폈듯이 결연의 과정의 양상에서 살펴본 두 소설의 차이는 바로 두 세계관의 대립적 관계를 가지고 있음을 보여주고 있다. 우선『淑香傳』은 당대의 이데올로기에 밀접하게 관계 맺어진 숙명론적 인식에서 만들어진 작품이다. 이는 당대의 기존 질서에 순응함으로써 그 존재의 가치를 유지하고자 하는 숙명론에 기인한 것이어서 결연의 양상도 그렇게 논리적인 서술로 나타난다.

또 이는 天道의 길을 순종하는 인생이 참으로 인생이라는 세계관을 보여주고 있다. 『張景傳』에서는 그러한 인식이 심하게 깨뜨려지고 있다. 즉 인생에서 중요한 것은 개아의 자각으로 인한 정체성의 확립이며 이는 다름아닌 인간 자신의 자질 계발 신장시키는 일임을 묘파하고 있다. 또 더 나아가 기존의 이데올로기를 넘어서지 않고서는 삶의 발전이 없음을 보여주고 있다.

『淑香傳』에서는 충효열이 중요한 가치로 군왕과 신과 부모에게 순종하는 순종형 인간을 최고의 이상적 인간으로 보는 데 반하여 『張景傳』에서는 충의질서가 심대하게 깨뜨려지고 있는 것으로 보아 이미 근대적인 국가의식, 또는 시민의식의 성숙된 자아의식의 萌芽가 보이고 있다. 결국 이 두 작품은 당대의 삶의 형상을 충실히 보여주고 있는 데 그것들은 결연의 과정과 양상 속에서 명확하게 드러나고 있다고 볼 수 있다.

개략적으로 살펴본 지금까지의 연구는 매우 미흡하다고 볼 수 있다. 이는 판본에서 기인한 것으로 『淑香傳』의 경우, 정문연본이나 하바드본 등을 살피고, 『張景傳』 역시 86장본을 살핀 다음에 비교 고찰한다면 더 분명하고 의미있는 결과가 나타날 것으로 생각되며 그러한 점이 본고의 약점임을 밝힌다. 이는 다시 보완하여 상고(詳考)해야할 것을 기약한다.

참고 문헌

—단행본—

F.K Stanzel『소설의 이론』, 김정신 역. 문학과비평사.

M. 엘리아데,『성과 속』,종교의 본질, 이동하 역, 학민사. 1983

S 리몬—케넌,『소설의 시학』, 최상규 역, 문학과 지성사, 1988. 1

S. 채트먼, 김경수 옮김,『영화와 소설의 서사구조』, 민음사, 183쪽. 1990.

골드만, 루시엥,『숨은 神』, 송기영, 정과리 역, 인동출판사,1979

『翹傳』, 안경환 번역, 문화저널 출판본

구활자본『張景傳』(인천대학 민족문화연구소)

권택영,『소설을 어떻게 볼 것인가』, 동서문화사, 1991년.

김병욱 편, 최상규 역,『소설의 시점』,『현대 소설의 이론』, 예림기획, 480쪽

김병욱 편, 최상규 역,『현대 소설의 이론』. 예림기획. 1987

김양선,『허스토리의 문학』, 새미. 2003년

김열규,『한국민속과 문학연구』, 일조각, 1971

_____외 공저,『고전문학을 찾아서』, 문학과 지성사, 1976

김욱동 편『바흐친과 대화주의』, 나남, 1990

김운학『불교문학의 이론』, 일지사, 1981년.

김천혜,『소설 구조의 이론』, 문학과 지성사.

김천혜,『소설 구조의 이론』, 문학과지성사, 1990.

김태길,『소설에 나타난 한국인의 가치관』, 문음사, 1986

김태준,『증보 조선소설사』, 학예사, 1939

데이비드 롯지,『소설의 기교』, 김경수 역. 역락 2010

멀치아 엘리아데,『성과 속』, 이동하 역, 학민사, 1983

박희병,「한국 · 중국 · 베트남 전기소설의 미적특질 연구」,『대동문화연구』제
        36집, 1998.

배양수,「문학작품을 통해 본 베트남」.『황해문화』.

보리스 우스펜스키,『소설 구성의 시학』, 현대소설사, 1992.

서대석,『군담소설의 구주와 배경』, 이대출판부, 1985

서연희 ,「숙향전의 서사구조와 그 의미」,『서강어문』, 5집. 1986

설성경,『고전소설연구』, 화경고전문학연구회, 일지사, 1976

성현경,「숙향전 연구」,『동아연구 27집』,

성현경,『한국소설의 구조와 실상』, 영남대 출판부, 1981

『淑香傳』, 이대본

스티븐 코헨. 린다 사이어스『이야기하기의 이론』, 임병권, 이호 역, 새물결

시모어 채트먼/ 김경수 옮김,『이야기와 담화, 영화와 소설의 서사구조』, 민음
　　　사, 1987

아놀드 반게넴,『통과제의』, 전경수 역, 을유문화사, 1985

에르빈 파노프스키,『도상과 도상해석학』, 에케하르트 케멀링편, 이한순 외 번
　　　역, 사계절. 서울 1997.

울리히 바이스슈타인, 이유영역,『비교문학론』, 홍성사, 1986

응우엔 당 나,「베트남의 전기소설」,『고소설연구』제 21집, 2006년.

이능우,『고소설 연구』, 선명문화사,1973

『梨大本 淑香傳』(이대한국문화연구원 간)

이상구,「숙향전의 문헌적 계보와 형식적 성격」. 고려대학교 대학원 .1994

이상택외 공저,『한국고전소설』, 계명대학교 출판부, 1974

이재선 엮음,『문학주제학이란 무엇인가』민음사, 1996.

이재선,『한국단편소설 연구』, 일조각, 1975

이재선,『한국현대소설사1945－1990』, 민음사, 1990,

장소진,『현대소설의 플롯론』. 보고사,

장순용 엮음,『禪이란 무엇인가― 十牛圖의 사상』, 세계사. 1991년

전혜경,「베트남의 한문학」,『동남아연구』13권 2004.

정종진,「숙향전 서사구조의 양식적 특성과 세계관」.『한국고전연구』7집.

조동일,『한국소설의 이론』, 지식산업사, 1977

조선작,『한국소설문학대계066』, 두산잡지, 1995.

　　　『시사회』, 고려원, 2001.

『한국단편문학전집 53』, 금성출판사, 1981.

조성기,『통도사 가는 길』, 민음사. 1995.

쯔베당 토도로프,『구조시학』, 곽광수 역, 문학과 지성사, 1987

최귀묵,「호춘향의 생애와 작품의 여성형상」,『외국문학연구』33호, 2009.

최귀묵,『베트남 문학의 이해』, 창비, 2010

최시한,『소설. 어떻게 읽을 것인가』. 문학과지성사. 2010

최시한,『현대소설의 이야기학』, 프레스 21. 2000.

최인호,『다시 만날 때까지』, 나남, 1993

　　　『술꾼』, 동아출판사, 1987

폴 리쾨르, 김한식 이경래 역,『시간과 이야기』, 문학과지성, 2003.

헬무트 본하임, 오연희 역,『서사양식』, 예림기획, 1998.

현기영,「한국소설의 플롯 연구」,『현대소설연구』9호. 1998.

— 학술논문 —

「문학과 조형예술의 관계에 대한 이론적 고찰」,『미학예술학연구』8권, 1998.

「한국 현대시에 수용된 반 고흐 그림」,『비교문학』23권, 1999년, 한국비교문
　　　학회, 2000년 한국비교문학회

강용운,「전쟁체험의 한 수용양식—하근찬론」,『현대문학이론연구』, 제30집,
　　　2007. 129—148면

고위공,「문학예술과 형상예술」,『독일문학』, 77권, 2001년, 한국독어독문학
　　　회

고은미, 윤정룡,『성장소설의 시대적 차이 연구』,『교육연구』, 제 10권, 2002.
　　　119—150면

김경연,「70년대를 응시하는 불경한 텍스트를 재독하다 — 조선작 다시읽기」,
　　　「오늘의 문예비평」, 제67호, 2007. 278—297면

김윤식·정호웅,「6·25전쟁문학 — 세대론의 시각」,『문학사와비평』, 1집. 문

학사와 비평학회, 1991. 11 – 39면.

김지혜, 「1970년대 대중소설의 죄의식 연구」, 현대소설연구』, 52권, 2013. 22 – 251면

김진기, 「최인호 초기 소설의 의미구조」, 『통일인문학』, 제 35집, 2000. 3 – 26면.

김홍수, 「1인칭 소설의 화자와 시점에 대한 텍스트론적 해석」, 『어문학논총』 제 22집, 국민대 어문학연구소, 2003.

나병철, 「전쟁체험과 성장소설」』, 『청람어문교육』, 33권. 2006, 165 – 199면.

단편소설의 이론, 찰스 메이, 예림기획

『마술적 사실주의』, Lois Parkinson Zamora and Wndy B.Faris, 우석균·박병규, 한국문화사

문재원, 「최인호 소설의 '아동' 연구」, 『현대소설연구』, 제 28집. 2005. 319 – 338

『문학 주제학이란 무엇인가』, 이재선, 민음사

『문학비평방법론』, 민혜숙

『문학속의 여인들』, Mary Anne Ferguson편저 / 김종갑 역 출판사 : 여성사

박수현, 「자학과 죄책감」, 「조선작의 소설 연구」, 「한국민족문화」, 49호, 2013.

박진원, 「종교도상학」, 『종교학연구』9권, 1990년, 서울대종교학연구회

서연희, 『淑香傳』의 서사구조와 그 의미, 서강어문 5집, 1986

서인석, 『고전소설의 결말구조와 그 세계관』, 서울대 석사 학위, 1984

서혜숙, 「예이츠의 <자아와 영혼의 대화>와 곽암의 <십우도>」, 『동서비교문학저널』7권, 2002년, 동서비교문학회

『소설신론』 조남현, 서울대학교 출판부

『소설을 어떻게 볼 것인가』, 권택영, 동서문학사

손유경, 「유년의 기억과 각성의 순간」, 한국현대문학연구』37권, 2012. 323 – 351면

송은영, 「1970년대의 하위주체와 합법적 폭력의 문제 – 최인호, 「미개인」, 「

예행연습」을 중심으로—」,『인문학연구』.제41집, 2011. 113—136.

심재욱,「1970년대 중상으로서의 대중소설과 최인호 문학 연구」,『국어국문학』, 171호, 2015. 573—603면

윤호병,「아이콘으로서의 시의 언어: 시의 이미지로 전이된 음악」,『비교문학』25권,

이상구,『淑香傳』의 문헌적 계보와 현실적 성격, 고대대학원 박사학위, 1944

이재복,「신경숙 소설의 미학과 대중성에 관한 연구」,『한국언어문학 21집』. 2002.

이호,『시점과 작가의 의도』,『현대소설 시점의 시학』, 한국소설학회 편 새문사, 1996,

임형택,『현실주의적 세계관과 금오신화』, 서울대 석사 논문, 1971

자 명,「선문학의 세계」,『한국불교학』

장소진,「한국 근대 단편소설의 서사 양식 연구」『시학과 언어학』3호. 2002.

장일구,「한국전쟁 트라우마의 서사적 형상—몇 가지 국면에 대한 소묘」,『한민족어문학』, 2014, 66쪽. 381—414면

정재석,「유년시점의 서사적 의도」,『현대소설 시점의 시학』, 한국소설학회편, 새문사, 1996.

정종대,『淑香傳』고, 국어교육, 59—60 합본호. 1987.9

정진홍,「종교과 예술」,『한국종교사연구』11집. 2003. 한국종교사연구회.

조관용,「상징과 신화의 해석을 통한 예술의 이해」,『미학예술학연구』8권, 1998년. 한국미학예술학회,

조미라, 「에니메이션의 일인칭 서술자 연구」,『만화애니메이션 연구』22권, 2011, 31—45면.

조영란,「유랑하는 청년과 여성 몸—장소라는 로컬리티—최인호 초기 중단편소설들 을 중심으로」,『여성문학연구』33권, 2014. 387—411 면

조현우,「자전적 경험의 허구화 연구」,『시학과언어학』4권. 2002. 107—128면.

최경환,「이달의 제화시와 시적 형상화」, 서강어문 7권, 1990년. 서강대학교

최현무,「시점 이론에 관한 반성적 모색」, 한국소설학회 편,『현대 소설 시점

의 시학』, 새문사, 1996, .

피종호,「예술 형식의 상호 매체성」,『독일문학』76권, 2000, 한국독어독문학
회, 한국미학예술학회

『한국현대소설의 이론』, 최혜실, 국학자료원

한용환,「언어 서사체에 있어서 화자의 본질」-말하는 주체인가, 쓰는 주체인
가.

홍성식,「조선작 초기 단편소설의 현실성과 다양성」,『한국문예비평연구』, 20
권, 2006. 359-376면.

― 외국서적 ―

A. M. Wright, The Formal Principle in the Novel,cornell Univ. Press. 1982.

Austin M. Wright, The Formal Principle in the Nove』, Cornell Univ. Press.

Bersani, Leo, A Futrue for Astynax, Marion Boyars, press, 1976

Fredric Jameson, The Political Unconscious, Methuen, The Unite
Kingdom,1981

G. B. Madison, The Hermeneutics of Postmodernity : figures and themes,
Indiana Univ. Press. 1990.

Genette, Gerard, Narrative Discourse, Cornell Univ. Press, 1980.

Gerald Graff, Narrative and Unofficial Interpretive Culture, James Phelan,

Kermode, Frank, The Sense of Ending, Oxford Univ. press, 1976

M. Eliade, Ordeal by Labyrinth, Chicago: Univ. of Chicago Press. 1982.

Norman Friedman "Point of View", form and Meaning in Fiction Univ. of
Goregia Press.『현대소설의 이론』,김병욱 편역, 예림기획. 1997.

Norman Friedman,「Forms of the Plot」,『Forms and Meaning in fiction』, The
Univ. of Goregia Press 1975

Raymond Williams, Culture and Society 1780 - 1950. London 1971.

Reading Narrative, Ohio State Univ. Press, Columbus.

Robert L. Caserio. plot, story, and the novel, Princeton univ. pub.

Ross Chambers, < Story and situation>, Narrative seduction and the power of
     fiction

S. S. Lanser, The Narrative Act —poit of view in prose fiction, princeton Univ.
     press, New Jersey, 57p.

Susan Bassnet, Comparative Literature: A critical introduction. 1993. Blackwell
     Pub

Susan Sontag, Illness as Metaphor. "The Culture of Pain",

The world, the Text and the Critic, Edward seid

Tzvetan Todorov, Introduction to Poetics, Mineapolis; Univ of Minnesota Press,
     1981, Univ. of Minnesota Press

W. J. T. Mitchell, Iconology :Image, Text, Ideology, The Univ. of Chicago
     press. 1986

W. Martin, 김문현 역,『소설이론의 역사』, 현대소설사.

E.H. 카,『도스토예프스키』, 김병익·권영빈 역, 장신사

호르스트 슈타인메츠, 서정일 역,『문학과 역사』,예림기획, 2000.

우리시대, 문학의 모습들

| 초판 1쇄 인쇄일 | | 2018년 7월 01일 |
| 초판 1쇄 발행일 | | 2018년 7월 05일 |

지은이		채희윤
펴낸이		정진이
편집장		김효은
편집/디자인		우정민 박재원
마케팅		정찬용 이성국
영업관리		한선희 정구형
책임편집		우민지
인쇄처		국학인쇄사
펴낸곳		국학자료원 새미(주)

등록일 2005 03 15 제 406-3240000251002005000008 호
경기도 파주시 소라지로 228-2 (송촌동 579-4)
Tel 442-4623 Fax 6499-3082
www.kookhak.co.kr
kookhak2001@hanmail.net

| ISBN | | 979-11-88499-41-0 * 93810 |
| 가격 | | 21,000원 |